ÜBER DEN GROSSEN TEICH

Arizona Raptors, 2

RJ SCOTT

V.L. LOCEY

Übersetzung

XENIA MELZER

Love Lane Books

Über den großen Teich

Über den großen Teich (Arizona Raptors #2)

Copyright 2024 RJ Scott, Copyright 2024 V.L. Locey

Originaltitel: Across the Pond – Copyright 2019 RJ Scott, Copyright 2019 V.L. Locey

Cover: Meredith Russell

Lektorat englische Ausgabe: Sue Laybourn

Übersetzung: Xenia Melzer

Proofing: Eva Melzer

Veröffentlicht von Love Lane Books Limited

ISBN: 9781785646683

Alle Rechte vorbehalten

Über den großen Teich

Die größte Reise ist nicht von England in die Staaten. Es ist die, die zwei Männer unternehmen, um einander zu finden.

Sebastian Brown ist auf einer Mission, die Arizona Raptors zu retten und einen Schwur zu erfüllen, den er einem Freund auf dem College gegeben hat. Entweder das oder er ist im Urlaub. Er ist sich noch nicht ganz sicher, ob er sich schon entschieden hat. So oder so ist von England in die trockene Wüste Arizonas zu reisen nicht unbedingt ein Picknick, vor allem nicht wegen der Zweifel und Sorgen, die er im Gepäck hat. Er hat schon die schlimmsten Firmen rehabilitiert, aber angesichts der Herausforderung, den Ruf eines Hockeyteams zu verbessern, das alle zu hassen scheinen, weiß er, dass er einiges an Arbeit vor sich hat.

Fokus ist der Schlüssel, aber das ist leichter gesagt als getan, als Seb von dem faszinierenden Alejandro aus dem Gleichgewicht gebracht wird. Sebs gesamter Marketingplan hängt daran, Alex zu einem

Musterbeispiel für Gleichheit und Fair Play zu machen. Aber Alex mit seiner absoluten Hingabe zum Spiel und seinen dunklen, geheimnisvollen Augen ist stur, eigenmächtig und will nichts davon wissen, der Fokus des Teams zu sein. Und, was das Schlimmste ist, er scheint Seb überhaupt nicht zu mögen. Es braucht Sebs ganze Selbstbeherrschung, um seine Finger von Alex zu lassen, aber dann geraten die Dinge außer Kontrolle und Sebs Leben wird vielleicht nie wieder wie zuvor.

Alejandro Garcia hat hart dafür gearbeitet, dorthin zu kommen, wo er jetzt ist. Als Sohn mexikanischer Einwanderer hatten seine Geschwister und er es in diesem Land, von dem seine Eltern als neue Heimat geträumt hatten, nie leicht. Als echter Sohn von Arizona war Alex immer der Exot auf dem Eis, aber er wird keine so dämliche Sache wie seine Herkunft seine Träume ruinieren lassen. Er ist jetzt ein Raptor und er hat vor, all sein Training und das College-Hockey voll auszunutzen. Hart zu arbeiten ist für ihn ganz normal. Es ist etwas, das seine Eltern ihm schon als Kleinkind eingetrichtert haben. Da er nur einer von einer Handvoll Latino-Hockeyspielern ist, arbeitet er mit noch mehr Entschlossenheit auf seinen Erfolg hin. Seine erste Saison als Profi hatte einige Höhen aber viel mehr Tiefen, aber Alex ist ein sturer junger Mann und Versagen ist keine Option.

Als die Raptors Probleme haben, nicht nur ihr Team, sondern auch ihre inneren Werte neu aufzubauen, stellt Alex fest, dass er sich zu einem Freund eines der

Eigentümer hingezogen fühlt, einem großen, schlanken Briten mit dem Gesicht eines Engels und einem Akzent und einer Attitüde, die ihn verhext und verwirrt. Sebastian ist alles, wovon er dachte, dass er es niemals wollen würde, aber er kann den sexy, älteren, Spaß liebenden Mann nicht aus seinen Gedanken verbannen. Wenn es je einen Mann gegeben hat, den er nicht mit nach Hause zu seinen Eltern bringen kann – nicht, dass er überhaupt einen Mann mit nach Hause bringen kann, weil er tief im Wandschrank ist – dann ist es Sebastian, aber Leidenschaft kennt keine sozialen Unterschiede, kein Alter und keine internationalen Grenzen. Das Herz will, was das Herz will und das von Alejandro will Sebastian.

Widmung

Wir schulden Daniela Sarmiento großen Dank, die dieses Manuskript genau durchgegangen ist und uns sehr mit dem Spanisch in dieser Geschichte geholfen hat. Alle Fehler sind von uns ... (RJ – nun, genau genommen von mir, weil ich diejenige war, die den letzten Übertrag aus ihren detaillierten Anmerkungen gemacht hat!)

Danke, Daniela. XXX

Für meine Familie, die mich und all meine Marotten und Eigenheiten akzeptiert. Sogar die Plastikbanane in meinem Holster.

VL Locey

Für unsere kleine Armee an Proofern, die geholfen haben, das Spanisch zu überprüfen, die Fakten und die Rechtschreibung …

Und immer für meine Familie.

RJ Scott

Glossar

Da viele LeserInnen wohl keine eingefleischten Hockey-Fans sind, habe ich hier eine kleine Sammlung der Hockey-Begriffe, die in diesem Buch vorkommen. Eventuelle Fehler oder Ungenauigkeiten bitte ich zu entschuldigen.

Back-to-Back: Zwei Spiele hintereinander.

Bag Skate: Besonders intensives Konditionstraining auf dem Eis; oft eine Strafe für Fehlverhalten.

Breakaway: Eine Situation, in der ein Spieler keine Gegner mit Ausnahme das Goalies zwischen sich und dem gegnerischen Tor hat.

Cheap Shot: Schüsse, die das Ziel haben, den Gegner zu verletzen.

Combines: Spiele vor dem Draft, in dem die Nachwuchsspieler ihr Können zeigen.

Conference Championships: Dritte Runde der Stanley Cup Finalspiele. Es gibt die Eastern und die

Western Conference Championship und der jeweilige Gewinner tritt im Finale an.

Corsi-Statistik: Eine relativ komplizierte Statistik, die beim Eishockey genutzt wird, um Schussversuche auf das gegnerische Tor bei einem ausgeglichenen Spiel (gleich viele Spieler in jeder Mannschaft auf dem Eis) abzubilden und so die Schlagkraft eines Teams einzuschätzen.

Cross Net Shot: Spezielle Art Schuss im Versuch, ein Tor zu erzielen. Anstatt direkt auf den Goalie zu zielen, schießt der Spieler den Puck quer zum Netz von einer Seite zur anderen.

Defending the House: Wörtlich übersetzt ‚Das Haus verteidigen'. Haus bezieht sich auf das Netz, wodurch der Rest selbsterklärend wird 😊

Deke: Täuschungsmanöver

Drop Pass: Ein Spielzug bei dem man den Puck rückwärts zu einem Spieler hinter sich schießt, damit dieser Geschwindigkeit aufbauen und so besser vor das gegnerische Tor kommen kann.

Expansion Draft: Wird von der Liga durchgeführt, wenn ein neues Team im Zuge einer *Expansion* Mitglied wird. Spieler aus anderen Teams werden dafür rekrutiert.

Expansions-Team: Teams, die während mehrerer *Expansions* (Erweiterungen) der NHL beigetreten sind.

Face-off: Eine Art Einwurf des Pucks nach einem Foul oder einer Spielunterbrechung. Findet zwischen zwei Spielern statt. Ist auch der Anstoß zu Beginn des Spiels in der Mitte der Eisfläche.

Farm Team: Zweites Team eines Vereins, das in

einer niedrigeren Liga spielt und aus dem Spieler für die NHL rekrutiert werden.

Five-Hole: Bereich zwischen den Beinen des Goalies.

Flex: Die Flexzahl steht für den Kraftaufwand in Pfund, der nötig ist, um die Schlägermitte um ca. 2.5 cm (1 Inch) zu biegen.

Forecheck: Defensivspiel in der Offensivzone (also vor dem gegnerischen Tor), mit dem Ziel, Druck auf die gegnerische Mannschaft auszuüben.

Frozen Four: Hier handelt es sich um die Halbfinals und das Finale der College-Eishockeymeisterschaften.

Goalie: Torhüter

Hat Trick: Hattrick; wenn ein Spieler in einem Spiel drei Tore hintereinander schießt.

Healthy Scratch: So wird ein Spieler bezeichnet, der auf der Bank bleiben muss, obwohl er gesund und spielfähig ist. In der Regel eine Bestrafung für Fehlverhalten.

High Slot Robbery: Die High Slots sind die Bereiche auf dem Eis, die sich direkt vor dem Netz befinden. Wenn ein Goalie einem gegnerischen Spieler dort den Puck abjagt, ist das ein High Slot Robbery.

High Sticking: Ein Foul bei dem der Schläger eines Spielers über die Kopfhöhe des Gegners gehoben wird und Kontakt mit dem gegnerischen Spieler hat.

Icing: Unerlaubter Befreiungsschuss.

Instigation: Anzetteln einer Schlägerei auf dem Eis. Wird mit Penaltys bestraft.

Junior-Liga/Minor/AHL: So viel wie die 2. und 3. Liga im Fußball.

Lines/Block: Angriffsteams, zu denen ein *Center* und zwei *Flügelspieler/Stürmer* gehören. Sie bilden eine Einheit, die während eines Spiels untereinander ausgetauscht werden, da das Spiel sehr anstrengend ist. In der Regel ist ein Block eine Minute auf dem Eis.

Neutrale Zone: Bereich zwischen den beiden Linien, die die Mitte des Eises markieren.

Odd Man Rush: Wenn sich beim Eintritt in die Angriffszone mehr Spieler des angreifenden Teams dort befinden als des verteidigenden Teams. Je höher die Angreifer in der Überzahl sind, umso höher die Torchancen.

Original Six: Bezieht sich auf die ersten sechs Teams, die in der NHL gespielt haben.

Penalty: Strafe für Fehlverhalten. Die Dauer hängt von der Schwere des Fouls ab.

Penalty Kill: Wenn mehr Spieler des Gegners sich auf dem Eis befinden.

Penalty-Schießen: Vergleichbar dem Elfmeterschießen im Fußball. Findet statt, wenn es nach einer Verlängerung immer noch unentschieden zwischen zwei Mannschaften steht.

Poke Check: Gängigste Methode, um den Puck einem anderen Spieler wegzunehmen; kann von jedem Spieler in jeder Zone angewendet werden. Es handelt sich um eine Art Stochern mit dem Schläger.

Powerplay: Wenn eine Mannschaft aufgrund von Penaltys mehr Spieler auf dem Eis hat als die andere.

Roughing: Zu hartes Vorgehen während des Spiels. Führt zu Penaltys (Strafen).

Saucer: Spezieller Schuss, bei dem sich der Puck wie eine fliegende Untertasse (flying saucer) bewegt.

Shutout: Spiel, bei dem ein Goalie ohne Gegentor bleibt. Sehr wichtig, weil dies auch in den Statistiken auftaucht.

Slap Shot: Scharfer, direkter Schuss auf das Tor.

Slashing: Foul bei dem der Gegner mit dem Schläger empfindlich getroffen wird.

Tape-to-Tape: Pass von Schläger zu Schläger.

Toe-drag: Trick, bei dem der Puck mit dem offenen Ende des Schlägers verdeckt und so vom Gegner ferngehalten wird.

Tryout: Probezeit eines Spielers, in der Regel vor der Saison im Trainingscamp und bei dem vorsaisonalen Spielen.

Turnover: Puckverlust.

Two Way Stürmer: Ein Spieler, der sowohl als Verteidiger als auch als Stürmer agieren kann.

Wraparound: Wenn der Puck hinter dem gegnerischen Netz ist und die Spieler versuchen, um das Netz herum (Wraparound) zu kommen und ein Tor zu erzielen.

Zebra: Bezeichnung für die Schiedsrichter

ÜBER *den* GROẞEN TEICH

RJ SCOTT & V.L. LOCEY

EINS

Alex

Es gibt nichts Deprimierenderes als ein leeres Haus. Die Stille lauerte mir auf, wenn ich allein war. Es war ein unnatürlicher Zustand für einen Mann, der mit drei Geschwistern aufgewachsen war, dazu einer Vielzahl an Onkel und Tanten, vierzehntausend Cousins, die über zwei Länder verteilt waren und einer Großmutter, die vor ein paar Jahren in die USA gezogen war, um bei meinen Eltern zu leben und die alle täglich in Kontakt miteinander standen. Das einzige Mal, dass ich als Kind auch nur den Hauch von Stille erlebt hatte, war, als ich mich in einen Schrank eingeschlossen hatte, um dem Zorn meines älteren Bruders zu entgehen, nachdem ich eines seiner Spielzeuge kaputtgemacht hatte. Sogar damals war innerhalb von fünfzehn Minuten der gesamte Santos-Garcia Clan angekommen – inklusive meines Cousins Renaldo, der für einen Schlüsselmacher arbeitete – und ich wurde befreit. Meine Familie glaubte nicht daran, Zeit allein zu verbringen.

Familie war es, was eine Person stark machte. *La familia hace a una persona fuerte.*

Meiner Erfahrung nach waren die meisten Latino-Familien sich nahe stehend, stark und wahnsinnig neugierig. Jeder hatte seine Nase in den Angelegenheiten aller anderen. Und so sehr mich das als Teenager auch wahnsinnig gemacht hatte, jetzt sehnte ich mich nach jemandem, mit dem ich reden konnte. Ich hasste es, wie still und tot dieser Ort war. Henry kämpfte um sein altes Leben und Ryker war zum All-Stars Spiel gefahren. Ryker hatte es absolut verdient, eingeladen zu werden, und ich hatte vorgehabt, nach San Luis zu fahren, wo meine riesige Familie wohnte, und mir die Festlichkeiten anzusehen. Henry verdiente *absolut* nicht, was ihm widerfahren war. Ich hatte Gott geschworen, dass wenn ich je die Chance bekommen sollte, ich Aarni Lankinen zu Brei schlagen würde für den Schmerz, den er meinem Freund zugefügt hatte.

Aber zuerst musste ich packen und Henry noch einmal besuchen. Ich hasste es, ihn zu verlassen. Wir drei – Henry, Ryker und ich – waren uns während der Saison nahegekommen. Sich ein Haus zu teilen, konnte ein Band entweder verstärken oder es zerbrechen. Uns hatte es zu einer Art Bruderschaft gemacht. Ein Trio von Neulingen, verbunden durch unsere Liebe zu Hockey, Käseflips und Horrorfilme spät in der Nacht – Henry hatte immer Angst und versteckte sich hinter einem Kissen – sowie Musik.

Jetzt tappte nur ich herum, wusch Kleidung, wischte Staub und machte mir Sorgen über den langen Weg, den unser Freund gehen musste, um wieder zu uns zu stoßen. *Los tres amigos.* Traurigerweise war ich der einzige Freund in diesem großen Mietshaus im südlichen Bereich von Tucson.

„Es reicht. Scheiße, Alex, hör auf zu grübeln und setz dich in Bewegung."

Meine *Abuela* sagte das immer, zusammen mit *es gibt keinen Spaß für die ganze Familie* oder *mein Ehemann war ein Mistkerl.*

Ich vermisste meine Großmutter so sehr und spielte mit dem Medaillon am Ende der Kette, in das die Figur des heiligen Sebastián eingraviert war. Sie hatte es mir geschenkt, weil dieser besondere Heilige der Schutzheilige der Athleten war, und ich hatte es immer bei mir, sodass ich es nicht verlor. Ich trug es nicht ständig, vor allem nicht, wenn ich spielte, aber es war nic weit von mir entfernt.

San Luis war weniger als vier Stunden entfernt, aber an manchen Tagen fühlte es sich an, als wäre sie wieder in Toluca, mit einer riesigen, dämlichen Mauer zwischen uns. Ich sehnte mich nach ihren Umarmungen und einem Teller mit ihren *Hojarascas.* Wenn ich meine Augen schloss, konnte ich dieses süße Mürbegebäck schmecken. Die Erinnerungen daran, wie ich mit meinen Geschwistern und Cousins in ihr Haus rannte, um mir ein paar dieser weichen, warmen Leckereien zu holen, hob meine Stimmung. Manchmal servierte sie sie zusammen mit ihrem selbst gemachten *Arroz con leche.* Der Reispudding mit den Cookies war eine Mahlzeit, die sie extra für die Enkel zubereitete und wir hatten versprechen müssen, unserer *Mamá* niemals zu erzählen, dass sie uns Süßigkeiten vor dem Abendessen gab.

Die Familie war nur eine Autofahrt entfernt. Dort zu sein, zu Hause, wäre ein Segen, den ich unbedingt brauchte. Darum setzte ich meinen Hintern in Bewegung, räumte auf, saugte Staub, machte die Wäsche fertig, inklusive der Kleidung, die ich in Henrys Wäschekorb fand und fing an, ernsthaft zu packen. Ich ließ Bad Bunny featuring Drake laufen und spürte, wie etwas von der Traurigkeit sich von meinen Schultern hob.

Das hielt an, bis ich in die Rehaklinik kam, in der Henry sich erholte, seine ordentlich gefaltete Kleidung hatte ich in eine Raptors-Tasche gepackt. Nur vor dem Gebäude zu parken zog mich auf der Stelle wieder runter, aber ich schob all das beiseite, die Wut und die Melancholie und ich holte das Alex-Santos-Garcia-Gesicht heraus, das alle kannten. Der Mann, der lächelte und Witze riss, hübschen Mädchen zuzwinkerte und niemals die Beichte oder die Messe am Sonntag verpasste. Der gute Junge, der Sohn, der seinen *Papá* stolz machte. Der falsche Alejandro, zu dem alle aufschauten, weil er einer der wenigen mexikanisch-amerikanischen Spieler in der NHL war, war nicht der reale Alejandro, weit gefehlt. Der reale Alejandro versteckte ein dunkles, nagendes Geheimnis tief in seiner Seele, eines, das seine Eltern zum Weinen bringen würde und seine Kirche dazu, ihn als Sünder zu bezeichnen.

„*Wey*, stopp", knurrte ich mir selbst zu, schaltete den Motor meines Jeeps aus und bewegte meinen Hintern ins Gebäude, wo der Wachmann mich auf der Stelle aufhielt.

„Einen Moment", sagte er und schob sich aus seinem Stuhl. Ich trat direkt hinter der Tür auf die Bremse. „Lass mich sehen, was in dieser Tasche ist."

Mein Blick flog von ihm zu dem weißen Paar, hinter dem ich hereingekommen war, beide mit riesigen Einkaufstüten, denen er keinen Blick gegönnt hatte.

„Sie haben ihre Taschen nicht überprüft", bemerkte ich.

Er war kleiner als ich, auch weniger muskulös, aber er hatte eine Marke und eine Einstellung, die mir oh so vertraut war. Er presste seine Lippen zusammen. „Zeig mir den Inhalt dieser Tasche, *Amigo*, oder du kannst dorthin zurückkehren, wo du hergekommen bist."

„Gut, ja, schon kapiert." Ich hielt ihm die Tasche hin.

Er warf mir einen Blick zu, der Bände sprach, drehte sich dann um, stellte die Tasche auf den Stuhl, auf dem er gesessen war und fing an, methodisch jedes verdammte Ding herauszuholen und es zu schütteln. Er schüttelte die Tasche ebenfalls, als sie leer war, tastete sie innen ab und strich mit seinen Fingern an den Nähten entlang. Während der fünfzehnminütigen Show kamen alle möglichen Leute vorbei. Ärzte, Krankenschwestern, Helfer, Besucher. Und hier stand ich, in meiner Jeans, einem Raptors-T-Shirt und High-Top Sneakern und fühlte mich niedriger als der Teppich, auf dem wir standen. Ich sagte nichts, etwas, das meine Eltern uns allen beigebracht hatten. „*Lasst sie einfach machen, was sie denken, tun zu müssen*", hatte mein Vater erklärt. „*Gebt niemals Widerworte, gebt ihnen nie einen Grund, euch zu verfolgen und habt eure Ausweise immer dabei. Verstanden, meine Kleinen?*"

Die größte Furcht meiner Eltern war es, bei einer Razzia verhaftet und zurück nach Mexiko geschickt zu werden, obwohl sie und jetzt auch alle ihre Kinder, amerikanische Staatsbürger waren. Meine kleine Schwester und ich waren hier geboren, aber meine älteren Geschwister waren Dreamer gewesen, bis sie ihre Einbürgerungstests bestanden hatten, nachdem sie mit der Highschool fertig waren. Dennoch, so wie die Dinge lagen, fühlte niemand in der Latino-Community sich hundertprozentig sicher …

„Na schön, du kannst rein, aber die Besuchszeiten sind heute begrenzt. Heute wird Ungeziefer ausgeräuchert. Pass auf, dass es dich nicht erwischt", sagte der Wachmann und ging dann davon, ließ mich mit dem Durcheinander von Henrys verstreuter Kleidung stehen.

Ich fluchte leise.

„Cara de cerdo hijo de la gran puta!"

"Nett, ich habe noch nie gehört, dass er als schweinsgesichtiger Hurensohn bezeichnet wurde." Ich schaute nach links und sah eine niedliche Frau in einem rosa Kittel, die mich anlächelte. Ihre langen schwarzen Haare waren zu einem dicken Pferdeschwanz gebunden, ihre Augen waren groß und braun und ihre Lippen hatte dieselbe Farbe wie Kirschlimonade. „Ich bezeichne ihn immer als schnauzgesichtige Nacktschnecke."

Das brachte mich dazu, ein wenig zu lächeln. „Tut mir leid wegen meiner Ausdrucksweise."

„Kein Problem." Sie hob eines von Henrys T-Shirts auf und legte es zusammen, reichte es mir dann. „Er ist ein Arschloch. Macht uns immer das Leben schwer." *Uns* meinte jeden, der nicht weiß war, so wie er. Da war ich mir sicher. Ich nickte. „Also, Henry erzählt ständig von dir. Ich sehe dich jeden Tag kommen und gehen. Nicht, dass ich dich stalke oder so!"

Röte stieg in ihre weichen braunen Wangen. Großartig. Eine hübsche junge Frau hatte mich offensichtlich abgecheckt und mir war es nicht aufgefallen. So typisch. Ich war wirklich grauenvoll darin, so zu tun, als wäre ich hetero. Notiz an mich selbst – achte mehr auf die Mädels.

„Nein, nein, ich habe nicht gedacht, dass du mich stalkst. Du bist mir auch irgendwie aufgefallen", log ich, dass sich die Balken bogen. Mein Blick senkte sich zu ihrem Namensschild und dann zu ihren Brüsten, nur für eine Sekunde, weil Männer Brüste mochten. Ihre waren ganz nett. Nahm ich an. „Blanca, so ein schöner Name. Meine Ur-Ur-Großmutter väterlicherseits war auch eine Blanca."

„Oh, das ist cool. Blanca Acosta Ramirez." Sie hielt mir ihre winzige Hand hin, machte dann einen niedlichen kleinen Knicks.

Ja, diese junge Frau sollte mich hart machen, oder? Ich will damit sagen, das machte sie natürlich nicht, aber sie sollte es, darum musste ich so tun, als wäre ich interessiert. Fuck, ich hasste das so sehr. Aber sie war die Art junge Frau, die meine Familie liebend gern als mein Date sehen würde.

„Alejandro Santos-Garcia", sagte ich, nahm ihre Hand, beugte mich darüber und küsste dann ihre Fingerknöchel. Sie kicherte und klimperte mit ihren

Wimpern und bevor wir damit fertig waren, die Kleidung zusammenzulegen, hatte ich ihre Handynummer. Sie schien nett zu sein, ein wenig zu sehr Fangirl für mich, aber ich konnte mir vorstellen, wie ich mit ihr zusammen zu Abend aß und ein paar Filme anschaute. Vielleicht ein Doppel-Date mit ein paar der anderen Jungs aus dem Team. Nun, abgesehen von Ryker, der einen festen Freund hatte. Ich neidete ihm diese Freiheit viel mehr als sein Können auf dem Eis. Ich blieb vor Henrys Zimmer kurz stehen, schüttelte die trübe Stimmung ab, die zurückkehren wollte und betrat Henrys Zimmer mit einem Grinsen.

Henry saß aufrecht in seinem Bett. Er war immer noch ein Wrack. Sein Kopf und Hals waren verbunden, um die Augenverletzung zu schützen, die er bei dem Autounfall erlitten hatte. Er schaffte ein zittriges Lächeln für mich, trotz des zerschmetterten Beins in einem Gips, das ihn den Rest der Saison kosten würde. Ich berührte das goldene Kreuz, das auf meinem Brustkorb ruhte, schickte ein schnelles Gebet zur Jungfrau Maria, damit sie weiterhin über ihn wachte.

„Hey, Mann, wie fühlst du dich heute?" Ich ließ seine Tasche auf das Bett fallen und öffnete den Reißverschluss.

„Als wäre ich mit einem beschissenen Sportauto gegen eine Wand gefahren", antwortete er. Ich tätschelte seine Hand, achtete darauf, nicht gegen den Zugang zu seiner Vene zu stoßen. „Ich habe das Gefühl, dass mein Kopf mit Watte gefüllt ist."

„Du klingst wie mein Cousin Estefan, wenn er zu viel getrunken hat", parierte ich, trug seine saubere

Kleidung zu dem eingebauten Schrank neben der Badtür. „Wusstest du, dass Tennant Rowe nach seiner Verletzung hierhergekommen ist, um sich helfen zu lassen?" Ich schaute zu Henry, der nur ein gutes Auge hatte, mit dem er mich sehen konnte. Es war ein hübsches Auge, das Blau sehr tief und strahlend.

„Mein Vater hat es mir erzählt."

„Ja, nun, ich finde, das sagt eine Menge, oder? Schau, wie schnell er sich erholt hat! Ich will wetten, dass du mir beim nächsten Trainings-Camp bei den Sprints davonfährst." Ich legte seine Kleidung in eine Schublade, schloss sie und drehte mich um, sah, dass er aus dem Fenster starrte. „Hey, Kumpel, hast du mich gehört?"

Sein Kopf drehte sich in meine Richtung. Der stumpfe Ausdruck verschwand und er lächelte mich an.

„Alex, hey! Es ist schön, dich zu sehen", rief Henry ein wenig zu laut.

Fuck. „*Wey*, Kumpel, ich freue mich auch!" Ich grinste und packte weiter seine Kleidung aus, überspielte die Tics und die verlorenen Worte, die Zeit, die ich damit verbrachte zu versuchen ihn daran zu erinnern, wer Ryker war und die Wiederholungsfragen. Kopfverletzungen waren brutal. Wir alle wussten das. Es gab keinen lebenden Hockeyspieler, der nicht wusste, was Gehirnerschütterungen mit dem Hirn anstellten. Und vielleicht, wenn es nur eine Gehirnerschütterung gewesen wäre, mit der Henry sich herumschlagen musste …

„Also, ich habe dieses hübsche Mädchen in der Lobby kennengelernt", fing ich an und setzte mich. Sein

Lächeln schien ein wenig strahlender zu sein und darum redeten wir über Frauen und Hunde, bis ich gehen musste. „Ich fahre über die All-Star Pause nach Hause, aber ich rufe dich jeden Tag an, okay?"

„Klar, okay." Er hielt mir seine Faust hin. Ich tippte sachte mit meiner gegen seine Fingerknöchel, stopfte seine Schmutzwäsche in die Tasche und ließ sie an der Tür stehen, damit der Wäscheservice sich darum kümmern konnte, während ich nicht da war. „Bye, Alex!"

„Bis bald, *wey*." Ich trat in den Flur, blieb stehen, schloss meine Augen und holte zehn Mal tief Luft. Ich würde nicht hier in diesem verdammten Flur zusammenbrechen. Zur Hölle damit. Weinen hatte noch keinen von uns irgendwohin gebracht. Es war am besten, diesen Scheiß in die Tonne zu treten, sich zusammenzureißen und der Zukunft zu stellen. Meine Zukunft lag für eine Woche in San Luis. Mein Handy vibrierte. Ich holte es aus meiner vorderen Tasche, lächelte über den Anruf und ging sofort ran.

„Kommst du bald nach Hause? Ich bin heute Mittag shoppen gewesen. Ich habe dich auf einem Instagram-Bild gesehen. So alte Jeans, *Mijo*, und kein T-Shirt, darum scheinst du offensichtlich Kleidung zu brauchen. Ich habe gute Jeans im Sonderangebot gefunden." Ugh. Nein, keine Jeans, die ich nicht anprobiert hatte. Sie würden niemals über meinen runden Hintern und meine dicken Oberschenkel gehen. Jeanskauf war für einen Hockeyspieler etwas, das er selbst erledigen musste. Aber es war der Gedanke, der zählte, richtig?

„*Mamá*, ich habe Kleidung."

„Du zeigst deinen Brustkorb also einfach absichtlich überall auf Instagram? Du willst nicht die Art Mädchen, die solche Fotos anziehen, Alejandro. Warum zeigst du nicht eines von dir in einem Anzug? Du bist so ein gut aussehender junger Mann in einem Anzug."

Na schön, es war an der Zeit, den Gang zu wechseln. „Ich verlasse gerade die Reha-Klinik. Ich sollte bis zum Abendessen da sein", sagte ich, marschierte an dem Wachmann an der Tür vorbei, ohne ihm den Finger zu zeigen. Meine Zurückhaltung war legendär.

„Gut. Ich werde früh aufhören und zum Markt gehen. Gibt es etwas Bestimmtes, was du möchtest?"

Ich ließ mich hinter das Steuer meines Jeeps fallen. Die warmen Winde wirbelten über die Frontscheibe, bliesen die Traurigkeit fort, die ich gefühlt hatte, wenn auch nur für kurze Zeit.

„Erdbeermilch. Oh! Schwarzer Bohnen Dip, Zitronen-Chips … Oh! Und *Saladitos*! Die nach Zitrone schmeckenden gesalzenen Pflaumen. Nicht die Aprikosen. Juan mag die."

„Was für eine Liste!" Sie lachte. „Ich besorge dir, was du magst, keine Sorge. Dein Bruder und deine Schwestern werden heute Abend hier sein und natürlich Dave und Mary. Ich glaube, ein paar der Cousins haben gesagt, dass sie vorbeischauen werden, aber nicht Héctor, weil er immer noch wütend ist, dass dein *Papá* ihm keine hundert Dollar leihen wollte, um eine neue Katze zu kaufen. Stell dir das vor! Wir sagen ihm, dass das Tierheim voller Katzen ist. Er soll sich dort eine holen, aber du kennst Héctor. Er hat so große Pläne. Er will vornehme Katzen züchten und sie verkaufen! *Aquel estúpido*.“

Ja, Héctor war ein dämlicher Arsch. Sein Kopf war angefüllt mit fadenscheinigen Wie-man-schnell-reich-wird-Ideen. Wenn er sich nur zusammenreißen und hart arbeiten würde, würde er Erfolg haben. Das war eine Rede, die wir als Kinder täglich gehört hatten. *Papá* stellte uns in einer Reihe auf, bevor er in die Arbeit ging, küsste uns auf den Kopf und sagte uns, dass Erfolg kein Zufall war. Er musste es wissen. Er war mit nichts als seiner schwangeren Frau, zwei Kindern und einem Traum nach Amerika gekommen. Jetzt war er der Manager von zehn Magic Marts in der Gegend von San Luis und meine Mutter leitete eine große Zahnarztpraxis. Sie hatten geschuftet. Harte Arbeit, Hingabe und ein Traum, das hatte *Mamá* uns jeden Abend zugeflüstert. Das war alles, was eine Person brauchte, um ein erfolgreicher Amerikaner zu sein.

„Ignorier Héctor. Er ist ein Narr. Macht *Abuela* Cookies?“

„Was denkst du?“

„Ah, ich liebe sie. Und dich!“ Ich machte küssende Geräusche ins Handy. „Na gut, ich fahre jetzt los. Ich mache vielleicht Pause, um zu tanken und für einen Snack …“

“¡No! Nada de snacks! Arruinarás tu apetito.”

Ich seufzte dramatisch. "Na schön, keine Snacks, damit ich mir den Appetit nicht ruiniere.“

„Braver Junge. Oh, und Vater Delgadillo kommt ebenfalls, also rasier dich und komm nicht mit einem schlampigen Mädchen an deinem Arm.“

„*Mamá*, habe ich je ein schlampiges Mädchen nach Hause gebracht?"

„Fang nicht jetzt an, wo du für ein Team in der großen Liga spielst. Such dir ein nettes Mädchen, eines, das in die Kirche geht und hofft, eines Tages zu heiraten. Der Himmel weiß, dass ich mich frage, ob Juan je sesshaft wird. Ich glaube, dass er vielleicht schwul ist. Also müssen du und deine Schwester Luisa bald gute Partner finden, bevor ich zu alt bin, um ein Enkelkind auf meinem Knie hüpfen zu lassen. Wir werden bei Elizabeth noch nicht über Babys reden."

Ich schloss meine Augen. „Luisa hat gerade die Ausbildung zur Krankenschwester abgeschlossen. Warum sollte sie so bald ein Baby wollen? Und es ist mein erstes Jahr im Team. Du bist noch nicht einmal fünfzig. Ich denke, dass du noch etwas Zeit hast, ja? *Si Dios quiere*."

Ich bekreuzigte mich schnell. Wenn Gott es wollte, würde sie noch viele Jahre bei uns sein, darüber reden, Enkel zu brauchen und sich Sorgen um Juan machen, der absolut nicht schwul war, sondern nur sein Leben als Single liebte. Wenn sie nur wüsste, dass sie sich beim falschen Sohn um die sexuelle Orientierung sorgte.

„So ein vorwitziges Mundwerk. Ich muss los." Ich bekreuzigte mich erneut, genau wie meine Mutter es zweifellos auch gerade machte. „Fahr vorsichtig, *Mijo*."

"*Sí, siempre lo hago, mamá. Nos vemos ahora.*"

„*Adios*, Alejandro."

Als der Anruf vorüber war, saß ich da und dachte über die bevorstehende Woche nach. Ich freute mich so, nach Hause zu fahren und doch gab es einen großen dunklen Ball aus Schuld und Sorge, dass mein Geheimnis herauskommen könnte. Ich hatte mein Schwulsein seit dem College gut verborgen. Es hatte nur einen Kuss von Eddie Milkovich auf einer Verbindungsparty gebraucht, um mein Leben für immer zu verändern.

Jahrelang war ich mir sicher gewesen, dass mein mangelndes Interesse an Mädchen am Hockey lag oder dass ich ein Spätzünder war, wie meine Mutter gern sagte, auch wenn ich mit fünfzehn schon über einen Meter neunzig groß war. Klar, ich hatte Dates gehabt, hatte Mädchen mit auf Bälle genommen, hatte in meinem Abschlussjahr an der Highschool sogar ein wenig herumgemacht, aber es hatte nie ein wirkliches Feuer gegeben. Vielleicht, hatte ich mir gedacht, war ich einfach einer dieser Menschen, die eine tiefere Verbindung brauchten, bevor ich bei einem Mädchen heiß und geil wurde. Nein. Es hatte nichts mit einem Ring zu tun oder Hockey oder dem Lernen. Ich hatte nur noch nie zuvor einen anderen Mann geküsst. Ja, ich hatte über sie nachgedacht, hatte bei bestimmten Männern Attribute gefunden, die mir gefielen, wie die Arme von Chris Hemsworth oder Robert Pattinsons Augen, aber ich hatte nie darüber fantasiert, einen Mann zu ficken. Vielleicht einen zu küssen oder zu berühren, um zu sehen, ob sie sich anders anfühlten als ein Mädchen …

Wenn ich so zurückblickte, konnte ich sehen, wie sehr ich mich von Männern angezogen gefühlt hatte, aber es hatte einen betrunkenen Kuss in einem Verbindungshaus gebraucht, um den Schalter umzulegen. Und jetzt, drei Jahre später, lag dieses Geheimnis mitten in meinem Brustkorb wie ein Felsen. Nach Hause zu gehen würde, in Hinblick darauf, die Dinge so viel schwieriger machen. Mit Ryker zusammen zu wohnen hatte mir die Augen geöffnet, wie es sein konnte, vielleicht, in einem alternativen Universum, in dem Alex Santos-Garcia kein frommer katholischer Amerikaner mit mexikanischen Wurzeln war. Vielleicht konnte Alex in dieser anderen Welt einen Mann finden, den er liebte und das offen zeigen. Vielleicht würden in dieser seltsamen, auf den Kopf gestellten Welt, seine Eltern so cool wie die von Ryker sein – sein Stiefvater/Dad und seine Mom/Stiefvater – die diesen anderen Alex und seinen Mann in ihrem Heim, ihren Herzen und ihrer Gemeinde aufnahmen.

„Und vielleicht werden mir Hockeypucks aus dem Hintern fliegen", stöhnte ich, schaltete den Motor an, drehte Shakira auf und verdrängte alles noch ein wenig mehr.

ZWEI

Seb

Geld kann dich zu jedem Mann machen, der du sein möchtest.

Das Geld, das auf meine Konten floss, ermöglichte den Flug erster Klasse in die USA. Ich überquerte von London, England aus den Großen Teich mit Stil. Auf subtile Weise aufmerksame Angestellte kümmerten sich darum, dass ich alle Annehmlichkeiten hatte und der Champagner floss, während ich in meiner gemütlichen Kapsel in meinem maßgeschneiderten Anzug von Jasper Littman saß, mit meinen Schuhen von Ferragamo, während mein Porsche sicher auf dem VIP-Parkplatz in Heathrow stand. Ich war geschliffen, urban, und Melanie, die Stewardess, die mir mit einem sanften Lächeln und Augen, voll mit Versprechungen, erklärt hatte, dass sie mir *alles* bringen konnte, was ich wollte, würde nichts anderes sehen als einen erfolgreichen, reichen Mann, der in die USA unterwegs war.

„Kann ich Ihnen noch etwas bringen, Sir?", fragte

sie und berührte meine Schulter, um die Frage zu betonen.

„Nichts, vielen Dank."

Der Funke Interesse in ihrem Gesicht war etwas, das ich schon gesehen hatte. Ich fand nicht, dass ich sonderlich gut aussehend war, nur auf meine eigene, einzigartige Weise hervorragend angezogen, aber was ich hatte, war Geld und die dazu passende Selbstsicherheit. Das Geld war real, die Selbstsicherheit gespielt, aber sie reichte aus, um jeden zu überzeugen, den ich wollte. Wenn sie nur wüsste, dass ich mich mehr für Robert interessierte, den Steward, der sich um die Reihe vor mir kümmerte, dann würde sie vielleicht anfangen, genauer hinzusehen und die Hinweise entdecken, die mich verrieten. Höchstwahrscheinlich würde ihr auffallen, dass ich auf meinem Sitz eher fläzte, als aufrecht zu sitzen, oder sie würde Vokale hören, die nicht ganz so kurz waren, wie sie das erwartete. Würde es sie interessieren, wen sie unter der Maske fand, solange ich das Geld hatte, um das Image zu stützen, das ich projizieren wollte?

Vielleicht würde ihr die Tatsache gefallen, dass an diesem Briten in seiner teuren Kleidung, der Tausende für das Privileg all dieses Luxus im vorderen Teil des Flugzeugs ausgab, nichts Zivilisiertes war.

„Soll ich Ihre Sachen wegräumen, Sir?", fragte sie und beugte sich vor, bis ihr Busen direkt vor meinem Gesicht war, was ich ignorierte.

Ich wartete, bis der Tisch abgeräumt war, machte die angemessene Menge an Small Talk mit Melanie, mied sorgsam den bereits erwähnten Busen und widmete mich dann meiner Aufgabe, holte mein momentanes Notizbuch heraus. Ich arbeitete nicht an Bildschirmen. Ich suchte mir Informationen, druckte alles aus, fasste es zusammen und las es als Tagebuch mit festem Einband. Während ich las, schrieb ich mir Spielzüge auf, die ich machen konnte und erst dann übertrug ich diese Entscheidungen in ein Format, das andere sehen konnten. Mein Notizbuch über die Arizona Raptors war dick und unhandlich und ich holte die Filzstifte heraus, auf die ich mich verließ. Grün war für Maßnahmen, Blau für weitere Nachforschungen und Rot war für sofortige Aufmerksamkeit und ich legte sie neben mir auf den Tisch.

Wo sollte ich anfangen?

Die Arizona Raptors. NHL-Team. Ziemlich beschissen, wenn man sich die allgemeinen Statistiken anschaute. Ich stellte im Kopf ein paar Berechnungen an, ging über ein paar Jahre zurück und es war nicht schwierig zu sehen, dass sie so scheiße waren, wie ich annahm. Ich musste mich mit Hockey nicht *auskennen,* um das zu sehen. Bis zum Ende der letzten Saison hatten sie Probleme mit der Sache gehabt, die sie tun sollten – das verdammte Spiel zu spielen. Wenigstens hatten sie diese Saison, die halb vorüber war, ein paar Punkte auf der Tafel und waren auf dem vierundzwanzigsten Platz in der Liga. Es war traurig, sich darüber zu freuen, wenn man bedachte, dass dies immer noch das untere Drittel war.

Das alte Management hatte wenig Loyalität gekannt, die Neuen kämpften mit den unbekannten Gewässern und aus den Artikeln, die ich gelesen hatte, schloss ich, dass die meisten Leute erwarteten, dass die Raptors versagen würden. Wenn ich tiefer grub, würde ich wahrscheinlich herausfinden, dass die Star-Spieler ständiges Verhätscheln erwarteten, dass die Investoren ungeduldig waren und schnelle Resultate verlangten und dass die Medien jede ihrer Entscheidungen aufs Korn nahm und hinterfragte. Es würde im Grunde eine Situation wie in einem Dampfkochtopf sein. Dann waren da noch die drei Dinge, die das Team fertiggemacht hatten – der Wechsel an der Spitze, der neue Coach und der Elefant im Raum, die Anklage gegen einen ihrer großen Namen, einen gewissen Aarni Lankinen.

Andere, kleinere Firmen wären nicht in der Lage gewesen, diese Art Tsunami an Chaos auszusitzen, aber das musste man ihm lassen, der neue Coach, Rowen Carmichael, hatte den Stier bei den Hörnern gepackt. Er hatte ein paar harte Gespräche geführt, und ich hatte die Mitschriften von den meisten davon. Diese Diskussionen, die mir zum Lesen gegeben worden waren, verhalfen mir auch zu einer Basis, um eine ehrliche Evaluation für jeden Spieler zu erstellen. Es wäre viel zu einfach, zu den sich abmühenden Raptors zu kommen und alle über einen Kamm zu scheren, anzunehmen, dass sie alle versagten.

Und das stimmte nicht. Es hatte in dieser Saison neues Blut gegeben. Drei neue Jungs, die ziemlich beeindruckende Statistiken aufgestellt hatten. Ich machte mir eine Notiz in Blau, mir alle drei anzusehen und stellte eine ganze Liste an Fragen zusammen, die ich ihnen stellen wollte. Wenn ich mir die anderen

Teams so anschaute und wie Hockey allgemein funktionierte, was mir zum größten Teil neu war, gab es jedes Jahr neues Blut von etwas, das als Draft bezeichnet wurde. Die Besten der Besten kämpften um Plätze in der NHL, viele von ihnen landeten in den sogenannten Feeder-Teams, wo sie trainierten, bis sie bereit für die großen Teams waren. Dann gab es noch andere Neulinge von Colleges, und zusammen mit den Jungs aus dem Draft und jenen, die aus dem Feeder-Team kamen, ergab das eine ganze Gruppe junger Männer.

Jason hatte mir ein Informationsblatt über jeden Spieler per E-Mail geschickt und ich war sie alle durchgegangen, hatte das größte Arschloch, das die Menschheit kannte, Aarni Lankinen, nach ganz unten geschoben, denn das Letzte, was ich gehört hatte, war, dass er auf dem Weg ins Gefängnis war.

Ryker Madsen war der erste auf meiner Liste, der hellste Stern. Er hatte Instagram, dazu Twitter und hatte eine gesunde Anzahl Follower wegen jemandem, der Tennant Rowe hieß? Wie es schien, war Tennant eine große Nummer und ich fügte das meiner Liste für weitere Nachforschungen hinzu. Ryker war ein hübscher Mann, hatte scharfe Kanten und lockige Haare und sein Lächeln war ansteckend. Die gemeinen und finsteren Teamfotos wurden von diesem Lächeln alle ruiniert, was auf jemanden hindeutete, der sich in seiner Haut wohlfühlte. Er war der auffällige, Tore schießende Typ und er war das perfekte Aushängeschild für die Raptors. Wenn wir mehr Leute dazu bringen konnten, ihm zu folgen, ihn zu lieben, dann hätten wir ein ganz neues Publikum zur Auswahl. Aber er war ein wenig zu perfekt, nun, abgesehen von der Tatsache, dass er bi war, was einige Probleme zu verursachen schien.

Henry Greenaway, er war einer der Neulinge gewesen, aber er war wegen einer Kopfverletzung für den Rest der Saison raus. Wenn ich mir die Situation zynisch anschaute, was mir immer das Gefühl gab, schmutzig zu sein, könnte ich eine Kampagne um seine Genesung herum aufbauen, aber ich hatte selbst schon toxische Beziehungen erlebt und das Letzte, was dieser Junge gebrauchen konnte, waren Kameras, die ihm ständig unter die Nase gehalten wurden.

Kameras? Oh, interessant. Ich sollte mir das aufschreiben.

Eine Dokumentation, hinter den Kulissen, etwas in der Art, die ein glückliches, vereintes Team zeigte, das sich gegenseitig Streiche spielte und nicht aus Arschlöchern der alten Schule bestand.

„Kann ich Ihnen etwas bringen, Sir?" Ich hob den Blick und sah Robert, nicht Melanie, der nach mir schaute. „Oder gibt es etwas, womit ich Ihnen helfen kann?"

„Macht Melanie gerade Pause?", fragte ich und ließ meinen Blick absichtlich zu seinem Gemächt wandern, was nicht schwierig war, weil Robert *direkt vor mir stand*.

„Ja, Sir", antwortete Robert und hob eine Braue. So sehr er auch mein Typ war, klein, schlank, blaue Augen, kurze blonde Haare, zum Femininen neigend, steckte ich doch bis zu den Ohren in Nachforschungen und reiche Typen nahmen keine Stewards mit in enge Flugzeugtoiletten, um einen Blowjob zu bekommen.

„Nicht im Moment", wies ich ihn ab.

Er schmollte, zwinkerte mir dann zu. „Kommen Sie zu mir, wenn Sie etwas brauchen."

Ich schaute zu, wie er davonstolzierte, fragte mich nur für einen Moment, ob ich den Lack meiner verantwortungsbewussten Geschäftsmann-Persönlichkeit abstreifen und den alten Seb hervorziehen konnte, der verlangen würde, dass Robert auf der Stelle auf die Knie ging. Das Gefühl verging und obwohl mein Schwanz meine Entscheidung missbilligte, kehrte mein Hirn sofort wieder zur Problemstellung zurück.

Und dann blätterte ich um und sah *ihn*. Mit einer nachlassenden Erektion und Gedanken an schmutzigen Toilettensex im Kopf, stürzte ich mich direkt auf die Einzelheiten über einen gewissen Alejandro Ricardo Santos-Garcia, oder Alex, wie seine Freunde ihn nannten.

Verdammt. Alex hatte jung und für meine Zwecke formbar lang hinter sich gelassen und war direkt in sexy, zum Ficken einladend und in alle möglichen anderen Gedanken passend, die ich hatte, getreten.

Ich kehrte zu Henrys Seite zurück, dann wieder zu Alex, nur um zu sehen, ob meine heftige Reaktion einmalig gewesen war.

War sie nicht.

Ich mochte blaue Augen. Aber Alex hatte tiefbraune Augen, so dunkel, dass ich auf seinem Teamfoto die Pupille nicht erkennen konnte. Mit dunklen Haaren und einer großen Gestalt, war er das absolute Gegenteil der blonden Sache, die ich mit Robert, dem Ersatz-Steward hatte. Wenn man dann noch bedachte, dass Alex größer war als meine eine Meter fünfundsiebzig und dass sein scharfer Fokus einschüchternd wirkte, traf es mich wie aus heiterem Himmel, dass ich mein ganzes Leben lang vielleicht die falschen Männer gefickt hatte.

Alex hatte Instagram und ich wollte unbedingt mehr Fotos von diesem sexy Hockeyspieler sehen, aber seine Posts zeigten vor allem Essen und ihn mit Freunden am Strand. Eines von ihm mit seinem rauen guten Aussehen, seiner von der Sonne geküssten Haut und den Mahlzeiten mit spanisch klingenden Namen, die er teilte. Ich war nicht sonderlich sprachbegabt, aber für ihn könnte ich die Worte für alle möglichen sexuellen Bitten lernen.

Ruhig, Junge. Das ist ein Job. Wir ficken nicht die Angestellten. Wir sind besser als das.

Ich blätterte an Alex' Seite vorbei, nachdem ich mir eine Notiz gemacht hatte, dass er das Zeug hatte, das Aushängeschild für die Raptors zu werden. Nachdem ich mich in den Profilen des restlichen Teams vergraben hatte, gab es niemanden, der mir wirklich auffiel, nicht so, wie Alex es tat. Darum schaute ich ihn mir auf Wikipedia an, um mit den trockenen Fakten zu beginnen.

Er war in der dritten Runde gedraftet worden, was anscheinend eine einigermaßen gute Sache war, hatte dann vier Jahre lang College-Hockey an der Arizona State University gespielt. Er kam aus einer großen, weitverzweigten Familie aus einer Stadt, die nicht weit vom Stadion der Arizona Raptors entfernt lag. Er hatte zwei Schwestern, eine älter, die andere jünger und einen älteren Bruder und ein paar Links zeigten, dass sein Dad zehn Magic Marts in der Gegend von San Luis managte, was immer das war. Alex war ein Amerikaner mit mexikanischen Wurzeln und praktizierender Katholik. Ein guter, sauberer junger Mann ohne Ausraster oder wilde Partys oder Herumschlafen und junge Mädchen schwängern in seiner Vergangenheit. Tatsächlich gab es nicht einmal den Hauch eines Skandals, der mit ihm oder seiner hart arbeitenden Familie verbunden war. Ich erweiterte die Suche und fand ein paar Hockeyforen, in denen sein Name erwähnt wurde. Ich las Kommentare über seinen Status, seine Leistung auf dem Eis, seine Position, darüber, dass er zu den Raptors gestoßen war.

Was ich nicht zu sehen erwartete, war die Animosität, die ihm entgegengebracht wurde. Die rassistischen Beleidigungen, die Drohungen, dass er nach Hause geschickt werden sollte und, am schlimmsten, der Terror gegen jeden, der mit ihm in Verbindung gebracht wurde. Darum würde ich mich kümmern müssen, wenn ich dachte, dass Alex die beste Person war, um das Gesicht des Teams zu werden.

Ich konnte die Intensität der Ablehnung aber nicht verstehen. Ein Brite zu sein machte mich gegenüber Spannungen zwischen den Ethnien nicht immun. Als Nation waren wir sehr gut darin, Gruppen zu bilden und andere auszuschließen. Aber das hier waren *echte* Fans der Raptors, die den jungen Mann angriffen, der sehr wahrscheinlich einer der Retter ihres beschissenen Teams war. Nichts davon verstand ich.

„Sir, wir werden bald auf dem Tucson International landen." Melanie nickte in Richtung der Papiere und elektronischen Geräte, die um mich herum ausgebreitet lagen. Ich packte sie alle weg, fuhr das iPad herunter, verstaute mein Notizbuch und starrte aus dem Fenster in den Nachthimmel. Tucson war direkt vor meiner Nase, am Horizont, eine strahlende Stadt mitten in einer Wüste, wie ich wusste. Ich konnte den schwachen Umriss der Berge sehen, aber es war zu dunkel, um viel von dem zu erkennen, was unter uns vorbeizog.

Durch den Zoll am La Guardia zu kommen, hatte viel Zeit gekostet, aber ich hatte keinen direkten Flug nach Tucson buchen können. Positiv war, dass die Verzögerung in New York die Dinge gewaltig beschleunigte, als ich in Arizona ankam. Dennoch musste ich ein wenig bei der Gepäckausgabe warten und dann wieder am Ausgang.

„Seb! Seb!" Ich drehte mich um und sah meinen Freund, Jason Westman-Reid, Miteigentümer der Raptors, auf mich zulaufen. Als er mich erreichte, zog er mich in eine feste Umarmung. „Es ist so schön, dich zu sehen, Mann", sagte er.

„Dich auch", antwortete ich wahrheitsgemäß. Ich hatte mit dem lauten, etwas nervigen Amerikaner in meinem ersten Jahr in Cambridge ein enges Band geformt und es war im Laufe der Jahre nicht schwächer geworden. Er hatte sich entschieden, in Großbritannien zu studieren, um seinem übermächtigen Vater zu entkommen, und das war mein Glück gewesen, weil er mehr oder weniger auf der Stelle zu meinem besten Freund geworden war. Jetzt, mit einem Ozean zwischen uns, schrieben wir uns E-Mails und hielten den Kontakt über Facebook, schickten uns Karten zu Weihnachten. Ich hatte mitgelitten, als sein Vater gestorben war, hatte

Blumen geschickt, aber es hatte einer persönlichen Bitte um Hilfe bedurft, um mich in die Staaten zu bringen. Meine Arbeit war in Großbritannien, aber ich schuldete Jason einiges und wenn ich meine Schulden mit dieser einen Sache, nur drei Monate lang, begleichen konnte, dann machte ich das gern.

„Bist du sicher, dass das Pool-Haus in Ordnung für dich ist?", fragte er zwischen Geplauder über seine Familie, die Kinder, Lewis und Deborah, und seine Frau, Yvonne, die alle sein gesamtes Leben waren.

Ich hatte nie den Eindruck gehabt, dass er der Typ Mann war, der sesshaft wurde, nicht, nachdem ich eine Menge Zeit damit verbracht hatte, seine sexuellen Eskapaden in Cambridge zu verfolgen, aber irgendwie hatte er alles gefunden. Nicht, dass ich ihn beneidete. Wir waren Anfang dreißig und ich musste noch eine Menge leben, bevor ich diesen mythischen *Einen* fand. Sogar dann war ich mir nicht sicher, ob das für mich überhaupt möglich war. Meine Mum hatte gedacht, sie hätte den *Einen* gefunden, aber er hatte sie verlassen, sobald sie verkündet hatte, dass sie schwanger war. Nicht, dass wir ihn gebraucht hatten. Wir waren gut klargekommen, wie beide, hatten gekämpft und hart gearbeitet und als ich sie und meine Tante Olivia vor ein paar Jahren in ein neues Haus auf dem ruhigen Land umgezogen hatte, hatte der Kreis sich geschlossen. Sie hatte sich um mich gekümmert und jetzt war ich an der Reihe, mich um sie zu kümmern.

„Das Pool-Haus? Natürlich. Ich habe die Fotos gesehen und es ist größer als ein Hotelzimmer."

Sobald wir den Flughafen verlassen hatten, fing ich

mit Fragen über die Raptors an und Jason schien darauf vorbereitet zu sein, sie zu beantworten. Er würde meine Verbindung zum Team sein, der Mittler, der mir zu verstehen half, was dort passierte.

„Erzähl mir von der Situation mit Aarni", fing ich an, sprach den Scheiß an, der gerade erst vorgefallen war.

„Ausgezahlt, verurteilt, weg, dem Himmel sei Dank."

„Was ein Loch im Team hinterlässt, nehme ich an?"

„Ja, vor allem, weil Henry auch ausfällt, aber ich glaube, dass Rowen und Cam es im Griff haben."

Rowen war der Coach, Cam war Jasons älterer, ruhigerer Bruder.

„Und die finanzielle Situation?", hakte ich nach, als er schwieg.

Jason warf mir einen schnellen Blick zu, konzentrierte sich dann wieder auf die Straße. „Wir können dich bezahlen", verteidigte er sich.

Ich schlug ihm auf den Arm, als er an einer Ampel losfuhr. „Ich schulde dir etwas. Das hier mache ich für lau. Du kannst es als eine Art Ferien bezeichnen."

„Ferien? Das sind ziemlich höllische Ferien, aber danke, dass du hergekommen bist."

Ich zuckte mit den Schultern, als würde es nichts bedeuten, obwohl die Tatsache, dass Jason mich um Hilfe gebeten hatte, alles bedeutete. Geschätzt zu werden war der beste Teil an dem Mann, zu dem ich mich gemacht hatte. „Ich freue mich auf die Herausforderung. Ich war zwischen zwei Aufträgen." Das war eine Lüge, aber ich wollte nicht, dass irgendjemand wusste, dass ich eine ganze Woche damit verbracht hatte, Verträge umzuschreiben und Projekte nach hinten zu verschieben, damit ich in die Staaten fliegen konnte. Auf gar keinen Fall würde ich das Jason wissen lassen, weil er genügend Sorgen hatte und mein Ausweichmanöver musste funktioniert haben, weil er mir ein dankbares Lächeln schenkte.

„Wo willst du anfangen? Denn wie ich dich kenne, werde ich dich nicht überzeugen können, bis morgen zu warten."

„Ich würde gern das Stadion sehen, ein Gefühl dafür bekommen und auch Coach Carmichael kennenlernen. Quasi sofort loslegen."

Jason drückte auf einen Knopf am Lenkrad und rief COACH an, was auf dem Bildschirm erschien.

„Was ist, Jason?", hallte eine Stimme laut durch das Auto. „Ich dachte, wir hätte das Reden und Streiten heute schon hinter uns gebracht."

Jason verdrehte die Augen. „Verdammt, Mark, warum gehst du an Rowens Handy?"

„Weil Rowen unter der Dusche ist, nachdem wir den ganzen Nachmittag im Bett verbracht haben und-"

„Ich bin im Auto", unterbrach Jason. „Mit Seb", fügte er nachdrücklich hinzu.

„Oh, also kein weiteres Gerede darüber, dass ich Sex mit meinem festen Freund gehabt habe", meinte Mark trocken.

„Himmel, nein."

Mark war der Jüngste der Westman-Reid-Brüder, soweit ich mich erinnern konnte. Das schwarze Schaf, derjenige, der Gegenstand vieler betrunkener, mit

Bedauern gefüllter Diskussionen mit Jason gewesen war, damals, als wir jung waren. Er hatte sich nie vergeben, dass er nicht gegen seinen Arschloch-Vater aufbegehrt und den Kontakt zu Mark verloren hatte. Die Beziehung war eindeutig repariert worden und alles war wieder in ruhigeren Fahrwassern.

„Hi, Mark", sagte ich zur Begrüßung. „Ich weiß, dass wir uns noch nicht kennengelernt haben, aber ich bin hier, um mit dem Team zu arbeiten."

„Oh, das weiß ich. Hi, Seb. Jason hat uns eine Menge über dich erzählt."

„Nicht nur Gutes, hoffe ich", scherzte ich und Mark und ich lachten. *Locker bleiben, entspannen. Die Leute mögen mich mehr, wenn ich der amüsante Seb bin.*

„Nein, das meiste war tatsächlich positiv", meinte Mark. „Soll ich Rowen ans Telefon holen?"

„Können wir uns in einer Stunde im Stadion treffen?", fragte Jason, warf mir einen Seitenblick zu, um meine Zustimmung zu bekommen. Ich nickte. Ich hatte erwartet, dass Mark verhandeln würde, aber er sagte, dass sie da sein würden und plötzlich sah alles sehr real aus.

IM STADION WUSSTE ROWEN – nenn mich Coach – Carmichael innerhalb von Sekunden über mich Bescheid. „Du hast also nicht allzu viel Hockey-Erfahrung?", fragte er, nachdem wir uns vorgestellt hatten. Jason und Mark schauten aus einiger Entfernung zu, sorgten dafür, dass dieses Treffen größtenteils ohne Zeugen ablief.

„Geschäft ist Geschäft", antwortete ich kryptisch. „Ein Team ist dasselbe wie eine Firma, wenn man es auf das Wesentliche herunterbricht."

Er runzelte die Stirn. „Hockey ist eine andere Welt."

„Bei allem Respekt, ich stimme nicht zu. Es ist dasselbe, als würde ich in irgendeine Firma gehen, um mir alles anzusehen und dann zu sagen, wie die Dinge liegen." Er öffnete seinen Mund, als wollte er widersprechen und ich hob eine Hand, um ihn zu stoppen. „Am Ende ist die einzige Möglichkeit, Menschen in irgendeiner Organisation zu ändern, ihnen möglichst klar zu sagen, was sie falsch machen. Und wenn die Mitglieder irgendeines Teams, sei es Sport oder Geschäft, oder irgendetwas anderes, das eine Struktur hat, nicht zuhören wollen, dann gehören sie nicht ins Team", sagte ich und obwohl Rowen schließlich nickte, konnte ich sehen, dass er seine Stacheln ein wenig aufstellte.

„Eine Frage. Sagst du mir mit dieser perfekt strukturierten Aussage, die du mit deiner sehr britischen Ausdrucksweise vom Stapel lässt, dass das, was ich mit den Raptors mache, falsch ist?" Er verschränkte seine Arme vor seinem Brustkorb und ich musste kein Experte in Körpersprache sein, um seine Verteidigungshaltung und den Ausdruck von Respektlosigkeit zu verstehen.

„Nein", versicherte ich ihm schnell. „Was du machst, ist absolut richtig. Ich bin hier, um an deiner Seite zu arbeiten. Ich fasse das Team oder die Art zu spielen nicht an, sondern arbeite daran, wie die Leute die Raptors und dich sehen, vor allem angesichts dessen, was mit einem deiner Spieler passiert ist."

Er gab ein „Hmmm" von sich, so wie es die Leute machten, wenn sie nicht alles glaubten, darum fügte ich den Killersatz an.

„Du wurdest berufen, um dieses Team umzukrempeln, und du hast dich der Regel Nummer Eins bedient. Du hast vom ersten Tag an klargemacht, dass du das Sagen hast, und hast deine Führung aufgestempelt, anstatt darauf zu warten, sie zu verdienen. Das bewundere ich. Was ich möchte, ist dir dabei zu helfen, eine Kultur des Erfolgs im erweiterten Team zu schaffen, den Angestellten, den Medien, der Art, wie die Fans des Teams interagieren."

Ich konnte nicht anders, als in diesem Moment an Alex zu denken und den Hass, den er von den Fans seines eigenen Teams abbekam. Das musste als Allererstes aufhören und was ich tun musste, war Ziele zu setzen und sie zu erreichen.

Coach Rowen hielt mir seine Hand hin und wir schüttelten sie erneut, fest, der Deal war gemacht.

Und so fing es an.

DREI

Alex

Nach einer Woche wieder aufs Eis zurückzukehren war ein Schock gewesen und nicht nur auf schlechte Art und Weise. Ich war zu Hause verwöhnt und verhätschelt worden, gefüttert wie ein König und umsorgt von meiner Mutter, Großmutter und kleinen Schwester, Elizabeth, die sich sehr gefreut hatte, ein weiteres Kind im Haus zu haben, um einen Teil der Aufmerksamkeit von ihr abzulenken. Ihre *Quinceañera* war in drei Monaten und sie spürte den Druck immens.

Ich hatte Stunden damit verbracht, mit meinen Kumpel aus der High School abzuhängen, Basketball zu spielen, ins Kino zu gehen, im 1965 Chevy Impala Super Sport meines Cousins Elonso durch die Straßen von San Luis zu fahren. Er war Mitglied des San Luis Lowrider Motor Clubs und sein lila Impala erweckte immer jede Menge Aufmerksamkeit. Elonso schien es an den Freitagabenden, wenn der Club sich traf, auch nie an einer sexy Lady an seiner Seite zu mangeln, und er war großzügig und sorgte dafür, dass ich ebenfalls

Begleitung hatte. Ich tat mein Bestes, mich anzupassen, legte meinen Arm um die junge Frau, die sich an meine Seite schmiegte, warf mit derben Witzen um mich, um sicherzustellen, dass ich so hetero war, wie ein schwuler Mann das sein konnte. Es war beschissen, aber ich machte es, weil … nun, weil ich zu viel Angst hatte, es nicht zu tun.

Die strikt maskuline Struktur einer Latino-Nachbarschaft hinter sich zu lassen, fühlte sich gut an. Ich hatte eine Menge Zeit mit meinen Cousins und Schulfreunden verbracht, und auch wenn viele von ihnen die LGBT-Community akzeptierten, waren noch mehr von ihnen nicht einmal ansatzweise Verbündete. Dazu noch die gemischten Signale von der Katholischen Kirche, laut der schwul oder lesbisch zu sein angeblich in Ordnung war, aber sobald man diesem Drang nachgab, war es eine Sünde, was sich mit der Bürde mischte, angenommen werden zu wollen. Ziemlich viele Latinos outeten sich in ihrer englischsprachigen Welt, versteckten es aber vor der spanischen Welt und der Kirche. Ich hatte noch nicht einmal den Mut aufgebracht, mich in meiner englischen Welt zu outen. Aber, und das war der Schlüssel, je mehr Zeit ich mit Ryker verbrachte, umso mehr sehnte ich mich danach, mein Leben offen und frei zu leben.

Ihn in die Umkleide hüpfen zu sehen war, als ob jemand ein Leuchtfeuer entzündet hätte.

„Schau an, der Superstar. Du hast diesen All-Star-Scheiß gerockt, Mann", sagte Colorado, marschierte los, um Ryker an der Tür zu begrüßen. Sie schlugen sich gegenseitig auf den Rücken. Rykers Grinsen war ansteckend. Ich ging zu ihm und bekam eine feste Umarmung.

„Mann, das war so verrückt. Kumpel, ich durfte mit so vielen großen Namen spielen. Sie waren so cool!", schwärmte Ryker, als mehr und mehr Teammitglieder sich um ihn versammelten.

„Du hast gut ausgesehen, da draußen. Konzentriert, kontrolliert." Colorado schlug ihm auf die Schulter und schlenderte dann davon, um eine leere Toilette zu finden und zu singen. Ja, der Kerl sang vor jedem Spiel. Sagte, dass es ihm half, in seine Zone zu kommen. Was auch immer für ihn funktionierte. Wir alle waren Goalie-Exzentrizität gewöhnt. Manche Goalies redeten mit ihren Rohren, manche liebkosten sie, manche brachten Wasser aus Kanada ins Stadion und verteilten es auf dem blauen Eis unter ihren Kufen, manche flüsterten Gebete zu den nordischen Göttern. Unser Goalie schmetterte Heavy Metal Songs auf der Männertoilette. Und der Himmel sei jedem gnädig, der pissen oder scheißen musste und das Konzert unterbrach. Der arme Henry hatte diesen Fehler nur einmal gemacht und war von einem wütenden Goalie, der einen riesigen Schläger über seinem Kopf schwang, aus der Toilette geworfen worden. Colorado war cool, weil er Metal-Musiker war, aber auch insgesamt, aber er hatte eine kurze Zündschnur.

„Komm, setz dich und erzähl mir alles", sagte ich, packte meinen Mitbewohner und zerrte ihn zu den Spinden.

„Oh mein Gott, es war großartig. Ich erzähle dir alles, wenn wir nach Hause kommen, okay? Wie geht es

Henry?", fragte Ryker, während er sich seine Anzugjacke auszog.

Ich war schon eine Weile hier, hatte mit Brennan und Vlad ein wenig Fußball gespielt. Der große russische Verteidiger war vor dem Beginn der Saison unser Kapitän geworden und er füllte seine Rolle gut aus. Er war abseits des Eises sehr entspannt und sein Englisch war so glatt wie geeister Wodka, mit nur einem subtilen Hauch Russisch. Zwei ältere Jungs hatten das A für die Ersatz-Kapitäne. Noch keiner von uns Neulingen, aber das war zu erwarten. Man musste sich diese Buchstaben verdienen. Das war eines meiner Ziele, innerhalb von zwei Saisons das A auf mein Trikot zu bekommen und vielleicht eines Tages zusammen mit Ryker zum All-Star Spiel zu fliegen. Mann, meine Eltern wären so stolz …

„Es geht ihm ganz gut, angesichts der Umstände. Ich glaube, dass er ziemlich niedergeschlagen ist." Ich schob meinen Fuß in meine Socke und zog sie über meinen Schienbeinschutz. „Seine Familie macht sich Sorgen, dass er nicht hart genug arbeitet, darum drängen sie ihn die ganze Zeit, aber ich bin mir nicht sicher, ob das der richtige Weg ist. Denkst du, wir sollten vielleicht mit ihm reden? Sehen, ob er deprimiert ist?"

Ryker seufzte und hängte seine Jacke auf. „Wie kann er *nicht* deprimiert sein? Der mentale Scheiß, den Aarni mit ihm abgezogen hat, dazu der Unfall und jetzt weiß er nicht, ob er je wieder spielen wird …"

„Das wird er. Er wird wieder spielen." Ich bekreuzigte mich.

„Ich weiß nicht, Mann. Augenverletzungen sind

ernster Scheiß. Da ist dieser Typ, der mit meinem Dad gespielt hat, hat einen Slap Shot ins Auge bekommen. Er hatte alle möglichen ernsten Probleme, wie einen Riss in der Netzhaut. Er ist zurückgekommen, klar, nach einer Ewigkeit, und seine Sicht war nie wieder wie zuvor und sein Spiel hat gelitten. Zwei Jahre nach dem Unfall hat er aufgehört."

„Fuck", flüsterte ich.

„Ja, es ist kein leichter Weg." Ryker ließ sich neben mir auf die Bank fallen, sein Hemd hing jetzt neben seiner Jacke hinter ihm. „Ich will ihm keinen Unsinn erzählen, aber ich will ihn auch nicht nicht ermutigen. Vielleicht sollten wir mit seiner Familie reden?"

„Ja, nun, das habe ich gemacht und sie haben diese seltsame Einstellung, dass genügend harte Arbeit seine Stimmung heben wird. Absolut Mittlerer Westen, weißt du? Sie denken immer noch, dass eine mentale Krankheit etwas ist, dessen man sich schämen soll. Ich denke, wir sollten mit Henry reden, ihm auf den Zahn fühlen, sehen, ob uns etwas auffällt."

„Okay, gut, das können wir machen."

Ich nickte. „Es ist schön, dass du wieder da bist. Penn ist cool und so, aber er ist" – ich zuckte mit den Schultern, während ich mein anderes Bein anzog – „... er strahlt so etwas aus, als wäre er entspannt, aber wir alle wissen, dass er ungefähr so entspannt ist wie eine Klapperschlange. *Cierras los ojos y blam*!" Ich schlug meine Hände zusammen. Ryker warf mir diesen Blick zu, der besagte „Übersetzung, bitte". „Du schließt deine Augen und *blam*!"

„Ja, Schlangenbiss. Das beschreibt ihn ziemlich gut.

Ich würde wetten, dass eines seiner Tattoos eine riesige, bösartige Klapperschlange zeigt, die Zähne gefletscht und mit Gift, das runtertropft."

„Er *hat* eines von einer Schlange, aufgerollt und mit dem Schwanz klappernd, direkt über seinem Hintern", sagte ich und lachte. Ryker hob eine Braue. Mir fiel auf, was ich gesagt hatte. „Nicht, dass ich mir seinen Hintern angeschaut hätte oder so."

„Nein, natürlich nicht." Er lächelte, tätschelte mein Gesicht und stand auf. In dieser Antwort schwang vieles mit, das mir unangenehm auf den Schultern lag, aber der Beginn des Spiels näherte sich mit Riesenschritten, darum ließ ich es gut sein.

Wir gingen eine Stunde später gegen Edmonton aufs Eis, was Spiel eins in einem Back-to-Back sein würde, was bedeutete, dass wir früh am nächsten Morgen nach Kanada fliegen würden. Nach diesem Spiel würden wir einen kurzen Aufenthalt in Kanada haben, dann ging es innerhalb einer Woche zurück nach Tucson. Ryker war heiß auf dieses Spiel, weil wir gegen den Ersatz-Goalie der Oilers spielen würden, Benoit Morin, ein Mann, mit dem er auf der Owatonna University gespielt hatte.

Die ersten zehn Minuten waren ziemlich ereignislos. Ryker und ich passten gut zusammen, aber wir hatten einen neuen Mann im linken Flügel. Coach hatte die Blöcke verändert, um den Verlust von Aarni und Henry auszugleichen. Ein großer Verteidiger war aus dem Feeder-Team geholt worden, um Lankinen zu ersetzen, und wir hatten Jens Hauger aus dem vierten Block bekommen und ein neuer Typ aus den Minors hatte seinen Platz eingenommen. Es half nicht, dass beide

Teams groggy und eingerostet von einer einwöchigen Pause waren, darum war das Spiel fad.

Ryker hatte einen schwachen Schuss auf Morin geschafft, den der langgliedrige Goalie mit Leichtigkeit abgelenkt hatte. Jens fand seinen Rhythmus ungefähr fünf Minuten, bevor das erste Drittel endete. Wir waren in der neutralen Zone festgesessen, als Jens, ein kleiner Norweger mit dem Herzen eines Löwen, einen Giveaway erwischte. Ryker und ich kamen, um ihn zu decken, und der schnelle kleine Flügelspieler bewegte sich auf Morin zu, machte einen harten Schuss, der den Puck über die linke Schulter des Goalies ins Netz schickte.

Jens riss seine Hände in die Luft, als das rote Licht aufleuchtete und die Fans sprangen auf. Ryker und ich erreichten ihn zuerst, die Verteidiger stürzten sich auf die Gruppenumarmung in der Ecke. Jetzt da wir ein Tor in Führung waren, fühlte sich alles etwas weniger frakturiert an. Während der Pause motivierte Coach uns, merkte an, dass wir Morins Panzer ein wenig aufgebrochen hatten.

Hinter ihm standen die Assistenz-Trainer, sowie ein gut gekleideter Mann mit kurzen braunen Haaren und hellen braunen Augen. Er hatte modische Bartstoppeln, was superheiß war und kritzelte in ein Notizbuch, sein Blick hob sich hin und wieder zu uns. Er war hübsch, auf eine elitäre Art und Weise und ich musste immer wieder zu ihm schauen. Als unsere Blicke sich trafen, spürte ich es, direkt zwischen meinen Brustmuskeln, wo man die ersten Anzeichen von Sodbrennen fühlt. Nur, dass dieses Gefühl nichts mit dem Brennen nach zu vielen *Jalapeños* zu tun hatte. Nein, das hier war anders. Es ließ die feinen Haare in meinem verschwitzten Nacken aufstehen. Ich befeuchtete meine Lippen. Sein Mund formte ein sanftes Lächeln, das meine Haut entflammte. Ich wandte meinen Blick schnell ab, bevor jemand mitbekam, wie ich den Mann in dem teuren grauen Anzug abcheckte.

„Bringt den Puck nach oben. Ihr werdet an diesem Jungen nichts vorbeibekommen, wenn ihr auf seinen Brustkorb schießt. Jetzt zählt jeder Punkt. Lasst euch von dem Mist, der online erzählt wird, nicht beeindrucken. Die Leute werden immer mit Scheiße auf uns werfen, ein Teil davon ist wohlverdient, aber ein Teil auch nicht. Das Management arbeitet daran, dieses Problem zu lösen, wenn ihr also diesen Herrn hier herumlungern seht, denkt euch nichts dabei. Sebastian ist hier, um uns bei unserer Social Networking Online Medienpräsenz zu helfen. Ist das der richtige Ausdruck?"

„Nahe genug dran, um zu zählen", sagte Sebastian, lächelte dann voll. Es ließ sein Gesicht auf eine Weise erstrahlen, die mir nicht hätte auffallen sollen, es aber dennoch tat. Und dieser Akzent war absolut attraktiv.

„Nun, tweeten ist nicht mein Ding. Ich komme aus der alten Zeit, als die Leute ein schnurloses Telefon absolut faszinierend fanden", scherzte Coach. Das Team lachte und ich starrte den sexy älteren Briten an, unfähig, den Blick abzuwenden, bis mir jemand auf den Hinterkopf schlug. Jens stupste meine Seite an, sein Lächeln war so groß wie seine haselnussbraunen Augen. „Sebastian wird wahrscheinlich mit euch allen reden, um zu besprechen, was immer es ist, was er besprechen möchte. Seht zu, dass ihr Zeit für ihn habt, das ist eine Bitte von den Eigentümern und arbeitet besser in den Ecken."

Nach diesen Worten gingen die Anzüge, damit wir stinkenden, schwitzenden Spieler unsere Flüssigkeitsspeicher auffüllen und uns für weitere zehn Minuten ausruhen konnten. Ich dachte darüber nach, mein Handy zu holen, um zu sehen, ob das Team irgendwelche offiziellen Ankündigungen über Sebastian mit den sexy Stoppeln gemacht hatte, aber Handys waren während eines Spiels nicht erlaubt, die Strafe waren Bag Skates. Darum saß ich da, trank nach Zitrone schmeckende Elektrolytlösung, während ich zuhörte, wie Ryker und Jens über eine Reise nach Norwegen im Sommer redeten, und ich über ältere britische Männer tagträumte.

„Du kommst mit, oder?", fragte Ryker, riss mich aus dem lustvollen Nebel, in den ich getaumelt war.

„Oh, ähm, ich weiß nicht. Ich bin noch nie außer Landes gereist, außer um die Familie in Mexiko zu besuchen. Vielleicht?"

„Du würdest Norwegen lieben! Es ist wunderschön, freundlich und die Frauen sind so hübsch", prahlte Jens. „Oh, nun, ich habe vergessen, Ryker …" Er machte eine Pause, um vom Norwegischen ins Englische zu übersetzen. „Du bist schwul mit einem festen Freund. Bring ihn mit! Norweger sind sehr tolerant. Wir haben ein großes Haus außerhalb von Oslo und meine Mutter liebt Gesellschaft. Sie wird euch so gut füttern, dass euch die Eingeweide platzen!"

„Nun, ich bin bi, aber klar. Ich würde mit Jacob über den Sommer gern reisen. Ich werde es ihm ganz sicher vorschlagen."

Sie schauten beide mich an.

„Ja, super, hübsche norwegische Mädchen." Ich hoffte, dass ich in ihren Ohren enthusiastischer klang als in meinen eigenen. „Ich liebe Blondinen mit großen Brüsten."

Diese Worte brachten mir eine Runde Zustimmung von so ziemlich allen in der Umkleide der Raptors ein. Nicht einmal Ryker konnte etwas dagegen sagen. Ich starrte für den Rest der Pause meine Schlittschuhe an und fragte mich, wie Ry je den Mut gefunden hatte, so offen zu sein, was seine sexuelle Orientierung betraf. Es einfach so dem Team zu sagen hatte Eier aus Stahl gebraucht. Und niemand hatte etwas Schlechtes erwidert. Ich hob den Blick von meinen Füßen, schaute mich um, fragte mich, ob sie vielleicht eines Tages alle einen schwulen Mann in ihrer Mitte ebenso akzeptieren würden wie einen bisexuellen Mann.

Hockey wischte die Sorgen um Umkleiden-Politik fort. Edmonton wachte im zweiten Drittel auf und schaffte den Ausgleich, sie brachten einen an Colorado vorbei, den er hätte halten müssen. Er wusste es. Er bearbeitete wütend das Eis vor seinem Netz mit den Kufen, ging tief in eine Schmetterlingshaltung, sein Blick hinter seiner Maske war nach diesem Tor gegen uns manisch.

Wir gingen mit einem 1-1 in die Verlängerung und bekamen ein halbherziges Rebound-Tor, als der Puck vom Schlittschuh eines Edmonton-Spielers abprallte und zwischen Morins Beine rollte. Der Puck wackelte, fiel dann erschöpft auf die Seite, direkt hinter der Linie. Ich wusste, wie dieser Puck sich fühlte. Ich hatte nur nach Hause gehen und mich hinlegen wollen, aber Ryker war entschlossen, sich mit seinem Kumpel Benoit in einer Bar in der Nähe zu treffen, die The Crimson Cactus hieß. Es war die Stammkneipe der Raptors, nur einen Block vom Stadion entfernt und auf gar keinen Fall wollte Madsen mein winselndes Nein als Antwort akzeptieren.

„Na gut, Herr im Himmel, ich treffe euch dort." Ich schubste Ryker spielerisch, während Colorado an der Tür wartete, seinen üblichen schwarzen Anzug trug, mit einem weißen Hemd und einer schmalen schwarz-weißen Krawatte mit Totenschädeln.

„Mach bloß keinen Rückzieher, Alex", warnte Ryker, joggte dann los, um mit unserem Goalie zu gehen. Ich hatte getrödelt, in der Hoffnung … nun, es spielte keine Rolle. Es war ohnehin dämlich, einen weiteren Blick auf diesen Sebastian werfen zu wollen. Er war wahrscheinlich verheiratet und hatte Kinder. Als ich in den Arm meiner Anzugjacke schlüpfte, summte mein Handy. Ich stürzte mich darauf, war überrascht zu sehen, dass der Anruf von meiner kleinen Schwester, Elizabeth, kam, oder Bitty, wie wir sie nannten.

„Hey, kleine Bitty", sagte ich, hielt das Handy mit der Schulter an meinem Ohr, während ich mit einem Kamm durch meine feuchten Haare ging. „Hast du dir die Daumen verstaucht?"

„Oh. Mein. Gott. Alex, ich schwöre, ich werde meine *Quinceañera* absagen, wenn sie nicht aufhören!"

„*Respira profundo, hermanita*", zog ich sie auf und zuckte zusammen, als mein Kamm in einem Knoten hängen blieb.

„Sag mir nicht, dass ich tief durchatmen soll! Alex, bitte, sei mein *Chambelán de honor*. Bitte. *Mamá* und *Abuela* machen mich wahnsinnig mit der Liste an Jungs, die sie für passend halten."

Ich kicherte leise, zog eine wilde Locke an Ort und Stelle und warf den Kamm auf das Regal neben meinem Rasierwasser und einem neuen Rasierer.

„Dann such dir jemanden aus, den du magst", schlug ich vor, schob meine Krawatte in meine Hosentasche und schnappte mir meine Sporttasche. „Die Liste der Jungs, für die du schwärmst, ist sicher lang."

„Hör auf der Stelle mit diesem Mist auf! Du weißt, dass es keine Liste gibt. Und wenn es sie gäbe, wie zur Hölle sollte ich zu jemandem hingehen, der so niedlich ist wie Lorenzo Milano und ihn fragen?"

Ich öffnete meinen Mund, um zu antworten, und schloss ihn dann wieder. Wer war ich, ihr einen Rat zu geben, wie sie jemanden, den sie mochte, fragen sollte, ihr Begleiter an ihrem großen Tag zu sein? Ich war nicht einmal mutig genug, einen anderen Mann auf einen Kaffee einzuladen. Ich trat durch den Ausgang, nickte dem Wachmann zu, der beim Spielereingang herumlungerte.

„Alex, bist du noch dran?", fragte Elizabeth.

„Ja, ich bin noch da. Hör zu, Bitty, ich weiß, wie überwältigend die Familie manchmal sein kann. Aber versuche, sie nicht dein Leben für dich führen zu lassen.

Wenn du Lorenzo fragen möchtest, dann frag ihn, aber lass dich nicht von *Mamá* oder *Abuela* oder *Tia* Luisa, Sofia, Magdalena oder einer der anderen Frauen zu etwas zwingen."

„Ayeeeee, das weiß ich, Alejandro! Sag mir, *wie* ich Lorenzo fragen soll."

Ich hatte keine Antwort für meine kleine Schwester, keine wahrheitsgemäße zumindest. Ich blieb direkt hinter der Tür stehen, mein Blick fiel auf Sebastian, der in meine Richtung joggte, ein Lächeln auf den Lippen und den heißen Wüstenwind in seinen Haaren.

„Alejandro, oh mein *Gott*, warum bist du heute Abend so dumm?" Dann gab sie mir verschiedene schlimme Namen auf Spanisch, legte dann auf, nachdem sie mich informiert hatte, dass sie jetzt Luisa anrufen würde, weil ältere Schwestern viel klüger waren als ältere Brüder.

Da ich nichts anderes tun konnte, als mit ihm zu reden, schob ich mein Handy in meine Tasche und schaute ihn direkt an.

„Das ist kein schlechter Zeitpunkt, oder?", fragte er. Ich schüttelte den Kopf. „Gut, ich hatte gehofft, dass wir uns ein wenig unterhalten könnten, wenn du Zeit hast?"

„Ich wollte mich mit den Jungs auf ein Bier treffen, aber, ähm …" Ich deutete auf den Himmel, weil ich dumm war – fragt nur meine kleine Schwester – und der Himmel war offensichtlich der Ort, an den Hockeyspieler gingen, wenn sie ein Bier trinken wollten.

„Heißt das nein?"

Himmel, er war sexy und fremd und stoppelig. Nicht zu stoppelig, gerade die richtige Menge, um an meinem

Bauch zu reiben oder den Innenseiten meiner Oberschenkel oder an meinen Eiern entlang. Scheiße.

„Nein. Das ist kein Nein."

Santa Maria. Madre de Dios ayúdame.

War es ein Sakrileg die Jungfrau Maria zu bitten, mir zu helfen, schmutzige schwule Gedanken über einen Mann abzuwehren, den ich kaum kannte? Wahrscheinlich. Ich würde in die Hölle kommen …

VIER

Seb

Die letzte Seite meiner Notizen aufzuschreiben, bewirkte, dass ich durch leere Flure wanderte und an einem überraschten Wachmann vorbei, der mich misstrauisch musterte, bis ich ihm meinen Pass zeigte. Ich las sein Schild und sah, dass er Lewis hieß. „Oh, ja, ich habe das von dir gehört", sagte er.

Ich hielt ihm meine Hand hin. „Seb."

„Du bist der Brite, der gekommen ist, das Team in Ordnung zu bringen. Nicht, dass es in Ordnung gebracht werden muss."

Nun, das war mal eine aufgeladene Aussage. „Okay."

Lewis zog seine Schultern nach hinten und hob sein Kinn. „Ich bin mir sowieso nicht sicher, warum sie keinen richtigen Amerikaner nehmen konnten."

Im Ernst? *Damit* wollte er anfangen? Ich hatte mit einigen der größten Firmen der Welt gearbeitet, die meisten davon außerhalb von London und er sorgte sich, dass ich kein Amerikaner war? „Wenn es hilft, meine Ur-Großmutter väterlicherseits kam aus New York." Ich konnte wie gedruckt lügen, wenn man bedachte, dass Granny J aus Liverpool stammte, mit einhundertzwei immer noch unter uns weilte und meines Wissens nach England nie verlassen hatte. Sie war der altmodische Typ, der glaubte, dass ein Tag am Strand im Regen ein exotisches Abenteuer war und war den Amerikanern gegenüber ebenso misstrauisch, wie Lewis es den Briten gegenüber zu sein schien. Sie würden ein schönes Paar abgeben, wie sie es im Flur ausfochten, aber so wie ich Granny J kannte, würde sie den tätowierten Riesen, der den Ausgang versperrte, wahrscheinlich zu Boden werfen.

Er musterte mich eingehend. „New York, sagst du?"

„Ja, das macht mich zu einem Amerikaner ehrenhalber, meinst du nicht?"

Er sah für einen Moment verwirrt aus. Dann musste etwas in ihm geklickt haben. „Klar, das ist wohl so." Dann schniefte er und verschränkte seine muskulösen Arme erneut vor seinem Brustkorb. „Wir wollen nicht, dass Fremde unsere Jobs übernehmen, sie können hier nicht einmal ein ordentliches weißes amerikanisches Team zusammenstellen. Und ich meine nicht die Kanadier, die meisten von denen sind ganz in Ordnung, denke ich."

Wow, er war so defensiv, dass es schon beinahe streitlustig war. War das das Erste, was die Spieler sahen, wenn sie ins Stadion kamen? Ich machte mir eine geistige Notiz, mir das genauer anzuschauen. Vielleicht waren die Werte, die geändert werden mussten, tiefer eingegraben, als ich gedacht hatte.

„Gibt es in Arizona viele *Fremde*, die Jobs wegnehmen?", fragte ich und lächelte so sehr, dass ich dachte, mein Gesicht würde brechen. Ich konnte dieses Spiel spielen, so tun, als wäre es nur Geplänkel, alle Informationen sammeln, die ich brauchte. Ich konnte mich bei Hugh Grant dafür bedanken, der uns Briten alle wie schusselige Narren aussehen ließ, die zu unschuldig waren, um irgendetwas Falsches zu tun oder in irgendeiner Form hinterhältig zu sein.

„Die ganze Zeit." Lewis schüttelte seinen Kopf. „Ich hatte Glück, diesen Job überhaupt zu bekommen."

„Wie schrecklich", stimmte ich zu und Lewis musterte mich vorsichtig, was mich denken ließ, dass meine Sarkasmus-Maske zu weit nach unten gerutscht war.

Schon bald würde das gesamte Team, inklusive Security, Verwaltung und wen sonst ich noch in meinen Geschäftsplan aufnahm, mich kennen. Wenn ich mich in eine Firma vertiefte, lernte ich alles von Grund auf. Ich würde mit dem Reinigungspersonal reden, der Security, den Leuten ganz oben, dem mittleren Management, den verängstigten Angestellten, die nicht wirklich reden wollten und denjenigen, denen die Firma vollkommen egal war. Ich brachte alles zutage, bis ich ein klares Bild davon hatte, wie die Dinge funktionierten und Amerikaner oder nicht, ich war verdammt gut in dem, was ich tat.

Aber für den Moment würde ich mich jedem vorstellen, der sich fragte, warum ein Fremder seine Nase in jeden Raum steckte, den er fand und anfangen, meinen Namen bekannt zu machen.

„Es hat mich gefreut, dich kennenzulernen, Lewis. Arbeitest du schon lange hier?"

Er schaute sich um, als ob er sich Sorgen machte, dass andere zusehen könnten. Diese Reaktion verschaffte mir eine tiefere Einsicht als nur ein Wachmann an einem Ausgang. Er war nervös, runzelte die Stirn und hatte wahrscheinlich eine Million Gedanken in seinem Kopf herumwirbeln, wie das, was er sagte, negativ auf ihn zurückfallen konnte. All das wegen einer einfachen Frage, wie lange er schon hier war.

„Sechs Jahre seit Weihnachten", meinte er und das war eindeutig alles, was ich bekommen würde.

„Du musst eine Menge gesehen haben", bemerkte ich und sah den genauen Moment, als er sich verschloss. Ich war als gefährlich für sein Wohlergehen eingestuft worden und ich konnte sehen, dass er loyal war, was gut war, aber Angst hatte, was schlecht war. Mir war gesagt worden, dass die Familie Westman-Reid sich die Zeit genommen hatte, damit anzufangen, Beziehungen aufzubauen, aber wie es schien, war das noch nicht bis zu den Angestellten der Security durchgedrungen. Ich machte mir eine weitere mentale Notiz, dem nachzugehen.

„Wie dem auch sei, es hat mich sehr gefreut, dich kennenzulernen. Ich hoffe, wir können bald wieder plaudern." Ich schüttelte seine Hand erneut und verließ das Gebäude, während sich alle möglichen Theorien über die Raptors in meinem Kopf formten.

Dann sah ich *ihn*.

Als ich Alex entdeckte, der ganz allein dastand und

in sein Handy redete, dankte ich den Sternen, dass ich mir Zeit damit gelassen hatte, das Stadion zu verlassen und dann noch mit Lewis gesprochen hatte. Ihn zu bitten, ob wir uns unterhalten konnten, war nicht das, was ich hatte sagen wollen. Zur Hölle, ich wusste nicht, was ich hatte sagen wollen. Vielleicht wollte mein Echsenhirn einfach nur in seiner Nähe stehen und starren. Vielleicht sah meine vernünftige Seite dies als einen Moment, um eine direkte Verbindung zu dem jungen Spieler aufzubauen. Wer konnte das schon wissen?

Alles, was mich im Moment interessierte, war, etwas Zeit mit dem Spieler zu verbringen, und ich wartete, bis er seine Entschuldigungen vorgebracht hatte und dann endlich zustimmte, mit mir zu kommen.

„Können wir uns ein ruhiges Plätzchen suchen und reden?", fragte ich, nachdem er in den Himmel gezeigt und erklärt hatte, dass er sich mit Hockeyspielern auf einen Drink traf.

Er war nervös, seine Augen weit aufgerissen und ich dachte, dass ich ihn offensichtlich aus dem Konzept brachte. War das gut? Ich war mir nicht sicher, ob ich wollte, dass er so sehr einem verängstigten Hasen ähnelte. Ich brauchte ihn an Bord, wenn ich ihn zum Gesicht der Raptors machen wollte.

„Ruhig", wiederholte er und winkte nach links. „Es gibt ein Café, in das ich manchmal gehe."

„Okay, klingt gut." Ich schaute zu, wie er sich umdrehte, um zu gehen, und sich dann auf der Stelle wieder umdrehte, um mich erneut anzusehen.

„Lass mich nur …" Er hob seine Tasche und deutete

damit. Er benutzte gern seine Hände, um sich auszudrücken, und das faszinierte mich. Ich folgte ihm zu einem staubigen Jeep. Nachdem er ihn abgesperrt und die Schlüssel eingesteckt hatte, spazierten wir los und während wir damit beschäftigt waren, über die Kreuzung zu kommen, redeten wir nicht. Erst als wir an der Theke standen und auf einen Frappuccino für ihn und einen Flat White für mich warteten, fing er an zu reden.

„Ich wette, es ist seltsam, in einem Coffeeshop zu sein", bemerkte er.

„Wie seltsam?"

„Nun, hier haben wir Läden, die nur Kaffee verkaufen und Sofas haben, auf denen man sitzen kann und das muss seltsam für dich sein."

Ich räusperte mich. „Wir haben in England ebenfalls Coffeeshops."

Seine Augen weiteten sich wieder und er schien zur Hälfte verwirrt und zur anderen Hälfte peinlich berührt zu sein. „Oh", war alles, was er herausbrachte.

„Und Strom", fügte ich hinzu, weil ich der Art, wie er reagierte, nicht widerstehen konnte, ganz durcheinander und viel zu niedlich, als dass ich es ignorieren konnte. Das hier konnte in zwei Richtungen gehen. Er könnte so beschämt sein, dass dieses Treffen nutzlos war, oder er konnte sich zusammenreißen und mit Humor reagieren.

Er warf mir einen Seitenblick zu, zeigte dann ein Grübchenlächeln, das direkt in meine Libido krachte und mir den Atem raubte.

„Strom?" Er weitete seine Augen absichtlich und

formte ein schockiertes O mit seinem Mund. „Im Ernst?" Er blinzelte mich an und meine Libido wechselte von ihrem Fokus auf seine Grübchen dazu, sich aufzusetzen und aufmerksam dreinzuschauen.

„Und Toiletten im Haus", fügte ich hinzu und grinste ihn an.

Lachen trat in seine Augen und ich wusste, dass ich ihn für mich gewonnen hatte.

„Als Nächstes erzählst du mir, dass ihr nicht alle die Queen kennt."

Ich zuckte mit den Schultern. „Nein, wir alle kennen die Queen."

Unser Gespräch wurde unterbrochen, als sein Name gerufen wurde und wir holten unsere Getränke vom Ende der Theke. Wir hatten es schon fast zu einem Tisch geschafft, als Alex von einer vierköpfigen Familie aufgehalten wurde.

„Ich bin ein großer Fan", sagte der Dad und pumpte Alex' Hand so heftig, dass ich mich fragte, ob Alex ihn abschütteln würde.

Das tat er nicht. Er stand da und hörte zu, als der Dad, gefolgt von seinen ebenfalls hockeyverrückten Kindern, anfing, über Statistiken und Rekorde zu reden. Ich ließ die Dinge ihren Lauf nehmen, beobachtete, wie Alex mit den Leuten umging. Nichts in seinem Gesichtsausdruck sagte, dass er nervös war, es gab nicht ein Gramm Vorsicht. Er gab alles von sich preis, redete über seine Pläne, Ryker, den Stanley Cup, die Saison und seufzte, als der Dad bemerkte, dass Lankinen ein Arschloch war.

Natürlich sorgte das Wort Arschloch von dem Dad

dazu, dass die Mom wütend wurde und ihn anfauchte, dass die Kinder zuhörten, darum kam Alex nicht dazu, etwas zu antworten, was gut war. Stattdessen signierte er ein paar Gegenstände, eine Speisekarte und eine Rechnung und ging in die Hocke, um mit dem Jungen und dem Mädchen zu reden, die nicht älter als zehn waren und an jedem seiner Worte hingen. Alex hatte etwas Nahbares an sich und ich wusste instinktiv, dass ich die richtige Person für meine Pläne ausgesucht hatte. Jetzt musste ich Alex nur noch überzeugen, dass er ein Teil davon sein wollte.

Er suchte einen Tisch im hinteren Bereich um eine Ecke herum aus, wahrscheinlich, um uns Zeit zu geben, uns zu unterhalten, ohne erkannt zu werden, aber ich entschied mich zu denken, dass er mich für sich wollte. Weil ich diese Art Idiot bin.

„Es stört dich nicht, wenn die Leute so mit dir reden?"

Er nippte an seinem Getränk und lächelte mich über den Rand seiner Tasse an. „Es ist seltsam, aber das gehört zum Job, ist, ehrlich gesagt, einer der besten Aspekte, kommt direkt danach, für ein NHL-Team zu spielen. Nicht, dass ich je davon geträumt hätte, erkannt zu werden, nicht so sehr, wie ich davon geträumt habe, in den großen Ligen zu spielen. Niemand möchte wirklich bemerkt werden, glaube ich." Er hörte auf zu reden und das Lächeln war fort, verschwunden, als er für sich wiederholte, was er gerade gesagt hatte, mit den Nebenbemerkungen, die aus ihm herausgefallen waren, als würde er Worte als seinen Gedankenprozess nutzen. Wir würden daran arbeiten müssen, wenn er der

Botschafter des Teams werden sollte, aber persönlich fand ich es niedlich. Und heiß.

„Was denkst du über Aarni Lankinen?", fragte ich und lehnte mich auf meinem Stuhl zurück, trank langsam meinen Kaffee. Ich würde jedem dieselbe Frage stellen, so herausfinden, welche Spieler immer noch in der Vergangenheit feststeckten.

„Henry ist einer meiner besten Freunde." Er stellte seine Tasse auf den Tisch und beugte sich vor. In seinem Gesicht war so viel raue Emotion zu sehen, zusammen mit demselben entschlossenen Fokus, den ich auf Videos von ihm auf dem Eis gesehen hatte. „Er liegt mit einer Kopfverletzung in einer Klinik und der Mann, der ihn beinahe umgebracht hat, geht ins Gefängnis. Ich bin froh darüber." Ich musste mein Talent, Leute zu lesen, nicht bemühen, um die Wut in Alex zu sehen, und der Ton, den er benutzte, deutete an, dass er über diese Situation nicht diskutieren würde.

„Hättest du das zu dem Dad dieser Familie gesagt, wenn er nicht unterbrochen worden wäre?"

Die Frage hing für einen Moment zwischen uns und dann seufzte er laut.

„Nein. Ich hätte selbst das Thema gewechselt, weil meine Meinung dazu nicht vor der ganzen Welt ausgebreitet werden muss. Ich habe so schon genug zu tun, muss mir also nicht selbst ein Bein stellen und mich in eine Diskussion verwickeln lassen, wie gut oder schlecht Aarni für das Team gewesen ist. Ich möchte nur Hockey spielen und ich möchte, dass mein Freund Henry wieder aufs Eis zurückkehrt und ich hasse Aarni für das, was er getan hat. Ersteres? Hockey? Das befindet sich im öffentlichen Bereich. Der Rest, das bin alles ich. Mein privates Ich. Aber manchmal, wenn alles zu viel wird, Himmel, dann will ich schreien."

Das war eine zweischneidige Antwort. Mit gefiel, dass er gesagt hatte, er würde das Thema wechseln, dass er Zurückhaltung an den Tag legen würde, aber auch die Leidenschaft in seinen Augen für etwas, von dem er wirklich dachte, dass es ein emotionaler Ausbruch war, den er zurückhalten musste.

War es überhaupt richtig von mir, ihn zu bitten, Dinge zurückzuhalten?

Warum mache ich mir überhaupt Sorgen darüber? Ich muss tun, was das Beste für das Team ist.

„Ich wollte mit dir reden, weil ich hier bin, um die negative Sichtweise zu ändern, die die Öffentlichkeit eventuell auf die Raptors hat."

Er ließ ein humorloses Lachen hören. „Und der Rest der Liga."

„Die auch." Ich beugte mich vor, um seine Position zu spiegeln, und ignorierte meinen Kaffee. Zeit für die erste Annäherung an jemanden, der wahrscheinlich allen Ideen, das Aushängeschild für die Raptors zu werden, zögerlich gegenüberstehen würde. „Die Einnahmen sinken, das weißt du, und der Hass online hat sich durch die Situation mit Aarni nur noch verstärkt." Alex zuckte zusammen, als ich Lankinens Namen aussprach. „Eine Art, wie wir das angehen wollen, ist, uns auf das neue Blut im Team zu konzentrieren, die positive Zukunft in den Fokus zu rücken."

„Du meinst Ryker", sagte er und lächelte. „Er ist ein

wahnsinnig guter Spieler und hat diese ganze Hintergrundgeschichte, die für ihn spricht."

Ich entschied, dass Ehrlichkeit die beste Herangehensweise war, und hoffte, dass Alex nicht dachte, dass er nur zweite Wahl war. „Ryker scheint auf den ersten Blick eine gute Wahl zu sein, aber er ist offen bisexuell und das wird unserer Zielgruppe als Gesicht des Teams nicht gut gefallen."

Alles Blut wich aus Alex' Gesicht. Er wurde so blass, dass ich dachte, er würde ohnmächtig werden und dann überspielte er, was Unglauben sein musste, indem er sein Getränk nahm und sich hinter der Tasse versteckte. Er hatte das über Ryker gewusst, oder? Alle wussten es. Es war kein Geheimnis und Rykers Vater hatte einen anderen Hockeyspieler geheiratet, darum war es allgemein bekannt. Warum sah Alex dann so schockiert aus? Missbilligte er es? Verabscheute er es? Wie sich herausstellte, war, dass er sich als zweite Wahl fühlte, meine geringste Sorge.

„Was ist los?", fragte ich und er schloss kurz seine Augen.

„Was los ist? Was los ist, ist dass, nur weil Ryker nicht in die Linien passt, die du gezeichnet hast, er beiseite geworfen wird, als ob er nichts bedeutet."

„Nein, warte-"

„*Pinche pendejo*. Er ist der beste Spieler, den wir haben und ohne ihn haben die Raptors keine Chance, irgendetwas zu gewinnen."

„Das stimmt nicht ganz. Sie haben dich-"

„Mich? Ich bin der Junge von der falschen Seite von Hockey-Stadt! Jedes Mal, wenn ich aufs Eis gehe, höre ich Beleidigungen", sagte er durch zusammengebissene Zähne.

„Damit können wir umgehen-"

„Einige der Worte, die mir entgegengeschleudert werden, kannst du dir nicht einmal vorstellen, ganz abgesehen davon, sie einem Spieler ins Gesicht zu sagen. Und das kommt nicht nur von den Fans, sondern auch von anderen Teams, von den Agitatoren, die wollen, dass ich Fehler mache." Er ließ mich nichts sagen und schob sein Getränk zur Seite, um sich noch näher zu mir zu beugen. „Meine Haut ist dunkler, ich spreche zwei Sprachen, meine Familie bedeutet mir alles und meine Ahnen kommen von jenseits der Grenze, aber das definiert mein Können im Hockey nicht, auch wenn einige Leute denken, dass es das sollte." Er stand auf, so schnell, dass sein Stuhl gegen die Wand hinter ihm knallte, aber er schrie nicht. Wenn überhaupt war sein Ton eiskalt. „Du weißt und ich weiß, dass Ryker der Beste in diesem Team ist und wen er liebt, hat nichts mit seinem Können zu tun. Darum kannst du diese homophobe Achtziger-Scheiße, die du da schaufelst, nehmen und sie dir dahin stecken, wo die Sonne nicht scheint."

Er marschierte davon und für ein paar Sekunden war ich so schockiert, dass ich mich nicht bewegen konnte, während ich verarbeitete, was er gesagt hatte und, noch wichtiger, was er dachte. Dann eilte ich ihm hinterher, sprang über einen Stuhl und erreichte die Tür gerade, als sie sich vor meiner Nase schloss. Ich riss sie auf und joggte, um ihn einzuholen, aber er stand unter Volldampf und seine Schritte waren länger als meine.

Erst als er beinahe die Bar erreicht hatte, zu der er unterwegs war, schaffte ich es endlich, vor ihn zu kommen, legte dann eine Hand auf seinen Brustkorb, um ihn anzuhalten.

In seinen Augen stand Mordlust, eine solche Wut, dass die Farbe zurück in sein Gesicht geflossen war und seine Wangen rot färbte.

„Geh. Mir. Aus. Dem. Weg." Er knurrte jedes Wort und versuchte, um mich herum zu treten, aber wenn es eine Sache gab, die ich im Leben gelernt hatte, dann, wie ich das beste aller Hindernisse sein konnte. Mit einer geschmeidigen Bewegung bugsierte ich ihn rückwärts in eine schmale Lücke zwischen der Bar und dem Hühnchen-Restaurant daneben.

„Lass mich erklären", fing ich an.

„Es gibt nichts, was du sagen kannst-"

„Doch, ich muss-"

Er schubste mich. Er war breiter, größer, stärker und ich taumelte zurück und knallte an die gegenüberliegende Wand und seine Stimmung wechselte von Wut zu Entsetzen.

„Scheiße", fluchte er und dann war sofort die Wut zurück. „Ich gehe rein", murmelte er und machte einen Schritt weg von mir.

„Ich bin schwul", sagte ich.

Er drehte sich zu mir, anklagend, starrte durch mich hindurch. „Und?"

„Ich bin der Letzte, der jemanden verurteilt. Komm schon, Alex, hör mich an, ja?" Ich verbockte das hier so sehr, aber etwas an dieser Situation mit Alex entging mir. Er verteidigte nicht nur Ryker oder bezog Position für Chancengleichheit oder reagierte auf die rassistischen Beleidigungen, die er erlebt hatte. Das hier war eine viel tiefer gehende Furcht, die mit Wut verflochten war.

Und mit einem Mal wusste ich es.

FÜNF

Alex

Er packte meinen Arm, seine Finger bissen voller Autorität in meinen Bizeps. Ich hielt inne, meine Hand ruhte auf der Klinke des Crimson Cactus, die Tür knarzte, das *wumm-wumm-wumm* eines beliebten Ariana-Grande-Songs pulsierte auf die Straße hinaus.

Ich warf ihm über die Schulter einen finsteren Blick zu.

„Es ist in Ordnung", erklärte er mir, seine Worte glitten um die Lyrics herum, die Schreie feiernder Kunden und der Wolke nach Apfel riechenden Vape-Rauchs, der aus dem Tanzclub herauswaberte. „Dein Geheimnis ist bei mir sicher."

Das Innere meines Kopfes wurde plötzlich zur Brücke der Enterprise wenn roter Alarm herrschte. Rote Lichter blitzten auf, heulende Sirenen erklangen aus allen Kommunikationsstationen, ein Kapitän schrie: „Schilde hoch! Alle auf Gefechtsstation! Ladet die Photonentorpedos und feuert auf mein Kommando!"

„Wovon zur Hölle sprichst du?", knurrte ich – der

erste Torpedo wurde direkt vor seinen Bug gefeuert, als ich die Tür zuschlug und dann zu ihm herumwirbelte. Er war nicht wütend oder eingeschüchtert von dem größeren, stärkeren, wütenden Latino, der in seinen persönlichen Raum trat. „Ich habe keine Geheimnisse. Ich bin ein offenes verdammtes Buch."

„Natürlich bist du das." Er glitt um mich herum, riss die Tür auf und trat ein, ließ mich auf seinen schlanken Rücken starrend zurück, bis er von der Menge verschluckt wurde. Ich schaute die Straße hinunter, dann in Richtung Himmel, mein Blick blieb an den Millionen kleiner Motten hängen, die sich an den Straßenlampen zu Tode flogen.

„Zur Hölle mit ihm. Zur Hölle mit ihm. Er weiß gar nichts", murmelte ich den Insekten zu, die über meinem Kopf einen Todestanz aufführten.

Was, wenn er es doch tat? Was, wenn sein Schwulenradar losging?

Schwulenradar. Wie dämlich. Als ob. Ich hatte noch nie irgendeine Schwingung von einem anderen Mann bekommen. Nie. Nicht einmal von denen, wo ich wusste, dass sie auf Männer standen, wie Ryker, Tennant Rowe-Madsen oder sogar diesem Sebastian. Dennoch, wenn es real war und Sebastian es hatte, musste ich jegliche Fragen, die er vielleicht hatte, im Keim ersticken. Fuck. Ich hasste das so sehr. Es zu hassen hielt mich aber nicht davon ab, es zu tun. Ich schlüpfte in die Haut eines heterosexuellen Latino-Mannes, klebte mir das Lächeln auf, das die Damen liebten und schlenderte ins Herz der Party. Und genau wie diese armen Motten draußen wurden die Frauen von mir angezogen. Manche von ihnen kannte ich, viele nicht. Die Kombination aus Alkohol, lauter Musik und Profi-Athlet war eine tödliche Verlockung. Als ich den Tisch erreichte, an dem Ryker, Colorado, Vlad und Jens saßen, hatte ich meine Anzugjacke verloren, aber eine Blondine gewonnen.

„Auf den einzigen Mann, den ich kenne, der eine Dame an seinem Arm haben kann, *bevor* er sich setzt." Ryker schnaubte, hob seine Bierflasche zum Gruß.

Die anderen stimmten ein, die kichernde Blondine an meinem Arm errötete und rieb mit ihrer Hand über meinen Brustkorb. Ich hob das kalte Bier, das Vlad mir reichte, trank etwas und führte Ms Booty dann auf die kleine Tanzfläche, eine Hand auf ihrem unteren Rücken, die andere hielt mein Bier. Als ich mich drehte, suchte mein Blick schnell den Raum ab. Sebastian saß an der Bar, den Blick hatte er auf mich gerichtet, sein Gesichtsausdruck war unleserlich. Zur Hölle mit diesem mysteriösen Briten und seinen dämlichen Geheimnissen.

Ich beugte mich nach unten, um meiner Tanzpartnerin etwas ins Ohr zu flüstern, mein Blick blieb auf den von Sebastian gerichtet.

„Du bist die hübscheste Frau hier", erklärte ich ihr, legte einen Arm um ihre Taille und führte ihren kurvigen Körper näher an meinen. Sebastian nippte an seinem Drink, etwas in einem Tumbler, mit ein paar Eiswürfeln. „Kommst du oft hierher?"

„Nein, zum ersten Mal! Oh mein Gott, ihr Hockeyspieler seid so sexy." Sie fiel gegen mich, ihre großen Brüste drückten sich fest an meinen Brustkorb, ihre roten Lippen strichen über meinen Kiefer, ihre langen Nägel glitten in meine Haare. „Ich wette, du hast einen großen Schläger."

Ich kicherte, klopfte ihr auf den Hintern und wirbelte sie dann herum, sodass sie gegen mich gedrückt war, ihr Rücken an meinem Brustkorb. Sie kicherte freudig, als ich mein Handy herausholte und es über unsere Köpfe hielt, es für den perfekten Selfie-Winkel neigte. Sie formte automatisch einen Schmollmund, was in mir den Wunsch weckte zu schreien, aber ich lächelte breiter, stellte sicher, dass meine Grübchen zu sehen waren, und machte mehrere Fotos. Dann, weil ich ein Gentleman war, ließ ich sie das Beste aussuchen.

„Das hier, Alex, das hier! Man kann sehen, wie großartig meine Titten heute Abend aussehen."

Bevor die Stimme meiner Mutter oder die von Vater Delgadillo in meinem Kopf erklingen konnten, beeilte ich mich, das Foto auf meiner Instagram-Seite zu posten. Ich fügte eine kurze Erklärung hinzu:

Ricky Martin ist nicht der Einzige! *#Latino* *#Player* *#livinlavidaloca* *#hockeyspielerhabendiebestenmoves* *#crimsoncactus* *#dancedancedance*

CamelPhats neuester Song begann. Ich behielt sie für zwei Songs auf der Tanzfläche, führte sie dann zurück zum Tisch und half ihr, ihren Hintern auf einem Sitz zu parken. Keine einfache Aufgabe, weil sie einen Drink davon entfernt war, zu Boden zu fallen. Mein Blick wanderte suchend in der vollen Bar herum und ich fand den Platz, auf dem Sebastian gesessen war. Irgendein großer Typ befand sich jetzt dort. Als meine Tanzpartnerin anfing, mit Vlad zu flirten, schlüpfte ich davon, nickte für die Jungs auf meine Uhr, entfernte mich dann vom Tisch.

„Kumpel, warte!", schrie Ryker über ein heißes Lied von Dog Blood.

„Ähm, was soll ich damit machen?", fragte Vlad, deutete dabei mit seinem Kinn auf die Blondine, die jetzt fest auf seinem Schoß schlief.

„Verfrachte sie in ein Taxi", schrie ich, während blaue und grüne Lichter über die verschwitzte Menge rollten.

Ich warf einen Zwanziger auf den Tisch, schlug unserem Kapitän auf die Schulter, winkte Jens und machte mich dann auf in Richtung Tür. Ryker kam neben mich, tanzte zur Musik, bis wir draußen waren und sogar dann wackelte er weiter mit seinem Hinterteil. Der Kerl hatte einiges drauf, das musste ich ihm lassen. Wir beide blinzelten, als Colorado aus einer engen Gasse kam, ein verruchtes Lächeln auf seinem hübschen Rockstar-Gesicht. Ein Kerl und eine Frau taumelten hinter unserem Goalie unter das Glühen der Straßenlampen, beide rückten ihre Kleidung zurecht und erröteten heftig, als sie uns sahen, wie wir sie anstarrten.

„Es muss an den Tattoos liegen", kommentierte Ryker, als Colorado uns zuzwinkerte, bevor er wieder hineinging, um zu tun, was immer er in der Nacht so machte. Trinken und verschiedene Menschen jeglichen Geschlechts ficken. Großartig. Ich trug immer noch meine Jungfrauenkarte in meiner Geldbörse herum, zusammen mit einem Kondom, das mir mein älterer

Bruder gegeben hatte, bevor ich aufs College gegangen war. Das Leben war so unfair.

„Alle lieben Rockstars." Ich seufzte, fühlte mich schmutzig und klebrig wie eine Fliegenfalle in einem zwielichtigen Bordell. Ms Bootys Parfüm klebte an meiner Haut. Es war moschusartig. Ich musste dringend duschen.

Wir spazierten zum Stadion zurück, Ryker plapperte über irgendein neues Third-Person Shooter Spiel, von dem er fand, dass wir alle es spielen sollten. Seine Nase war in seinem Handy vergraben, darum konnte ich die Alejandro-der-Verführer-Persönlichkeit ein wenig fallenlassen.

„… heißt Mecha Metal Corps Elite. Schau dir die Grafiken an." Er wedelte mit dem Handy vor meinem Gesicht, während wir darauf warteten, dass die Ampel an der Ecke auf Grün sprang.

„Cool." Woher hatte Sebastian gewusst, dass ich schwul war? Hatte er das überhaupt gemeint? Geheimnisse. Welche Geheimnisse?

„Wir könnten ein Team bilden und gegen andere Spieler antreten. Zusammen ein Game zu spielen, ist eine echte Gelegenheit zur Teambindung. Die Railers spielen *Pokémon Go* und das hat ihnen wirklich geholfen, sich als Team zu finden."

„Wir sind nicht die Railers, Ry." Sah ich schwul aus? Benahm ich mich schwul? Roch ich schwul?

„Mann, klar, ich weiß, aber eines Tages werden wir das sein und der erste Schritt, diese Art Familiendynamik aufzubauen, ist, an Teambindungs-

Scheiß zu arbeiten. So!" Wieder wurde mir das Handy unter die Nase geschoben. „Es gibt eine App fürs Handy, mit der wir spielen können, wenn wir unterwegs sind, und es gibt ein Spiel für den PC oder dein bevorzugtes Spielsystem. Wir könnten ein paar der Jungs überreden, mitzumachen. Man kann zwanzig Spieler in einem Bataillon haben. Dann zieht man in Vierergruppen los, um andere Spieler in Stücke zu schießen."

„Du weißt, dass all diese gewalttätigen Spiele der Grund für die ganzen Massenschießereien in deinem herrlichen Land sind, oder?"

Er warf mir einen eiskalten Blick zu. „Ja, nein. Ich denke nicht." Wir überquerten die Straße, die spiegelnden Seiten des Santa Catalina Stadions waren jetzt zu sehen. „Also, bist du dabei? Wir könnten Henry auch anmelden. Dann kann er mit dem Team spielen, wenn wir unterwegs sind. Das wird ihm das Gefühl geben, mit allen in Verbindung zu stehen." Er hatte mich mit Henry am Haken. Ich liebte Spiele, das tat ich wirklich, aber ich war nie wirklich auf diese MMO-Geschichten gestanden, weil ich es bevorzugte, allein zu spielen, um mich zu entspannen.

„Also?"

Ich schaute zu ihm. Seine Locken hingen in seine erwartungsvoll dreinschauenden Augen. Wenn er nicht vergeben wäre und ich irgendwo anders wohnen würde, anstatt tief im Wandschrank, hätte ich ihn absolut um ein Date gebeten. Aber er war und ich war und darum war es Freundschaft, was, höchstwahrscheinlich, die bessere Option war. Romantik war für andere Menschen, geoutete Menschen, die Liebe und Sex offen erleben konnten.

„Klar, ja."

Er pumpte mit seiner Faust in die trockene Luft, schlug mich dann so hart er konnte, auf eine freundliche ‚du bist klasse!' Art und Weise. Es tat dennoch weh. „Wunderbar. Also gut, wenn wir zu Hause sind, lädst du die App herunter, und wir richten dir alles ein. Ich habe meinen Mech-Anzug schon fertig. Schau dir dieses Baby an! Ich habe Sterlingsilber als Hauptfarbe gewählt und dann einen Hauch hier an der Kommunikationsfläche hinzugefügt."

Wir blieben bei meinem Jeep stehen. Ja, der Mech-Anzug war cool, Silber. Große Waffen. Dann entdeckte ich die winzige Bi-Flagge über dem Panel, in dem sich die Kommunikationsuplinks für seinen mechanischen Kriegsanzug befanden. Mein Blick flog zu Ryker, der seine Tasche auf die Rückbank meines Autos warf.

„Du hast die Bi-Flagge auf deinen Mech-Anzug geklebt?", fragte ich, suchte bei ihm nach einem Anzeichen von Sorge oder Nervosität. Da war nichts.

„Klar, ja, warum nicht? Es ist Teil meiner Identität und so wissen andere LGBT-Spieler da draußen, dass ich einer von ihnen bin. Wenn du deinen machst, kannst du ihn auch personalisieren."

„Was willst du damit sagen? Dass ich eine Regenbogenflagge auf meinen geben soll oder so?"

Er zuckte bei meinem Ausbruch mit keiner Wimper.

„Kumpel, du kannst deinen Anzug gestalten, wie immer

du willst und es ist mir egal. Trage die Bi-Flagge oder die Trans-Flagge oder die Regenbogenflagge. Nimm nichtbinär, pan, omni – ich glaube übrigens, Penn ist omni, weil er einmal gesagt hat, dass er ein Alien ficken würde, solange es keine Tentakel hat, weil er ein Problem mit Tentakeln hat. Trage die Ace-Farben auf deinem Helm. Welche Flagge du auch schwingst, trag sie und mir ist es recht. Und hey, wenn du hetero bist, habe ich damit auch kein Problem. Sei einfach nur du, okay, dein *echtes* Selbst."

Ich schaute auf die reflektierenden Seiten unseres Stadions. „Ja, das kann ich nicht", flüsterte ich, während er wieder anfing, über diese neue Team-Spiel-Idee zu plappern.

„… morgen bittest du Vlad, das Bataillon zusammenzustellen und ich werde es am Fahnenmast nach oben ziehen und schauen, ob Coach salutiert." Ich warf ihm einen kurzen Blick zu. „Hast du gesehen, was ich hier mit den Flaggen und dem Fahnenmast gemacht habe?"

„*Burro.*"

„Das Wort kenne ich! Das heißt Esel. Hey!"

„Steig ein. Ich möchte nach Hause und schlafen."

DER SCHLAF KAM NICHT. Er reizte mich, er lockte mich, tanzte die ganze Nacht gerade außerhalb meiner Reichweite herum, mit besorgniserregenden Fragen über Sebastian und sein Wissen über mein „Geheimnis". Je später in der Nacht es wurde, umso unruhiger wurde ich. Als der Morgen den Himmel rosig färbte, war ich angespannter als ein Affe in einer *Piñata*, um meinen Cousin Héctor zu zitieren.

Am Morgen hüpfte Ryker überall im Haus herum, war absolut aufgedreht wegen seiner dämlichen Spiel-Idee. Ich konnte kaum lange genug wach bleiben, um meine Eier und meinen Weizentoast zu essen. Ich stoppte bei demselben Coffeeshop, in dem ich die Nacht davor mit Sebastian gewesen war und vernichtete einen extra großen Tod durch Latte. Die Infusion all dieses Koffeins würde mich hoffentlich durch das Morgentraining tragen. Ich wünschte, dieses Training wäre optional, aber wir waren viel zu schlecht, um die Wahl zu haben, irgendein Training ausfallen zu lassen. Mit angespannten Nerven und zitternden Händen platzte ich in die Umkleide, brauchte unbedingt irgendeine Geräuschkulisse.

Vlad schaute von seinen Schlittschuhen auf, die er gerade schnürte, seine blassblauen Augen wurden rund, als ich mich auf ihn stürzte wie ein Eichhörnchen auf Diätpillen.

„Hey, wir haben dieses Spiel, das Ryker einführen möchte. Waffen, Mech-Anzüge, Explosionen." Ich ahmte den Klang einer explodierenden Bombe nach, warf meine Hände dann in die Luft, um den großen Knall zu verbildlichen. „Teambindungs-Scheiß wie die Railers es machen, absolut spaßig. Figurenkonfiguration ist frei, darum kannst du deinen Anzug mit einer russischen Flagge ausstatten!"

„Ich bin jetzt Amerikaner."

„Oh. Na gut, nun, dann nimm die Stars and Stripes. Ryker hat eine Bi-Flagge auf seinen gemacht.

Nicht, dass ich sage, dass du bi bist, denn was weiß ich?" Ich schnaubte, schob mir die Haare aus den Augen und blinzelte ihn an. „Du siehst wie dieser Typ in dem Film aus! Ja, scheiße, er war dieser Boxer. Rocky hat gegen ihn gekämpft. Der Typ war riesig. Wangenknochen, auf denen man eine Schüssel *Queso* abstellen konnte! Blonder Typ wie du, dieselben Haare, ganz kurz und militärisch, streng. Seine Augen waren nicht so hübsch wie deine. Nicht, dass ich Zeit damit verbringe, die Augen von Typen anzusehen. Mann, ich bin aufgedreht. Hattest du je einen Tod durch Latte drüben im Beanery Depot? Der Scheiß bringt deine Augen zum Schwitzen und lässt deine Eier schrumpeln."

„Dein Absturz wird schmerzhaft sein", sagte er, seine tiefe, tiefe Stimme war auf seltsame Art und Weise beruhigend. „Außerdem trinke ich keinen Kaffee, nur Kräutertee. Was das Spiel betrifft, warum erzählst du mir davon?"

„Tee? Auf gar keinen Fall! Meine *Abuela* trinkt Tee, aber manchmal, wenn sie sich wild fühlt, schmuggelt sie ein wenig Alkohol hinein!" Ich schlug lautstark auf seinen muskulösen Arm, fing dann an zu kichern. „Sie geht dir ungefähr bis zur Kniescheibe, grauhaarig, aber sie kann dich fertigmachen. Ich scherze nicht. Sie ist absolut heftig."

„Alejandro, ich hoffe, dass du bald zum Punkt kommst. Mein Morgen war … aufwühlend."

„Kuuuuumpel, hat deine feste Freundin herausgefunden, dass du diese Blondine in ein Taxi gesetzt hast?"

„Nein, sie kam schlicht nicht damit klar, mit einem Hockeyspieler zusammen zu sein."

Er richtete sich auf. Ich tat es ihm nach. „Darum ist sie gegangen?"

„Ja, hat mir ihren Schlüssel gegeben und ist heute Morgen ausgezogen. Hockey ist eine grausame und fordernde Liebhaberin." Er seufzte, stand dann auf, schaute auf mich herunter. „Sie ist nicht die Erste, die geht, weil dieser Sport an erster Stelle steht und sie wird nicht die Letzte sein." Ich schaute zu ihm auf, auf, auf. Was fütterten sie russischen Babys, dass sie so groß wurden? „Männer und Frauen kommen und gehen. Es ist das ständige Reisen, das die Romantik tötet."

„Es tut mir leid, Vlad." Tränen stiegen mir in die Augen. Ich wischte sie weg. „Ich, ähm ... ist es für dich in Ordnung, wenn wir ein Team für dieses Spiel bilden? Wir hätten gern den Kapitän auf unserer Seite."

„Ja, natürlich. Wir müssen Dinge finden, die wir genießen und die wir als Team zusammen machen können. Das sollte auch mit dem Coach besprochen werden." Er zauste meine Haare, polterte dann davon, seine Gummischoner schützten seine Kufen vor dem Boden.

„Ja, Ryker redet mit ihm", rief ich von meinem Sitz vor Vlads Spind. Er hob eine behandschuhte Hand, um anzuzeigen, dass er mich gehört hatte, bevor er verschwand.

Ich sprang auf, tigerte mehrere Minuten im Raum herum, meine Nerven vibrierten, meine Gedanken wirbelten vor tausenden Problemen, bis sie sich auf eines fokussierten. Sebastian und mein Geheimnis. Was hatte er damit gemeint? Zehn Minuten vergingen, andere Spieler kamen herein und tauschten ihre Straßenkleidung gegen Hockeyausrüstung. Ich rannte in den Flur, als Jens kommentierte, dass ich einen Schuh anhatte, den anderen ausgezogen und dass mein Hemd zuletzt in der Dusche gesehen worden war. Wie oder warum? Ich hatte keine Ahnung.

„Ich werde mit einem Mann über ein Geheimnis reden."

Jens nickte kurz, seine langen dunklen Haare umrahmten sein rundes kleines Gesicht. Niedliches Gesicht. Netter Mann.

Wo war mein Handy? Fuck. Egal. Ich rannte aus der Umkleide, prallte gegen jemanden, der sich um das Equipment kümmerte, bat ihn um Verzeihung und drehte mich im Kreis, als mein Herz anfing, wie eine Stahltrommel zu hämmern. Ich hatte keine Ahnung, wo ich Sebastian finden konnte oder ob er überhaupt hier war, aber ich dachte mir, dass ich oben anfangen könnte, weit über dem Eis, wo man die Eigentümer in vornehmen Büros finden konnte. Ich musste ihn wirklich finden, bevor er anfing, mit anderen Leuten über mein Geheimnis zu reden. Wenn er es jemandem erzählte, müsste ich ihn umbringen und seine Leiche im Eis verstecken.

Ich hatte einmal gesehen, wie ein Magier das im Fernsehen gemacht hatte. Natürlich nicht jemanden umbringen, aber eine Person im Eis verstecken. In meiner Familie gab es Magie. Meine *Abuela* sagte, dass sie Leute nur mit einem geflüsterten Zauber dazu bringen konnte, sich zu verlieben. Sie war eine *Bruja*, noch dazu eine gute, laut eigener Aussage, darum hatten wir Kinder immer brav auf sie gehört, für den Fall, dass sie wütend wurde und uns in eine Krötenechse verwandelte. Oh, mein Kopf schmerzte. Es waren zu viele Gedanken darin. Ich taumelte zum nächsten Aufzug, trat ein und fuhr bis ins oberste Stockwerk des Stadions.

Ich tappte oben ohne, mit einem Fuß in einer Socke, dem anderen in einem Schuh, durch den Flur und fing an, an Türen zu klopfen. Es gab so viele davon, alle möglichen Suiten für Firmen und reiche Leute mit mehr Geld als Hirn. Oder waren es Eier? *Cerebros o huevos?*

„Alex?"

Ich sprang in die Höhe und drehte mich wie eine Katze, die einem Laser hinterherjagte. Als ich landete, stand Sebastian da, einen Schritt entfernt, sah stoppelig aus und roch gut. Viel besser als Ms Booty letzte Nacht. Er trug keinen Anzug, nur ein fließendes weißes Hemd und eine braune Hose. Mein Blick fand ein paar dunkle Haare, die aus dem V seines Hemdes herausschauten. „Warum bist du mit nur einem Schuh hier oben? Solltest du nicht auf dem Eis sein, mit all den anderen Jungs?"

„Mein Geheimnis ist ein Geheimnis!", erklärte ich nachdrücklich. „Ich weiß nicht, was du von meinem Geheimnis denkst, aber es gehört mir und ich möchte nicht, dass irgendjemand sonst etwas von meinem Geheimnis erfährt."

„Ich hatte nie vor, meine Annahmen irgendjemandem zu-"

Ich streckte die Hand aus, um sein Gesicht zu

berühren. Die Stoppeln waren so ordentlich gestutzt – Designer-Stoppeln. Ah, verdammt, aber es fühlte sich wunderbar an. Er befeuchtete seine Lippen. Mein Hirn traf sich in der Mitte meines Brustkorbs mit meiner Libido. Ich packte sein Kinn, riss seinen Mund an meinen und spürte, wie mein Herz explodierte.

SECHS

Seb

Für einen Moment entflohen alle rationalen Gedanken und dann traf mich die Gefahr dessen, was da vor sich ging, mit voller Wucht. Ich zerrte Alex in mein Büro und knallte die Tür hinter mir zu, hoffte inständig, dass niemand gesehen hatte, was gerade passiert war. Alex taumelte rückwärts, packte mich, um das Gleichgewicht zu halten, seine dunklen Augen waren geweitet, seine Lippen geteilt und Lust stand ihm ins Gesicht geschrieben. Er zog heftig und ich verlor das Gleichgewicht, sogar als er mir in der Mitte entgegenkam und wir taumelten, landeten halb auf dem Sofa aber hauptsächlich auf dem Boden. Ich schubste ihn von mir – das war nicht der Zeitpunkt, einen Mann in meinem Büro zu küssen, vor allem nicht, wenn es sich um Alex handelte und wenn nichts daran beiläufig war. Er streckte sich mir für einen weiteren Kuss entgegen, und ich hielt ihn auf Abstand, während ich gleichzeitig einen Schreibtischstuhl mit meinem Fuß anstieß, um ihn gegen die Tür zu drücken. Ich befand mich im einzigen

Büro auf diesem Stockwerk, in diesen leeren Raum gestopft, damit ich nachdenken konnte, aber trotzdem konnte jederzeit jemand vorbeikommen.

Wir befanden uns in einer Pattsituation, ich wusste nicht, was zur verdammten Hölle los war, er starrte mich an, als wäre ich das Abendessen und er am Verhungern. Wir atmeten beide schwer, aber wenigstens hatte er aufgehört, mich küssen zu wollen, und ich weiß nicht, wie lange es dauerte, aber die Verzweiflung und Wut in seinen Augen ließen nach, bis plötzlich seine Gedankengänge wieder klar waren. Sobald ihm bewusst wurde, was er getan hatte, wich er vor mir zurück. Seltsamerweise konnte ich mich nur darauf fokussieren, dass er einen Schuh anhatte und kein Oberteil. Er erreichte die Wand und zog seine Beine an, schlang seine Arme um seine Knie und vergrub sein Gesicht in ihnen.

Hatte er Drogen bekommen? War er betrunken? Was zur Hölle war gerade passiert? Was war geschehen, das bedeutete, dass er Dinge ausleben wollte, die er in sich verschlossen hatte? Versuchte er, etwas zu beweisen? Hoffte er, mich in einer kompromittierenden Situation zu erwischen, zu schreien, dass er belästigt worden war, damit ich gefeuert wurde?

„Alex?" Ich stellte all diese Fragen mit nur diesem einen bedeutungsschweren Wort und er starrte zu mir auf, seine Augen heller, klarer und seine Bewegungen langsam.

„Zur Hölle mit meinem Leben", murmelte er und rieb sich dann seine Augen. „Fuck", wiederholte er.

Ich rutschte rückwärts, um die Tür zu schließen,

zum Glück hatte ich die Jalousie in dem kleinen Fenster noch nicht hochgezogen. Niemand musste sehen, was mit Alex los war.

„Es ist in Ordnung", versicherte ich ihm und wartete darauf, dass er zustimmend nickte und mich dann dem Rest meines Tages überließ.

„Es ist nicht in Ordnung", murmelte er und fluchte dann auf Spanisch. Mein Spanisch war gerade gut genug, um zu fragen, wo die Toiletten sich befanden, aber nach seinem Tonfall zu schließen, nahm ich an, dass es sich um eine Art Fluch handelte.

„Was ist passiert?"

„Du." Er deutete auf mich und seufzte. „Mit deinem Gesicht und deinen Stoppeln und allem."

Okay, das ergab immer noch nicht viel Sinn. „Ich bin passiert?"

„Und Koffein. Eine Menge Koffein."

Wir saßen einen Moment länger schweigend da, aber plötzlich stand er mit hektischen Bewegungen auf und ich konnte Alex zum ersten Mal richtig oben ohne betrachten. Seine Haut war glatt, aber er hatte kein Sixpack wie einige der älteren Spieler. Er bestand dennoch ganz aus Muskeln, schlank, überhaupt nicht aufgepumpt. Da ich immer noch eine Erektion hatte, nachdem ich angesprungen und beinahe zu Tode geküsst worden war, hätte ich wirklich nicht hinsehen sollen.

„Scheiße, das Training." Er schaute wieder wild drein.

Ich hob meine Hand und griff nach dem Handy auf meinem Schreibtisch, rief Coach an, der nach dem ersten Klingeln mit einem irritierten „Ja" abnahm.

„Ich wollte nur Bescheid sagen, dass ich in meinem Büro mit Alex gesprochen und ihn aufgehalten habe. Er ist jetzt auf dem Weg nach unten. Es ist meine Schuld, wenn er zu spät kommt."

„Wenn er nicht in einer Minute hier ist ...", Coach schnaubte und legte dann auf.

Ich drehte mich herum, um mit Alex zu reden, aber er fummelte am Schloss herum und ich schaute zu, wie er durch die Tür taumelte. Er schaute nicht zurück, um mit mir zu reden, und so schnell wie er sich bewegte, war es ein Wunder, dass er nicht über seine eigenen Füße fiel. Mit einem Seufzen schaute ich zu, wie er ging, öffnete dann die Tür ganz. Die Arbeit rief und ich konnte nicht herumsitzen und mich fragen, was in Gottes Namen gerade passiert war.

„Können wir reden?", fragte Jason von der Tür und ich lud ihn mit einer Geste ein, hereinzukommen. Er setzte sich auf den Stuhl, der die Tür geschlossen hatte und sank nach unten. Hatte er gehört, was gerade passiert war? Wie konnte das sein? Warum war er so früh an einem Dienstag in meinem Büro?

„Was ist los?" Ich schloss mein Notizbuch und schenkte ihm meine volle Aufmerksamkeit. Ich mochte ja freiwillig hier sein, aber er war irgendwie mein Boss und er sah aus, als ob die Welt ihn niederdrückte.

„Der übliche Scheiß", murmelte er. „Lankinen hat Berufung gegen seine Verurteilung eingelegt, medizinische Berichte ..." Da stoppte er und griff hinter sich, um die Tür zu schließen. Was zur Hölle die Leute tun würden, wenn ich ein größeres Büro hätte, wusste ich nicht. „Henry geht es nicht so gut. Es ist sein Sehvermögen." Er deutete auf sein Gesicht und seufzte erneut tief.

Ich hatte meinen Freund nicht mehr so niedergeschlagen gesehen, seit er sich im zweiten Jahr in Cambridge ein Bein gebrochen und sich nicht für das Ruderteam hatte bewerben können. Dann hatte ich ihn mit dem Versprechen auf Sex und Drinks wieder gesund gepflegt. Nichts davon mit mir – Jason stand unverrückbar auf Brüste und war absolut hetero. Ich interessierte mich mehr für Nicky, den Barkeeper, und nüchtern zu bleiben, damit ich einen unvermeidlichen Blowjob genießen konnte, nachdem Nicky mit seiner Schicht fertig war. Jason hatte sein Tief schon bald hinter sich gelassen, aber das hier war nichts, das ich so einfach mit Drinks und Sex in Ordnung bringen konnte. Darum setzte ich mein Geschäftsgesicht auf und nahm mir die Dinge, eins nach dem anderen, vor, dankte dem Himmel, dass wir nicht ganz ernst darüber diskutierten, dass ich Alex geküsst hatte oder Alex mich. Ich bezweifelte, dass es für Jason in Ordnung wäre, wenn ich mich einem Spieler näherte, wenn das zu Ärger führte.

„Also gut, Lankinen, mit welcher Begründung hat er Berufung eingelegt?"

Jason zuckte mit den Schultern. „Keine Ahnung. Es ist alles in Jurasprech verfasst und unser Anwalt sagt, dass er keinen echten Grund hat und dass er abgelehnt werden wird, aber ich musste aus dem Meeting raus, weil er tatsächlich vorgeschlagen hat, dass wir eine Art

Kompromiss aushandeln, damit Aarni es endlich ruhen lässt."

„Welche Art Kompromiss?"

„Er hat selbst gesagt, dass das alles nur Getöse ist, aber ich bin gegangen, nachdem Mark dem Anwalt praktisch den Kopf abgerissen hat und dann rausgestürmt ist. Ich bin ihm gefolgt, aber er war schon weg, weswegen Cam allein mit Mr Anzug sitzen bleiben musste. Jetzt muss ich einen Bruder finden, um ihn zu beruhigen, und dann zurückgehen und Cam aus dem Meeting retten."

„Aber stattdessen bist du hierhergekommen?" Ich kannte Jason lange genug, um seinen Gesichtsausdruck lesen zu können. „Um zu reden? Oder um dich zu verstecken?"

Jason richtete sich auf dem Stuhl auf und schaute für einen kurzen Moment entrüstet drein, bevor er wieder in sich zusammensackte. „Vielleicht ein wenig von beidem", gab er zu. „Es ist genau genommen die Sache mit Henry, die mir im Kopf herumspukt. Der Junge arbeitet sich immer noch durch diesen Unfall und es ist noch nicht sicher, ob er nächste Saison zurück sein wird. Ich mochte Henry, er war still, hatte aber eine lustige Seite …" Jason hörte zu reden auf und ich wartete einen Moment, um zu sehen, ob er einfach nur laut nachdachte. „Wie gehen wir damit um? Was machst du?", fragte er schließlich.

„Ah, jetzt geht es also los, du willst wissen, wie ich all das in Ordnung bringen werde?"

„Vielleicht."

„Ich bin noch nicht so weit. Es wird noch ein wenig

dauern. Ich muss einiges vorbereiten, aber ich habe ein paar gute Ideen, eine davon ist, dass Alejandro Santos-Garcia unser sauberes Aushängeschild für die Raptors wird."

Ich erinnerte mich an den Kuss und fragte mich, ob alles, was ich mir hatte einfallen lassen, zur Mutter aller miesen Ideen führen würde.

„Alex? Aber er ist … Was ist mit Ryker? Wir haben dich ins Boot geholt, damit du mit ihm arbeitest-"

„Natürlich ist Ryker ein Teil davon, aber seine persönliche Situation hat ihre eigenen, lass es uns *Nachteile* nennen, weil er" – ich schaute auf meine Notizen – „so eng mit Tennant Rowe verbunden ist. Außerdem ist da noch die Tatsache, dass er eine Beziehung zu einem anderen Mann hat."

„Im Ernst? Das ist dein Argument? Du bist schwul, verdammt noch mal."

Das war das zweite Mal, dass jemand meine Aussage falsch verstanden hatte, und ich lehnte mich in meinem Stuhl zurück und wirbelte meinen Stift um meinen Finger. „Lass mich dir eine Geschichte erzählen."

„Mann, muss das sein?"

„In England hatten wir einen Fußballspieler, Justin Fashanu, der sich als schwul geoutet hat-"

„Ich kenne seine Geschichte-"

„- der Druck war von Anfang an intensiv, von den Journalisten, der Familie und den Fans gleichermaßen. Er hat so viel Hass abbekommen und du weißt, wie es geendet hat, als er sich das Leben nahm. Denkst du wirklich, dass der professionelle Hockeysport in den USA, ein vorwiegend aggressiver und maskuliner Sport, freundlich auf einen Spieler blicken wird, der nicht die übliche blonde Frau an seinem Arm hat?"

„Nun, nein, aber doch, ich meine … Was ist mit den Harrisburg Railers? Sie haben so viel vom Regenbogen in ihrem Team, dass es beinahe so ist, als hätten sie ein zahmes Einhorn in ihrem Stadion."

„Und das ist mein Problem. Siehst du, es funktioniert folgendermaßen, die Railers haben Tennant Rowe, ein Hockey-Wunderkind, das die Punkte bringt. Das Team ist erfolgreich und sie haben bereits einen Stanley Cup in ihrer Trophäenvitrine." Ich wurde immer stolzer auf mein Wissen über Hockey. „Wie viele dieser Championships haben die Raptors gewonnen? In fünfzig Jahren?"

„Keinen einzigen", sagte Jason.

„Ich will damit nur sagen, dass die Fans eine Menge vergeben, wenn das Team siegt, aber die Raptors? Ich weiß, dass sie in die richtige Richtung unterwegs sind, aber wir brauchen eine ganz andere Herangehensweise, eine, die zu dem Markt passt, den wir haben. Ich möchte, dass Ryker und Alex einander herausfordern, ich will die Resultate filmen, mit Instagram und Twitter arbeiten. Ich würde Henry mit einbeziehen, vielleicht mit seiner Genesung, wenn du und die Ärzte das Gefühl haben, dass dies in Ordnung ist. Ich möchte, dass die Leute das Herz dieses Teams sehen, die Freundschaften, die sogar Aarni Lankinen und seine Taten überlebt haben. Ich muss *Seines-* und *Ihres-* Halloweenkostüme mit den Hockeyfrauen sehen. Tatsächlich müssen die Hockeyfrauen ihren Teil beitragen und eine Gruppe formen, die jeden bezaubert, der dem Team folgt. Und definitiv, vor allem anderen, brauchen wir Kerle, die Kerle sind. Du weißt schon – die Unsinn machen, sich gegenseitig Streiche spielen, sich herausfordern, Fotos, wie sie ganz muskulös am Strand Volleyball spielen. Aber am wichtigsten ist, dass sie Tore machen und Spiele gewinnen."

„Kerle, die *Kerle* sind."

Ich seufzte. Jason hatte vier Jahre in England verbracht und war einer der sehr wenigen Menschen in den USA, die ich kannte, die keine Übersetzung brauchten, aber ich gab sie ihm dennoch. „Du weißt schon – Kumpel, Herumalbern, Teambindung, so in der Art."

Er hob eine Braue. „Ich weiß, was Kerle sind. Ich weiß sogar, dass ein Kasten ein Schrank ist und ein Bürgersteig ein Gehweg, nicht zu vergessen, dass ich Fan von Manchester United bin und mittlerweile mehr Tee als Kaffee trinke."

Ich konnte ein Lachen nicht unterdrücken. „Siehst du? Ich habe nur vier Jahre gebraucht, um dich auf die dunkle Seite zu ziehen."

„Harr. Harr." Dann wurde er wieder ernst. „Was machen wir jetzt?"

„Ich werde bis zum Ende der Woche einen Bericht mit den Kosten fertig haben. Drei weitere Tage und ich werde alles dem Managementteam präsentieren, okay? Aber zuerst musst du Mark finden und ihn zurück in dieses Meeting bugsieren, um Cam zu retten."

Er schnaubte, verließ aber das Büro und mir wurde klar, dass ich in weniger als dreißig Minuten zwei emotionale Ausbrüche in diesem kleinen Raum erlebt hatte.

Ich muss hier wirklich raus.

MEINE ERKUNDUNGSTOUR FÜHRTE mich zur Küche im Keller, einer der Orte, die ich noch nicht besucht hatte. Dort lernte ich Alan und Mo kennen, die diesen Bereich mit eiserner Faust führten. Das Team bestand, abgesehen von diesen beiden, vor allem aus jungen Leuten und ich hatte schon etwas von dem gegessen, was sie zubereitet hatten und es war viel besser, als es sonst an einem Ort wie diesem üblich war. Ich dachte nur, dass etwas fehlte und darum führte ich das Gespräch in eine andere Richtung, als ich hörte, dass Alan zwei Jahre lang in Frankreich gelernt hatte und ein begabter Konditor war und dass Mo, seine Frau, ein Genie war, wenn es darum ging, Torten zu dekorieren. Dennoch waren sie im Keller dieses Stadions gelandet und kochten gesundes Essen.

„Habt ihr je darüber nachgedacht, zu expandieren?", fragte ich sie, als ich sie beide in einem Raum hatte. Sie hatten eine kurze Ruhepause vor dem Stress für das Mittagessen nach dem Training, wenn Alan besondere Mahlzeiten für bestimmte Spieler zubereiten musste.

Ich frage mich, welche Art Essen Alex mag? Ist er ein Nachspeisenmensch? Sahne? Ich frage mich, ob er Sahne mag.

„... also Ja, wir würden das gern machen." Ich bekam mit, wie Alan zum Ende kam und erkannte, dass ich nichts mitbekommen hatte. Ich tippte mir ans Ohr und fuhr meinen besten britischen Akzent auf.

„Entschuldigung, könntest du das wiederholen?"

Zum Glück hatte Alan kein Problem damit, dass ich in meine eigene kleine Welt abgetaucht war. Wenn überhaupt schien er am Ende unserer Unterhaltung noch aufgeregter zu werden.

Ein Coffeeshop für Besucher, besondere Kuchen für Veranstaltungen, vielleicht besagte Veranstaltungen im Stadion durchführen, mit Hockeyspielern. Ich schrieb mir die Ideen auf und machte mir eine Notiz, zu prüfen, wie andere Stadien zusätzliches Geld generierten. Ich hatte angenommen, dass an Abenden mit Spielen alle möglichen Dinge an Ständen verkauft wurden, aber die Information, die ich hatte, war, dass die großen Marken kein Interesse daran hatten, sich bei den Raptors einzukaufen.

Ich war nicht wirklich überrascht.

Wir könnten einen Ryker-Kaffee anbieten, Streusel mit seiner Nummer, einen Alex-Cappuccino mit Gewürzen und ich wusste, dass dies alles Kleinigkeiten waren, aber unterm Strich war dies eine Marke, die wir neu aufbauen mussten.

„Wo würdet ihr das machen?", fragte ich und Alan zeigte es mir gern, führte mich zwei Treppen hinauf und einen Flur entlang, bis wir eine Doppeltür erreichten.

„Dahinten ist die Lobby für die Tickets, aber hier drin ..." Er hörte zu reden auf und sperrte das Vorhangeschloss auf, das die Tür sicherte und schob die beiden Flügel auf. Der Geruch von Leerstand war offensichtlich und es war dunkel, bis Alan mit den Schaltern an der Tür spielte und Licht den Raum erfüllte. Er war nicht riesig, aber konnte mit Leichtigkeit einhundert Menschen beherbergen und ich bemerkte, dass Tische und Stühle in der Ecke aufgestapelt waren, neben einer weiteren Doppeltür, auf der ANGESTELLTE in Neonbuchstaben stand. Wir gingen in diese Richtung und betraten eine zweifelhaft aussehende Küche, auf die Alan sehr stolz zu sein schien. Er tätschelte die Arbeitsflächen und drehte sich langsam einmal im Kreis.

„Mit einer kleinen Investition könnten wir diesen Bereich für das nutzen, wofür er geschaffen wurde. Veranstaltungen, Partys, Geschäftstreffen." Er wurde nachdenklich. „Es müsste gestrichen werden", fügte er hinzu und seine buschigen grauen Augenbrauen trafen sich in der Mitte, als Nachdenklichkeit zu Sorge wurde. „Vielleicht etwas mehr als nur Farbe."

„Wohltätigkeitsveranstaltungen", verkündete ich.

Er nickte. „Wir haben mit verschiedenen Wohltätigkeitsorganisationen zusammengearbeitet, aber das ist alles vor langer Zeit weggefallen. Anscheinend war kein Geld da."

„Firmen-Sponsoring, Wohltätigkeitsveranstaltungen, Spieler-Veranstaltungen, Alumni, das könnte funktionieren."

Alan strahlte mich an und als ich wieder in meinem Büro war, hatte ich so viele Ideen im Kopf herumschwirren, dass ich Alex nicht sofort entdeckte, der auf dem Sofa saß. Er war dieses Mal angezogen, mit zwei Schuhen und trug ein Oberteil. Ich blieb direkt in der Tür stehen und wartete.

„Kann ich dir helfen?", fragte ich, nachdem die Pause unangenehm wurde.

Er sah fix und fertig aus und nicht erschöpft nach einem Training oder Spiel, sondern unglücklich. Nach einer Weile stand er auf und mit seinen Händen in seinen Jackentaschen, nickte er. „Ich schulde dir eine Entschuldigung", murmelte er. „Und ich wäre dir dankbar, wenn du das, was passiert ist, niemandem gegenüber erwähnen würdest. Wenn das, was ich getan habe, an die Öffentlichkeit käme, würde das mein Leben zerstören."

Das mochte übermäßig dramatisch klingen, aber ich war schwul und akzeptierte mich selbst als den Mann, der ich war, ganz im Gegensatz zu Alex, der im Wandschrank war und Geheimnisse hatte, die er mit ins Grab nehmen wollte.

„Was passiert ist, bleibt unter uns", stimmte ich zu.

„Schwörst du es?"

In diesem Moment sah er jeden Zentimeter wie seine zweiundzwanzig Jahre aus, verletzlich, verängstigt und nervös und ich war mir nicht sicher, was ich sagen sollte, abgesehen davon, ihm die Versicherung zu geben, die er brauchte. Ich sah einen Mann, der erpresst werden konnte und die Munition, die er mir geliefert hatte, war tödlich, wenn ich entschied, darüber zu sprechen.

„Ich schwöre es." Ich berührte mein Herz, weil mir das richtig vorkam.

Er sah die Geste, schien aber nicht weniger

angespannt zu sein. „Danke." Er nickte und trat um mich herum, um zu gehen.

Im letzten Moment legte ich eine Hand auf seinen Arm und hielt ihn fest. „Alex, wenn du je reden möchtest, weißt du, wo ich bin und alles, worüber wir reden, wäre unter dem Siegel der absoluten Verschwiegenheit."

„Es tut mir leid", wiederholte er. „Was ich mit dir gemacht habe."

Er dachte ernsthaft, dass er mir Schaden zugefügt hatte und Ja, man könnte es als sexuelle Belästigung am Arbeitsplatz auslegen, wenn das, was geschehen war, schwarz auf weiß niedergeschrieben wurde. Aber ich musste ihm begreiflich machen, dass ihm in diesem Fall nichts leidtun musste. Er war ein Durcheinander aus Verwirrung und Furcht und mein Instinkt war es, alles in Ordnung zu bringen, darum war ich ehrlich.

„Ich war überrascht, aber Alex, bitte glaub mir, dass ich den Kuss erwidert habe."

Seine Augen weiteten sich vor Überraschung. Dann schüttelte er meine Hand ab. „Okay."

Er klang nicht so, als würde er mir glauben, darum versuchte ich noch eine Sache. „Wir sollten uns außerhalb der Arbeit treffen und über die Ideen reden, die ich für das Team habe." Er wurde blass und trat rückwärts aus dem Zimmer. „Rein geschäftlich", fügte ich hinzu.

Er murmelte etwas auf Spanisch und ging, schaute nicht einmal zurück.

SIEBEN

Alex

Sollte ich mit ihm reden? Würde es helfen, wenn ich mit jemandem rede? Mit wem? Sollte ich zur Beichte gehen?

Es waren Wochen vergangen, mehrere Wochen. *Abuela* wäre entsetzt, wenn sie wüsste, dass ich sechs Wochen lang nicht zur Messe gegangen war und auch nicht zur Beichte. Es gab keine Entschuldigung, am Sonntag nicht in die Kirche zu gehen. „*Dios no puede oirte hablar a menos que estés en su casa*", sagte sie immer. Ich glaubte nicht wirklich, dass Gott dich nicht hören konnte, wenn du nicht in seinem Haus warst. Ich fand, dass wenn man seine Gebete ernst meinte, Gott einen überall hören konnte. Wenn ich also regelmäßig mit ihm redete, was ich tat oder zu tun versuchte, schien in einer heißen hölzernen Schachtel mit einem alten Priester zu sitzen, der nach abgestandenem Wein stank, Zeitverschwendung zu sein. Ich erzählte einfach Gott meine Sünden und eliminierte den Mittelsmann.

Was mich wieder zu dem Thema brachte, dass ich niemanden hatte, mit dem ich über den Mist in meinem

Kopf reden konnte. Konnte ich zu Sebastian gehen? Ich
hatte zwei Wochen lang mein Bestes gegeben, ihn zu
meiden. Jedes Mal, wenn ich daran dachte, wie ich ihn
geküsst hatte, drehte sich mir der Magen um. Das war
so mies gewesen und so untypisch für mich. Es war
unfassbar falsch, eine andere Person zu übervorteilen.
Was, wenn er sich entschied, etwas zu unternehmen, mit
einer MeToo-Geschichte darüber, wie ich ihn in der
Arbeit sexuell belästigt hatte, an die Öffentlichkeit zu
gehen? Maria Mutter Gottes, was zur Hölle hatte ich
mir dabei gedacht? Klar, seine Lippen waren weich und
seine Stoppeln rau, aber dennoch … in all meinen
Jahren des Datens hatte ich mich *nie* einem Mädchen
aufgedrängt. Meine Seele war jetzt befleckt, die rostige
Schuld, schwul zu sein, hatte jetzt eine neue Patina
Schmutz –

„Garcia! Hast du auch nur ein Wort von dem
gehört, was Novi gerade gesagt hat?"

Mein Kopf ruckte so heftig nach oben, dass mein
Hals knackte. Ich schaute mich um und sah, dass Coach
Anderson mich finster anstarrte. Fuck. Ich wischte mir
den Schweiß von der Braue, benutzte das Handtuch,
um mich wieder zu sammeln, bevor ich antwortete.

„Es tut mir leid, nein, Sir." Ihre Brauen wurden zu
einem steilen V. „Ma'am! Nein, Ma'am, Sir, Coach.
Coach. Nein, ich habe es nicht gehört." Als ich das
goldbraune Handtuch wieder senkte, warfen alle auf der
Bank mir finstere Blicke zu. Was für ein Arsch ich doch
war. Den Assistenz-Coach und den Kapitän ignorieren?
„Es tut mir leid, Cap", schrie ich, um über dem Brüllen
der Railers-Fans gehört zu werden. Vlad nickte kurz,

aber Coach Andersons Blick verharrte auf mir. Fuck. Ich *musste* mich zusammenreißen. Dieses Sitzen-und-Kochen auf der Bank während unseres letzten Spiels hätte meine Gedanken von allem außer Hockey klären sollen, aber nein …

„Ich habe gesagt, dass Lyamin sich nicht gut fühlt", wiederholte Vlad für den Idioten, der die Nummer vierunddreißig trug. Mann, mein Held, Auston Matthews, wäre jetzt nicht so stolz auf seinen mexikanisch-amerikanischen Kollegen, oder? Ich wollte wetten, dass er sich nie so dämlich benahm oder andere Leute ohne deren Erlaubnis küsste. „Ich habe ihn mit Rowe reden hören, als ich an seinem Netz vorbeigefahren bin. Er hat eine schlimme Erkältung – man kann es hören, wenn er redet."

„Darum werden wir die Tatsache, dass ihr Goalie krank ist, zu unserem Vorteil ausnutzen." Coach Anderson schob ein Whiteboard zwischen Ryker und mich, beugte sich vor und kritzelte mit einem leuchtend blauen Marker darauf herum. Jens lehnte sich um mich herum, um ebenfalls etwas zu sehen. „Lyamin ist eine Wand, das wissen wir alle, aber er ist nicht undurchdringlich. Er war schon immer ein wenig schwach auf seiner Handschuhseite, aber sein Team spielt dicht, um diesen winzigen Fehler auszugleichen. Heute Abend wird er sich nicht so schnell erholen, wenn sein Handschuh zu früh nach unten kommt. Ich möchte, dass alle Stürmer aufhören, zu versuchen, einen schönen Schuss zu machen und einfach nur den verdammten Puck schießen. Egal von wo, aus welchem Winkel und haltet diesen Puck oben. Wenn ihr auf der

Männertoilette seid und eine Möglichkeit seht, lasst euren Schwanz fallen und schießt den Puck."

Auf der Bank wurde gelacht. Wir hatten uns an Coach Anderson gewöhnt, nach dem ersten Schock, eine Frau im Team zu haben. Sie war nicht schüchtern oder irgendwie aufgeputzt oder weich. Sie bezeichnete uns als Arschlöcher, wenn es nötig war, lobte uns, wenn wir es verdienten, und kannte sich mit Hockey aus. Außerdem konnte sie Coach C davon abhalten, zu intensiv zu werden. Sie arbeiteten gut zusammen. Es war nur schade, dass ihr Team immer noch ein schlampiger Haufen Außenseiter war.

Ich kam mit einer Entschlossenheit, die aus Furcht geboren war, aufs Eis. Wenn ich weiterhin Mist baute, würde Coach nicht zögern, meinen Hintern beim nächsten Spiel in die Presse-Box zu setzen. Die Scham, ein Healthy Scratch zu sein, kombiniert mit dem Felsen an anderem Scheiß, der mein Hirn verstopfte, würde mich sicherlich begraben. Meine Familie würde anrufen und fragen warum, meine Nachbarn würden anrufen, die Presse würde anrufen, zur Hölle, wahrscheinlich würde der Papst anrufen.

Ich begab mich an Rykers Flügel, Jens war auf der anderen Seite an der Bande, während wir darauf warteten, dass Tennant Rowe sein royales Selbst in den Faceoff-Kreis bewegte. Er und Ryker tauschten dieses schrullige Lächeln. Dann tauchten sie beide nach dem Puck, schlugen und schubsten, bis Ryker einen Ellbogen in Rowes Brustkorb bekam, der ihn gerade weit genug zurückschubste, dass sein Schläger sich hob. Dann war es ein einfacher Pass des Pucks von Ryker zu mir und ich wirbelte herum und machte den Schuss auf das Tor der Railers.

Er prallte vom Querrohr ab, Lyamins großer Fanghandschuh verpasste den Slap Shot. Der Puck flog oben in das Netz und die Pfeifen erklangen.

Vlad war ganz Vlad und machte eine Runde um das Netz der Railers, als wir uns für ein weiteres Faceoff sammelten. Ein kurzer, knurriger Wortwechsel auf Russisch fand zwischen den beiden statt, von dem ich nichts verstand. Stan nieste laut, hob dann seine Maske, was uns weitere Sekunden des Wartens bescherte, während er das Innere seiner Maske sauberwischte, dafür die dünnen weißen Baumwollhandschuhe benutzte, die Goalies unter ihrem Blocker und Fanghandschuh trugen.

„Er hat keinen Spaß", erzählte Vlad uns, als er in unsere Richtung glitt, sein Schläger ruhte in seinen Armen. „Ich werde ihn und das Netz ein wenig bearbeiten. Ihr drei schießt weiter."

Wir nickten. Mein Blick ging zu Lyamin. Er hatte seine Maske wieder auf und diese kalten grauen Augen waren wässrig und rot. Ja, er war wirklich krank. Wir wären Idioten gewesen, dieses Geschenk nicht anzunehmen. Darum nahmen wir es an. Jedes Mal, wenn ein Raptor den Puck hatte, schoss er auf das Netz der Railers und mit diesem Ansturm an wilden Schüssen und Vlad, der eine wirklich erstklassige Nervensäge war, schafften wir es, drei Tore gegen den Goalie der Railers zu machen. Eine Menge wütendes Russisch wurde an die Rohre am Railers-Ende des Eises gerichtet.

Tennant machte einen wahnsinnig guten Spielzug, der einen Puck an Colorado vorbeibrachte, aber das war es und wir fuhren mit einem Sieg davon, im Stadion der Railers. Es fühlte sich großartig an. Coach C traf uns alle mit einem Lächeln in der Umkleide der Gäste, klopfte uns auf den Rücken und lobte uns. Alle, bis auf mich.

„Garcia, ist bei dir etwas los, von dem ich wissen sollte?", fragte Coach, als ich mich ihm näherte, Ryker direkt hinter mir.

„Nein, Sir. Das Einzige, was bei mir los ist, ist, dass ich mich auf Hockey konzentriere."

Er sagte nichts weiter, bedeutete mir nur, weiterzugehen.

„*Jesucristo*", murmelte ich vor mich hin, blieb nach dem Spiel mit meinem dämlichen Selbst für mich. Ich schwor mir, alles, was nichts mit Hockey zu tun hatte, aus meinem Kopf zu verbannen und machte Pläne, auf mein Zimmer zu gehen und einen Film auf meinem Tablet anzuschauen, bis ich einschlief. Niemand schien mit mir reden zu wollen, nicht einmal Ryker, was einiges sagte, weil Ryker eine Menge redete und mit allen. Das Team war auf dem Weg zum Bus, der uns zum Hotel fahren würde, eine lange, schlurfende Reihe müder, aber glücklicher Männer – abgesehen von mir.

„Hey, hey, Garcia!", schrie jemand, als wir über den leeren Parkplatz marschierten. Schneekristalle wirbelten im Wind. Ich konnte nicht schnell genug zurück nach Arizona kommen. Dieser Schnee- und Kälte-Scheiß war beschissen. „Ryker, hey, Mann!"

Ry und ich drehten uns um und stellten fest, dass

Adler Lockhart von den Railers hinter uns herjoggte, sein dicker, pelziger Mantel umschloss seine große Gestalt. Er holte uns mit Leichtigkeit ein, schüttelte uns dann die Hände. Ich hatte genug von ihm im Spiel gehabt, wo er mir nicht von der Pelle gerückt war, versucht hatte, mich bei jeder sich bietenden Gelegenheit ins Plexiglas zu rammen, nicht zu vergessen, wie sehr er Ryker wie eine Mücke im Sommer bedrängte. Aber er war trotzdem ein netter Kerl und ich wusste, dass er mit Henry befreundet war, das war also ein Plus.

„Gutes Spiel. Das nächste Mal treten wir euch in den Hintern", sagte er, schob uns dann vom Bus weg. „Ich habe mich gefragt, wie es Henry geht. Ich schicke ihm jeden Tag Blumen. Bekommt er sie? Gefallen sie ihm? Braucht er sonst noch etwas? Wie eine PS4 oder eine Uhr, damit er seine Therapiezeiten im Blick behalten kann? Sie haben ein paar großartige in der neuen Cartier Kollektion. Oh! Ein Pferd. Braucht er ein Pferd? Man sagt, dass Pferde zu reiten sehr gut ist, um Kraft in den Beinen aufzubauen."

„Ich bin mir nicht sicher, ob sie ihn in der Reha-Klinik, in der er ist, ein Pferd halten lassen würden", bemerkte Ryker, hob grüßend seine Hand in Richtung seines Stiefvaters und Vaters, als diese kurz bei Vlad vorbeischauten.

„Nun, ja, klar, natürlich nicht auf seinem Zimmer, aber draußen. Ich könnte jemanden dorthin schicken, um einen Stall zu bauen …" Ich starrte Adler verwirrt an. War er immer so großzügig? „Ich weiß, dass er alte Flugzeuge mag. Damals, als ich in den Minors war, hat

sein Bruder Dan mir immer all die Modelle gezeigt, die
Henry gebaut hat. Der Junge hat es geliebt, mit
Kleinteilen herumzuspielen. Dan und ich waren für
zwei Jahre Zimmergenossen. Dann wurde ich nach oben
gerufen und er nicht. Wir haben aber den Kontakt
gehalten. Großartige Familie."

„Ja, Henry ist ein guter Kerl", meinte ich schwach.
„Es geht ihm ganz gut. Nehme ich an, weißt du. Es ist
eine ziemlich schlimme Augenverletzung."

Wir alle seufzten.

„Verdammter Aarni. Ich hätte mir mehr Mühe
geben sollen, einen Mülllaster zu finden", knurrte Adler.
Er schlug erst Ryker, dann mir auf die Schulter und
schlenderte danach davon, legte seinen Arm um einen
schlanken, dunkelhaarigen Mann in einem schönen
grauen Wintermantel. Ich hatte noch nie in meinem
Leben so viel Schwulsein gesehen. Als ich beobachtete,
wie die Railers aus dem Stadion kamen, traf es mich,
wie offen das Team war und wie wenig Aufsehen das
hier draußen in der realen Welt zu verursachen schien.

„Wir sehen uns später. Ich gönne mir eine Stunde
mit Dad und Ten. Dann komme ich ins Hotel zum
Schlafen."

Ich winkte Ryker. Die Kälte ließ meine Nase
tropfen, als ich beobachtete, wie zwei schwule Männer
sich vor anderen Menschen benahmen. Tennant und
Jared machten kein Aufheben, aber sie berührten sich
gegenseitig und lächelten einander an. Könnte ich das
je tun? Ich stellte mir vor, wie schön es wäre, seine
Hand zu halten und über einen Parkplatz zu
schlendern. Sebastian würde mich liebevoll ansehen,

genau wie Jared Madsen es jetzt machte, als er Tennant einen Blick zuwarf. Ich dachte, das könnte ich ...

Hey, Estúpido, hast du vergessen, wer du bist und woher du kommst? Öffentlich die Hand eines Mannes halten? Ja, genau. Als ob deine Familie es je ertragen könnte, einen Queeren im Haus zu haben.

Genau. Ja, die Realität hatte sich gerade gezeigt. Die Schultern zu meinen kalten Ohren hochgezogen, stieg ich in den Bus und machte mich auf den Weg nach hinten, wo die Neulinge saßen. Die Fahrt zum Hotel war kurz. Ich blieb für mich, sagte wenig zu den anderen Jungs und eilte auf mein Zimmer, wo ich die Tür abschloss, mir meinen Anzug und die Krawatte auszog und mich auf dem Bett ausstreckte, um mir Video um Video der Offensive von Pittsburgh anzusehen. Nach zwei Stunden begannen meine Augen zu brennen, aber mein Verstand wollte *nicht* abschalten. Ich holte die Badehose, die ich bei Auswärtsspielen immer dabei hatte, weil die meisten Hotels Pools hatten, und schlüpfte in meine Sneaker.

Um zwei Uhr morgens in der Badehose mit dem Aufzug in die Lobby zu fahren, fühlte sich seltsam an, aber sobald ich den Poolbereich betrat, umschloss mich die warme, nach Chlor riechende, feuchte Luft. Die Lichter an den Wänden waren gedimmt, wodurch der Pool selbst zur Hauptlichtquelle wurde. Ich blieb wie angewurzelt stehen, als ich einen anderen Mann sah, der dort seine Bahnen zog. Ich dachte darüber nach, kehrtzumachen und vielleicht aufs Laufband zu gehen, als Ryker aus dem Wasser herausschoss, seinen

Oberkörper halb aus dem Pool hob. Seine langen Locken klebten an seinem Kopf.

„Guter Rückenschlag", bemerkte ich, meine Stimme hallte in dem großen Raum.

Er glitt zurück ins Wasser, seine Unterarme verschränkte er auf dem Rand des in den Boden eingelassenen Pools.

„Kannst du nicht schlafen?", fragte er.

Ich schüttelte meinen Kopf, zog mir dann mein Raptors-Shirt aus und warf es neben meine Schuhe. „Du?"

„Ja, Schlaf ist keine Option", meinte er mit einem tiefen Seufzen, glitt dann zurück in den Pool, um seinen Kopf für eine Sekunde unter Wasser zu stecken. „Ich glaube, dass ich in der Mitte auseinanderbrechen werde." Er strich sich mit der Hand über sein Gesicht. „Von Jacob getrennt zu sein bringt mich um."

„Hatte dein Dad irgendwelche Tipps? Wie man jemanden, der einem wichtig ist, aus dem Kopf bekommt?"

Ich tauchte einen Fuß ins Wasser, mein Verhalten war absolut lässig.

„Es gibt keine Möglichkeit, wie man jemanden, den man liebt, nicht vermissen kann. Er hat gesagt, dass man da einfach durch muss. Aber für ihn und Ten ist es einfach. Sie sind ständig zusammen. Ich habe Jacob seit Weihnachten nicht mehr gesehen. Das … tut einfach weh."

Ich rieb seinen nassen Oberkopf. „Möchtest du noch ein paar Runden schwimmen?"

„Absolut."

Wir machten noch vierzig Bahnen. Als wir unsere nassen Hintern endlich aus dem Pool hievten, waren wir beide fertig. Wir ließen uns auf zwei gelbe Liegen fallen, unsere Badehosen bildeten Pfützen auf den blauen Fliesen. Schnee blies gegen die dicken Fenster, die auf einen kleinen Garten schauten, der unter weißem Puder vergraben war. Ryker trocknete erst seine Haare und dann sein Gesicht mit dem Handtuch. Ich entschied mich, an der Luft zu trocknen.

„Was ist mit dir los?" Seine Frage war locker gestellt und wenn ich ein normales menschliches Wesen wäre, hätte ich schneller geantwortet und klarer. Ich rollte meinen Kopf nach links. Ryker ließ sein nasses Handtuch von seinem Knie hängen, sein linkes Bein war angewinkelt, seine Hände ruhten auf seinem Bauch.

„Die Dinge sind im Moment einfach nur angespannt, das ist alles."

Er drehte sich auf die Seite und unsere Blicke trafen sich. „Du weißt, dass du mit mir reden kannst, oder? Du und Henry, ihr seid in Arizona meine engsten Freunde. Wenn du mir erzählst, was an dir nagt, würde dir das vielleicht helfen, in der Nacht schlafen zu können."

Ich ließ meine nassen Wimpern auf meinen Wangen ruhen, bis er geschlagen seufzte. „Da ist eine Sache …" Ich konnte ihn nicht ansehen und darum kniff ich meine Augen zu. „Ich habe etwas getan, mit dieser … Person."

„Alex, ich kann mir nicht vorstellen, dass du etwas so Schlimmes tun kannst, das die Hölle rechtfertigt, durch die du dich selbst im letzten Monat geschickt hast."

Er hatte keine Ahnung. Überhaupt keine Ahnung. „Ich habe diese Person geküsst. Ohne Einverständnis. Habe sie einfach gepackt und geküsst."

„Und ist diese Person durchgedreht?"

„Nein, nein, sie war cool, aber meine Gedanken sind mit diesem Kuss beschäftigt und warum ich es getan habe. Es frisst mich innerlich auf, obwohl er gesagt hat, dass es in Ordnung war und dass er den Kuss erwidert hat." Der Klang des summenden Poolfilters füllte meine Ohren. „Ich habe einen Mann geküsst."

„Das habe ich mitbekommen." Ich öffnete meine Augen und beobachtete die zufälligen Muster, die das Wasser des Pools an die Decke warf. „Flippst du aus, weil du einen Typen geküsst hast oder weil du ohne Zustimmung gehandelt hast?"

„Beides. Nein, das ist gelogen." Die Unterwasserlichter machten ein paar irre Formen. „Ich mag es, Männer zu küssen." Die Augen auf die Decke und einen tanzenden, wie ein Delfin geformten Lichtstrahl gerichtet, zwang ich diese drei Worte unter dem hervor, was mich wie ein Anker in meinem Brustkorb nach unten zog. „Ich bin schwul."

„Ja, ich weiß."

Das war nicht die Reaktion, die ich erwartet hatte. Das hätte ich sollen, nahm ich an, weil Ryker schwer in einen Mann verliebt war und all diese Regenbogenliebe zu Hause hatte. Dennoch. Ich hatte gedacht, dass er schockierter sein würde oder so.

„Du hast es gewusst?" Meine Stimme war schwach vor Erleichterung. Und dieser Anker auf meinem Brustkorb? Er fühlte sich ein wenig leichter an. Wie um das Gewicht von ein paar Einsiedlerkrebsen, die von dem verdammten Ding herunterwanderten, leichter.

Er lachte leise. „Ich hatte einen schweren Verdacht, dass du zumindest bi bist, denn, Kumpel, du stehst *voll* auf den Hintern von Colorado Penn."

Meine Antwort brauchte einen Moment. „*Es en buen culo*", sagte ich und kicherte dann über meine eigene alberne Aussage. Ja, es war ein schöner Hintern, aber heilige Scheiße, ich hatte das zu einer anderen Person gesagt. Zu einem anderen Mann. Zu meinem Freund. Und er hatte sich nicht übergeben oder den Priester gerufen oder mir ins Gesicht geschlagen. Tränen liefen an meinen Wangen nach unten und ich ließ sie. Ich beeilte mich nicht, sie wegzuwischen oder so zu tun, als würde ich husten. Ich ließ diese Tränen fließen und sie begannen, einen Teil der toxischen Männlichkeit wegzuwaschen, mit der so viele Latino-Männer aufwuchsen.

Er legte seine Hand auf meinen Unterarm. „Alles in Ordnung?"

Ich blinzelte, hustete und nickte, unfähig, ihn schon anzusehen. Ich strich mit meinen Fingerspitzen unter meinen Augen entlang. „Das habe ich noch nie jemandem erzählt. Noch nie."

Er drückte meinen Arm. „Danke, dass du mich gewählt hast. Ich fühle mich wirklich geehrt, dass du dieses Wissen mit mir geteilt hast. Es ist bei mir sicher, das weißt du, oder?" Ich warf einen Blick auf ihn und nickte. Er erwischte mich dabei. „Also, war es Colorado, den du geküsst hast?"

Meine Augen blitzten auf. „Kumpel! Auf gar keinen

Fall. Er ist unser Goalie. Der Mann hat Groupies. Ich habe keine Ahnung, wo sein Schwanz überall gewesen ist."

„Bin ganz deiner Meinung."

Ich setzte mich auf, stellte meine Füße auf die nassen Fliesen und schaute ihn direkt an. „Es war Sebastian Brown."

„Ich hatte mir schon irgendwie gedacht, dass er derjenige war. Wie ihr beide einander anschaut?" Er bewegte zwei Finger zwischen seinen Augen und meinen. „Das ist irre heiß."

Okay, das überraschte mich wirklich. „Ja?"

„Oh ja, jedes Mal, wenn er dich sieht, fickt er dich lang und langsam mit den Augen."

„Er ist ungefähr zehn Jahre älter als ich. Ist das krank?"

Ryker warf mir einen Blick zu. „Mein Dad hat einen Mann geheiratet, der zehn Jahre jünger ist als er. Es ist nichts falsch daran, sich zu einem älteren Mann hingezogen zu fühlen, vor allem, wenn man … du weißt schon."

„Eine dumme, ahnungslose Jungfrau ist?"

„Nun, ich wollte sagen, irgendwie unerfahren ist, aber okay …" Ich schlug mir die Hände vors Gesicht. „Es ist cool. Hey, es ist cool." Er setzte sich neben mich. „Es ist in Ordnung, eine Jungfrau zu sein. Jacob war eine, als wir zusammengekommen sind."

„Lüg mich nicht an, *Amigo*", murmelte ich in meine Handflächen.

„Es ist die absolute Wahrheit. Und was es auch wert sein mag, Sebastian scheint ein guter Mann zu sein.

Warum schaust du nicht, wohin das führt?" Er stand auf. Ich löste meine Hände von meinem Gesicht. Ryker warf ein Handtuch über meinen Kopf. „Sei ihm gegenüber einfach ehrlich. Sag ihm, wo du mental gerade stehst und dass er dich in der Nacht wachhält, weil du über seinen heißen, aber bleichen britischen Körper fantasierst."

Ich schlug mit dem Handtuch nach seinem Hintern und wurde mit einem scharfen Knall belohnt, der ihn wie einen gerügten Hund aufjaulen ließ. Er schlug zurück, indem er versuchte, mich in den Schwitzkasten zu nehmen. Das brachte ihm einen Schlag auf den Kopf ein. Wir taumelten zurück in den Pool, versuchten ungefähr zehn Minuten lang, einander unterzutauchen, und riefen dann einen Waffenstillstand aus, damit wir ins Bett gehen konnten.

Ich hatte danach keine Probleme, einzuschlafen. Aufzuwachen war das Schwierige, aber ich schlief auf dem Flug zurück nach Tucson, nachdem ich die Defensiv-Strategien eines Teams studiert hatte, das in der Liga viel weiter oben war, als wir es für uns erhoffen konnten. Sobald wir gelandet waren, wurden wir in einen weiteren Bus gescheucht, der uns zum Stadion brachte. Dort hatten die Familien sich versammelt, um die Ehemänner und Väter zu Hause willkommen zu heißen. Ryker warf mir einen langen Blick zu. Ich warf ihm die Schlüssel für meinen Jeep zu. Er hob eine Braue.

„Geh Henry besuchen und fahr dann nach Hause", sagte ich, warf dabei meine Tasche auf den Rücksitz zu seiner.

„Hey, Alex, wenn das, was du vorhast, in die Hose geht, ruf mich an, ja? Ich bin in zehn Minuten da."

„Danke. Du bist ein guter Freund."

Ich spazierte ins Stadion, fuhr mit dem Aufzug hinauf zu den großen Geld-Suiten und nach einer kurzen Strecke über einen dicken Teppich, der den Klang meiner Schritte schluckte, war ich am Ziel. Vor seiner Tür hielt ich inne, atmete tief ein und schaute dann um den Türstock herum. Sebastian saß an seinem Schreibtisch, trug Kopfhörer und tippte auf seinem Laptop. Verdammt, er sah gut aus. Stoppelig. Älter. Nett. Sexy. Würde er mit mir und meinem dämlichen, flatternden Herzen zärtlich sein? Es gab nur eine Möglichkeit, das herauszufinden, darum trat ich ganz in den Türrahmen. Seine Augen weiteten sich, als er mich entdeckte. Die Kopfhörer nahm er aus den Ohren.

„Hey", sagte ich, ein genialer Eröffnungssatz, wenn ich je einen gehört hatte. „Können wir etwas mit Essen machen, vielleicht, und irgendwie, Sachen?"

Eine Seite seines Mundes hob sich leicht. „Oder, wie wir Briten es nennen, eine Mahlzeit."

„Ja, das. Können wir das machen? Essen und reden. Ich möchte gern mit dir essen."

ACHT

Seb

„Wir haben einen Tisch auf Brown reserviert", informierte ich den aufgekratzten Kellner mit den wandernden Augen und dem Namensschild, das mich informierte, dass er Nico hieß. Ich wollte Nico sagen, dass er aufhören sollte, Alex anzustarren, denn, hey, er war mit mir hier. Oder genauer gesagt war er nicht *mit* mir hier in dem Sinn, dass wir einander intim kannten oder dass dies ein Date war, aber er war mein Gast in diesem mittelgroßen Steak-Restaurant. Ihre Webseite behauptete, dass sie mehrere Preise gewonnen hatten und jede Menge dunkle Ecken hatten, in denen Paare absolute Privatsphäre genießen konnten. Ich dachte mir, dass Alex das heute Abend wollte, Anonymität, Essen und vielleicht ein langes Gespräch.

„Hier entlang", verkündete Nico und stolzierte zwischen den leeren Tischen zur Rückseite des Raumes und in eine der designierten ruhigen Ecken.

Das Restaurant war noch ziemlich leer, aber es war auch erst fünf Uhr und wir waren direkt vom Stadion hergefahren. Noch ein Grund, Alex Raum zu geben. Ich ließ Alex aussuchen, wo er sitzen wollte und er glitt sofort in die Ecke, was bedeutete, dass unsere Knie sich berührten, als ich mich setzte. Er schien sich zu entspannen, als der Kellner ging, nachdem er verkündet hatte, dass Emma uns bedienen würde. Das war eine Erleichterung, weil etwas an Nico und der Art, wie er Alex anstarrte, unangenehm war, aber wenn wir nicht hinaus in die Wüste, weit weg von Raptors-Gebiet fuhren, bestand immer eine Chance, dass Alex erkannt wurde.

Keine große Chance. Schließlich war Alex ein Neuling und die neuen Kampagnen in den Sozialen Medien, die ihn und die Raptors bewerben würden, waren nichts weiter als Ideen in meinem Notizbuch. Dennoch würde ich nicht über den Tisch greifen und seine Hand halten oder sonst irgendetwas absolut Unangemessenes tun, bevor ich sicher wusste, dass er nicht entdeckt wurde. Gerade im Moment waren wir Kollegen, die zusammen zu Abend aßen und das war alles.

„Hey, Jungs", verkündete Emma ihre Ankunft und legte Speisekarten vor uns und füllte unsere Gläser mit Wasser. „Mein Name ist Emma und ich werde euch heute Abend bedienen. Die Tafel mit den Tagesgerichten ist da drüben." Sie deutete auf eine kleine Tafel nicht weit von uns entfernt. „Kann ich euch einen Drink bringen?"

Ich schaute zuerst zu Alex. Trank er? Oder war er einer dieser Jungs im Team, die Proteinshakes tranken und nichts sonst? Zumindest war er über einundzwanzig, obwohl ich wusste, dass er nach seinem Ausweis gefragt werden würde und vielleicht reichte das aus, damit er seine Entscheidung traf.

„Nur Wasser", murmelte er.

Ich runzelte die Stirn angesichts der Getränke auf der Speisekarte. Das Bier hier war so anders als das Zeug zu Hause.

Es gab keine Anzeichen für richtiges Ale. Es war alles Lite das und Micro jenes, bis ich endlich eine Liste mit Craft-Bieren sah und das Erste bestellte. „Ich nehme ein Yuengling Traditional."

„Gern und darf ich sagen, dass ich deinen Akzent liebe", verkündete Emma und ich schaute auf und sah einen sehr vertrauten Gesichtsausdruck. Ich konnte wahrscheinlich ein Drehbuch für das schreiben, was als Nächstes passieren würde. „Er ist so niedlich", fügte sie hinzu. Ja, so fing es an.

„Danke", sagte ich, wie immer, weil ich wirklich nicht wusste, was ich sonst sagen sollte und ich zu höflich war, um sie einfach abzuwürgen.

„Woher bist du?", fragte sie, als ob die Antwort ihr irgendetwas sagen würde. Bei meinem ersten Besuch in den USA hatte ich von dem kleinen Cottage in den Cotswolds erzählt und gesehen, wie die Leute mich anschauten und dann fragten, ob es in der Nähe von London oder Oxford war. Darum übersprang ich diesen Teil jetzt.

„London", log ich.

„Oh, cool", sagte sie und ich konnte schwören, dass sie ein wenig hüpfte. „Ich liebe *Vier Hochzeiten und ein Todesfall*. Hugh Grant ist *sooo* cool. Und weißt du was?

Gestern hatte ich hier einen anderen Gast aus London. Ich glaube, sein Nachname war Jones oder etwas in der Art." Sie starrte mich erwartungsvoll an, aber ich wusste auch, wie ich damit umgehen musste. Ich war der Mann, der einst Jason gefragt hatte, ob er Royce Parker kannte, der in Pittsburgh wohnte, darum war es nicht so, als ob ich nicht genau dasselbe schon getan hätte. Obwohl ich annahm, dass, weil Großbritannien ja klein war, es wahrscheinlicher war, dass ich irgendeinen Fremden mit dem Nachnamen Jones kennen würde.

„Wir brauchen nur fünf Minuten, um uns die Speisekarte durchzulesen."

Sie machte einen Schritt zurück und lächelte. „Ich bin gleich zurück."

Was ich an Amerika liebte, war der Service, dass man nicht um Wasser bitten musste, die Aufmerksamkeit, die uns gewidmet wurde und ich nahm an, dass mein Drink in weniger als einer Minute hier sein würde. Alles war so effizient und das liebte ich. Es passte zu meiner eigenen Produktivität. Ohne nachzudenken, griff ich nach Alex' Hand, aber er sah es und zog seine Hand außer Reichweite.

„Ich kann nicht", murmelte er und ich nahm stattdessen die Speisekarte auf.

„Es tut mir leid." Ich musste mich entschuldigen, weil er so hin- und hergerissen aussah.

ALEX SCHAUTE sich die angebotenen Speisen an, aber nur oberflächlich, dann schloss er seine Speisekarte. „Ich nehme das Surf and Turf", verkündete er.

„Das nehme ich auch."

„Darf ich etwas fragen?", fing Emma an, als sie ihren Notizblock mit der Bestellung einsteckte. Sie wartete nicht auf Erlaubnis, auch wenn sie irgendwie darum gebeten hatte und fing stattdessen mit einer Geschichte an, dass ihr Bruder die Raptors liebte. Mein Brustkorb verengte sich, als Alex sich wand wie ein Käfer auf einer Nadel. Ich hörte nicht einmal zu, was Emma erzählte, aber nach ein paar schrecklichen Momenten entspannte Alex sich ein wenig und ich konzentrierte mich auf sie, anstatt mir Möglichkeiten zu überlegen, wie ich ihn mit minimalem Aufsehen von hier wegbekommen konnte.

„... und mein Bruder und sein Ehemann waren an diesem Abend dabei. Der arme Verteidiger wurde überrannt und ich weiß, dass dies nicht das erste Mal war, dass Lankinen zu weit gegangen ist. Wir sind alle froh, dass er weg ist. Ich will wetten, das bist du auch."

Ich hielt den Atem an. Die Anweisung war, dass niemand im Team über Aarni redete – hier ging es um Ablenkung und ich fragte mich, wie gut Alex um das hier herumarbeiten konnte. Ich hätte mir keine Sorgen machen müssen, als er mit einem entspannten Grinsen zu ihr aufschaute.

„Ich bin nur hier, um Hockey zu spielen", sagte er und zuckte nicht zusammen, als sie zustimmend seine Schulter berührte. Erst als sie weg war, kehrte der echte Alex zurück, aber wie es schien, wollte er nicht über Emma oder die Raptors reden. „Du hast dir die Karte nicht einmal richtig durchgelesen", meinte er stattdessen.

„Dafür gibt es einen guten Grund." Ich beugte mich vor und senkte meine Stimme. „Ich verbringe meine Zeit lieber damit, dich anzusehen." Die Worte purzelten aus mir heraus und ich sah zu, wie er seinen Kopf neigte, dann schien er sich zu fangen und starrte mich an.

„Oh", sagte er, als ob er keine Ahnung hätte, was er sagen sollte. Dann neigte er sein Kinn, lächelte und sein ganzes Gesicht leuchtete auf. Er war so wunderschön, jeder einzelne Teil von ihm, von seinen weichen Haaren bis hin zu seinen dunklen Augen. „Ich möchte dich auch ansehen", gestand er schüchtern und da war er weniger der feurige Alex, der über seine Worte stolperte und mehr ein ruhiger Mann mit gemessener Sprache.

Himmel, ich wollte unbedingt über den Tisch greifen und seine Hand nehmen, aber stattdessen packte ich mein Wasserglas so fest, dass ich mir Sorgen machte, es würde brechen. Für ein paar Augenblicke lächelten wir uns wie Verrückte an und dann entfloh seine Tapferkeit und er senkte seinen Kopf, hob ihn nur, als Emma mit meinem Bier zurückkam.

„Also, äh, stimmt das, was du gesagt hast, dass du in London wohnst?", fragte Alex und für ihn würde ich ins Detail gehen, weil es wichtig war und er mir tatsächlich zuhörte.

„Nein, überhaupt nicht. Es ist nur einfacher. Jeder kennt London, aber nicht viele haben von einer Stadt in den Cotswolds gehört, die Bourton-on-the-Water heißt oder auch nur von den Cotswolds. Sie hätten aber Fotos gesehen. Es steht voller Häuser, die man früher auf Schokoladenschachteln gemalt hätte, aber man fährt von London aus zwei Stunden. Ich habe ein Klischee-Haus mit einer Steinterrasse und Blick auf die Hügel. Meine Mum und Tante wohnen im Haus nebenan."

Seine Augen wurden groß. „Moment, du wohnst neben deiner Mom?"

„Ja, sie passt auf mein Haus auf, wenn ich auf Reisen bin."

„Und du wohnst mitten in einem Feld oder so? Ich habe Filme gesehen, wie *Liebe braucht keine Ferien*, wo es schneit und alles ist winzig mit Reetdächern und Kaminen und absolut keinen Klimaanlagen." Er schauderte bei diesem letzten Gedanken, aber er wohnte schließlich in Arizona, wo eine Klimaanlage selbstverständlich war.

„Ich wohne am Rand der Stadt, die eine Touristenfalle ist, aber wenn alle nach Hause gehen und ich allein in meinem winzigen Garten mit einem Bier bin, ist es mein Zuhause."

Er schien fasziniert zu sein. „Hast du Fotos?"

Ich holte mein Handy heraus und scrollte auf der Suche nach dem einen Foto, das ich von meinem Cottage hatte, eines, das ich vor einem Jahr gemacht hatte, um es Jason zu schicken. Es war auf meinem Handy geblieben, obwohl ich die Fotos darauf schon mindestens zwei Mal durchgegangen war, um sie zu löschen. Ich war so verdammt stolz auf mein Haus, zwei Schlafzimmer, ein Bad, eine Küche, die ich gerade selbst renovierte und ein großes Wohnzimmer mit einem Kamin. Die Fenster waren geviertelt und das Holz in einem blassen Grün gestrichen, das Haus selbst war als denkmalgeschützt gelistet und war im sechzehnten

Jahrhundert erbaut worden. Es war mein Stück von England und ich war noch nie so stolz gewesen, wie in dem Moment, in dem ich die Schlüssel bekommen hatte. Mein Haus, das ich voll bezahlt hatte. Alles mein und ich schuldete niemandem irgendetwas. Ich drehte den Bildschirm und reichte ihn ihm.

Er nahm das Handy und betrachtete das Foto. „Es ist so hübsch", fasste er zusammen und zoomte näher, um es genauer zu betrachten. „Erzähl mir von deiner Stadt. Wohnt deine Familie dort? Arbeitest du dort? Kennst du London überhaupt?"

Ich konnte die meisten dieser Fragen mit Leichtigkeit beantworten, aber die über die Familie schaffte ich zu meiden, als unser Essen kam und wir aßen und Small Talk über das Team führten. Sobald ich konnte, erkundigte ich mich nach seiner Familie und jegliche Nervosität, die ich an ihm gesehen hatte, verschwand auf der Stelle. Sein ganzes Gesicht leuchtete auf, als er über die gesamte Familie Santos-Garcia erzählte, dass bald Elisabeths *Quinceañera* stattfinden würde und wie viel sie ihr bedeutete, weil sie fünfzehn wurde. Ich hätte den ganzen Tag dasitzen und zuhören können, wie er redete, wie die spanischen Namen problemlos von seinen Lippen fielen und ich wusste, dass wenn ich je genug Glück hatte, ihn in mein Bett zu bekommen, ich verlangen würde, dass er nur mit den weichen Vokalen seiner Muttersprache redete.

„Jetzt verstehst du, warum ich niemandem das über *mich* erzählen kann", endete er, nachdem er die Kirche und die Erwartungen seiner Familie erklärt hatte. Ich hatte nur gehört, dass er eine Familie hatte, die ihn sehr liebte und von der ein Teil zu sein ich als Kind meinen linken Hoden gegeben hätte.

„Was denkst du, würden sie sagen?"

„Ich denke, sie würden vor Trauer ganz krank sein."

Ich hörte Traurigkeit und Resignation, aber sein Tonfall war respektvoll, als es darum ging, was seine Eltern dachten. Wie musste es sich anfühlen, so ein Geheimnis für sich zu behalten. Sich für eine Minute vorzustellen, dass die Familie, die man so schätzte, einen vielleicht aufgrund der sexuellen Orientierung nicht mehr liebte, musste ein Druck sein, der ihn in Stücke riss, ihm unter die Haut ging. Es war kein Wunder, dass er sich im Restaurant nicht entspannte und ich entschied auf der Stelle, dass dies nicht der richtige Ort für uns war.

„Wir sollten gehen", meinte ich und rief Emma, um nach der Rechnung zu fragen, und holte meine Geldbörse heraus, um mit der Karte zu zahlen.

„Ich verstehe", murmelte Alex und lehnte sich auf seinem Stuhl zurück, als ob er ein Gewicht auf den Schultern hätte, das ihn niederdrückte. Er sah niedergeschlagen aus und mehr als nur ein wenig verloren.

„Du verstehst was?", fragte ich, aber er konnte nicht antworten und wir stritten uns ein wenig, wer bezahlte, als Emma mit dem Kartenlesegerät zurückkam. Ich gewann nur, weil ich meine Geldbörse bereits in der Hand hatte, und er lachte zusammen mit Emma über seine Niederlage, auch wenn es hohl klang. Aber sobald Emma fort war, sah er wieder am Boden zerstört aus und schrumpfte auf seinem Stuhl zusammen. Der

Drang, ihn zu berühren, überwältigte mich erneut. „Alex, was genau verstehst du?"

„Du bist an Männer gewöhnt, die deine Hand halten und nicht herumsitzen wie ein *Conjeo asustado*." Er machte Hasenohren und verzog sein Gesicht, darum nahm ich an, dass koh-neh-hoh-wie-auch-immer irgendein seltsamer verängstigter Hase war. Was er überhaupt nicht war. Er war vorsichtig und hatte ein Geheimnis, das ihm Angst machte. „Ich verstehe, warum du gehen möchtest und dass es mit mir schwierig ist." Er sah frustriert aus und seine Hände waren auf dem Tisch zu Fäusten geballt.

„Ich möchte woanders hingehen", fing ich an. „Wo ich vielleicht deine Hand halten und einfach nur mit dir reden, dich kennenlernen kann."

„Wir können nicht zu mir gehen." Er sah schmerzerfüllt aus. „Jeder aus dem Team könnte zu Besuch kommen."

„Und ich wohne im Pool-Haus eines Westman-Reid", erklärte ich. Dann hatte ich eine Idee. „Lass uns einfach herumfahren."

„Du wirst mehr wollen." Alex war stur und er bewegte sich nicht aus seinem Stuhl. „Ich hätte das nicht tun sollen. Ich weiß nicht einmal, was ich mache ..." Er war erstarrt und er wollte mir nicht in die Augen schauen, darum tat ich das Einzige, was ich konnte. Ich legte eine Hand auf seine Faust, um ihn aufzuschrecken, schob dann meinen Stuhl zurück.

„Komm, lass uns reden."

Dann verließ ich das Restaurant, hoffte, dass er mir folgen würde, was er nach einem kurzen Moment machte, aus dem Restaurant eilte und sich umschaute, als würde er erwarten, dass Paparazzi dort warteten. Ich hatte ernsthaft unterschätzt, wie diskret wir sein mussten und ich hätte mir selbst in den Hintern treten können, weil ich ein Abendessen an einem öffentlichen Ort vorgeschlagen hatte. Das Auto war nicht weit weg geparkt und ich wartete im Inneren, fragte mich, ob er wirklich zu mir kommen würde. Sobald er eingestiegen war und sich angeschnallt hatte, fuhr ich weg von der Hauptstraße und Richtung Nordwesten, mit keinem besonderen Ziel im Sinn, bis ich die Schilder für den Saguaro National Park entdeckte, der ein paar ruhige Stellen haben musste, oder? Zur Hölle, es war eine Wüste, nicht wahr?

„Ryker weiß Bescheid", platzte Alex heraus, als wir uns unserem Ziel näherten. Er hatte bis jetzt geschwiegen, saß tief in seinem Sitz und schaute zu, wie die Landschaft an uns vorbeizog. „Er sagt, dass du mich ständig ansiehst."

Scheiße. Das mache ich? „Ich werde vorsichtiger sein."

„Nein, so habe ich es nicht gemeint. Er sagt, dass ich dich auch ansehe, darum liegt es nicht nur an dir. Ich kann nicht glauben, dass ich alles ruiniere", sagte er und stöhnte dann.

Ich legte meine Hand auf sein Knie und drückte es beruhigend. „Es wird niemandem auffallen", log ich.

Hockeyspieler hatten diese ganze Umkleiden-Mentalität, die für mich keinen Sinn ergab. Es waren alles Männer, und Ja, es gab Spieler wie Madsen, die dem Trend widersprachen, aber bei den Gesprächen ging es vor allem um Frauen. Ich hatte gehört, wie Alex mitmachte, gesehen, wie er sich gab, wenn er in diesem Raum war und es war anders als die Verletzlichkeit, die er jetzt zeigte. Er war so gut darin geworden, es vorzutäuschen, dass niemand denken würde, er wäre nicht hetero.

„Siehst du, was ich hier habe?" Er hielt mir seine Hand hin und auf der Handfläche lag eine Serviette, die immer noch ordentlich gefaltet war, mit einer Telefonnummer, die mit einem dunklen Stift geschrieben worden war. „Emma sagt, dass sie auf Hockeyspieler steht, und ich habe die verdammte Nummer angenommen." Er ließ eine Flut an Spanisch los und sein Ton war scharf, als ob alles, was er hinzugefügt hatte, ein langer Fluch nach dem nächsten wäre. „Sie hat mir erzählt, dass ihr Bruder und sein Ehemann Hockey lieben und ich hatte die perfekte Möglichkeit, offen zu reden, und ich hatte schreckliche Angst."

Das Schild, das die Abfahrt zum Saguaro National Park anzeigte, tauchte vor uns auf und ich blinkte und fuhr ab. Die Straße, die dorthin führte, war leer und ziemlich so wie der Peak District oder die Yorkshire Moors in England. Der Park bestand nicht aus Gras und Schaukeln, sondern war eine weite Fläche wilder Wüste in Arizona. Es gab hier Kakteen und Berge. Die Hitze ließ alles schimmern und wir folgten den Schildern zum ersten Parkplatz, bogen dort ein, sahen keine Anzeichen von anderen Menschen. Ich ließ den Motor an, damit die Klimaanlage weiterlief, verschloss die Türen und öffnete meinen Sitzgurt, bevor ich mich zu Alex drehte.

„Ich hätte kein Restaurant vorschlagen sollen."

„Ich hätte nicht ausflippen sollen."

„Vielleicht hätten wir ein Hotelzimmer buchen sollen-"

„*Puta mierda*! Das mache ich nicht!", unterbrach Alex mich, schloss seine Tür auf und fummelte am Türgriff, kletterte dann aus dem Auto. Ich folge ihm und wir trafen uns vor dem Mietwagen, die gnadenlose Sonne von Arizona saugte mir sogar jetzt am Abend die Luft heraus und verbrannte meine Lungen. Ich hoffte inständig, dass wir diese ganze emotionale Szene nicht hier in der Hitze durchmachen würden.

„Ich meinte, um zu reden. Alex, nichts sonst, das schwöre ich."

„Ich vertraue dir nicht. Ich will nicht, dass du das machst. Ich will das nicht machen. Ich will nicht."

Ich sah den Kuss nicht kommen, aber ich hatte einen Arm voll sexy Alex und ich taumelte rückwärts. Ich trennte uns und sah, dass sein Brustkorb pumpte. Das hier war außer Kontrolle und mehr, als ich gerade im Moment managen konnte. Was wir hatten, war der Beginn einer vorsichtigen Verhandlung, was wir tun würden, wie wir es tun würden und ob wir überhaupt irgendetwas tun würden.

„Alex, lass uns zurück ins Auto gehen", schlug ich vor und nach einem Moment nickte er und wir setzten uns schnell wieder in das kühle Innere. Er schaute zu mir, als er sich setzte.

„Ich bin so ein Versager", murmelte er. „Wie ein Teenager beim ersten Date, wie ein *Mocoso* am ersten Tag."

Ich umfasste sein Gesicht und behielt meine Hände

dort, bis er weniger so aussah, als würde er gleich fliehen, rieb meine Daumen über seine Wangenknochen und hielt seinen Blick fest.

„Niemand muss es erfahren, Alejandro. Niemand." Ich neigte meinen Kopf und presste meine Lippen an seine, dämpfte seine instinktive aggressive Reaktion, küsste ihn träge, unsere Zungen tanzten, schmeckten für lange Zeit nach seiner Hitze.

Irgendwann zwischen dem Beginn und Ende unseres ersten zärtlichen Kusses beruhigte er sich und erst dann schmeckte ich das Salz seiner Tränen.

NEUN

Alex

Als der Februar in den März überging, und ich austestete, wie es war, heimlich mit einem Mann auszugehen, fing ich an, mich als drei getrennte Alejandros zu sehen.

Einer war der Alejandro, den meine Familie erwartete – vorwitzig, ein Macho und absolut hetero. Dann gab es den Alejandro, den mein Team erwartete – respektvoll, ein Macho und super-hetero. Der dritte Alejandro war derjenige, den ich langsam kennenlernte, während Sebastian und ich uns immer näherkamen.

Dieser dritte Alejandro war so anders als die anderen beiden, dass es schwierig war, sie in meinem Kopf alle zu vereinen. Alejandro der Dritte war weniger aggressiv, aufmerksamer und nicht absolut hetero. Natürlich kam Alejandro der Dritte nur heraus, wenn Seb und ich allein waren oder, manchmal, wenn nur Ryker und ich zu Hause entspannten. Der schwule Mann in mir hatte immer noch viel zu viel Angst, auch nur Anzeichen zu zeigen, dass er nicht Mr Hetero Frauenschwarm war, wenn ich draußen war. Nur drinnen, bei meinem besten Freund oder dem Mann, der willens war, sich von mir küssen zu lassen und aufzuhören, wenn die Dinge zu heiß wurden, konnte ich mein wahres Ich herauslassen. Seine Geduld war immens. Seb wurde nie wütend auf mich, wenn ich mich zurückzog oder ihn von mir stieß. Er lachte nie über mich, dass ich so ein winselnder Idiot war, der um mehr Zeit bettelte, während er sich gleichzeitig überall an ihm rieb. Ich hatte schreckliche Angst, ihn zu verlieren, weil ich nicht mit ihm schlief, hatte aber genauso schreckliche Angst, intim mit ihm zu werden, denn sobald diese Linie überschritten war, wie sollte ich *jemals* Alejandro den Dritten zurück in seinen dunklen, luftleeren Wandschrank schieben?

In Momenten wie diesen, auch wenn ich zu Hause war, musste ich ganz sicher *Alejandro Número Uno* sein. Und der andere war fest weggeschlossen.

„*Buenos dias, Abueladias, Abuela*", sagte ich und lächelte meine Großmutter an, als wir mit unserem morgendlichen Computergespräch begannen. Ihre Worte, nicht meine.

Ryker fiel über meinen Rücken, seine Arme legten sich um meinen Hals. „*Buenos dias, Abueladias, Abuela*", rief er direkt in mein Ohr. Ich zog eine Grimasse und schlug nach ihm. *Abuela* lachte. „Wie geht es dir heute?"

„*Ustedes dos son tan guapos! Ryker, pregúntame en español.*"

Mein Kumpel schaute mich mit leerem Blick an.

„Sie hat gesagt, dass wir beide attraktiv sind." Ryker

errötete. „Und dass sie möchte, dass du sie auf Spanisch fragst, wie es ihr geht." Ryker wurde blass. Ich flüsterte ihm die korrekten Worte zu.

Er grinste, kletterte über die Rückseite des Sofas und ließ sich neben mich fallen. „*¿Cómo está?*"

Abuela schüttelte ihren Finger, aber ihr verrunzeltes Gesicht lächelte. „Oh, *mi niñito*, warum hilfst du deinem Freund, bei seinem Spanisch-Lernen zu betrügen? Wie soll er je gutes Spanisch lernen, wenn du ihm die Worte in die Ohren legst?"

Wir beide ließen beschämt den Kopf hängen. Sie lachte laut, bezeichnete uns dann als Schlingel.

„Ich werde es morgen besser machen, *Abuela*. Versprochen. Zeit zum Duschen!" Er schlug mir an den Kopf, kletterte dann wieder über die Rückseite der Couch. „Und ich benutze das letzte saubere Handtuch!"

„Mistkerl." Ich lachte, konzentrierte mich dann auf die schlanke, kleine alte Frau auf meinem Laptop-Bildschirm. „Er ist ein Mistkerl."

„Er ist ein guter Junge. Wie du. Zwei gute Jungen. Alejandro, sag mir, wen bringst du zu Elizabeths *Quinceañera* mit?"

Mist. Mist. Mist. Würde sie sterben, wenn ich Sebastian sagte? Ja, würde sie. Sie würde vor Scham und Peinlichkeit sterben, genau wie meine Eltern und Geschwister. Meine Cousins würden mich besinnungslos prügeln, dann auf den *Maricón* spucken, der blutend auf dem Boden lag.

„Ich weiß es noch nicht." Sie starrte mich finster über den Rand ihrer Brille an. „Ich weiß es nicht! *Abuela*, es gibt so viele Frauen, die mich wollen. Wie kann ich nur eine aussuchen und die anderen alle enttäuschen?" Sie verdrehte ihre Augen, aber im tiefsten Inneren liebte sie das Machogetue. Sie konnte tagelang darüber reden, dass mein *Abuelo* stark, besitzergreifend, eifersüchtig und sicher in dem Wissen gewesen war, dass manche Dinge ihn als Mann nichts angingen, so wie Putzen, Kochen und sich um die Kinder kümmern.

„So ein vorwitziger Hahn", schalt sie mich, ihre sonst so fröhlichen Augen entschieden unglücklich. „Du musst dich für ein Date entscheiden, Alejandro. Deine Schwester ist stur und weigert sich, einen der Jungen zu fragen, die angemessen sind."

„Vielleicht könnten du und *Mamá* sie ihre eigenen *Damas* und *Chambelanes* auswählen lassen?"

„Pah, die *Damas* haben wir schon alle. Welches Mädchen mag kein wunderschönes Kleid tragen und sich die Haare wie eine Königin machen lassen? Es sind die Jungs, die zögern und sie hilft nicht, weil sie so stur ist."

Ich war unendlich dankbar, dass ich männlich auf die Welt gekommen war. „Ich finde, du und *Mamá* solltet sie einfach aussuchen lassen. Sie weiß, wen sie mag. Wenn ihr sie nicht entscheiden lasst, wird sie mich zwingen, ihr *Chambelán de honor* zu sein."

Abuela flüsterte ein kurzes Gebet zur Jungfrau. „Was, wenn sie jemanden aussucht, von dem die Familie denkt, dass er *un zorillo apestoso* ist?"

Das brachte mich zum Kichern. „Nun, wenn sie einen stinkenden Skunk aussucht, dann müssen wir alle

Masken anziehen. Ihr solltet sie mit dem Jungen zusammen sein lassen, mit dem sie zusammen sein möchte, *Abuela*. Jeder sollte mit der Person zusammen sein, die das Herz ihm sagt."

Sie starrte mich intensiv an. „Alejandro, gibt es jemanden, den *dein* Herz dir sagt?"

Ich blinzelte die winzig-kleine grauhaarige Frau an. Wenn ich ihr nur erzählen könnte …

„Nein, *Abuela*, es gibt niemand Besonderen, den ich mitbringen und dir vorstellen kann."

Dunkle braune Augen bohrten sich in mich. Ich fing an, unruhig zu werden. Dieses Leugnen von Sebastian – von mir und ihm und uns – schmerzte schrecklich. „Alejandro, du bist mein Lieblingsenkel, *si sabes*."

„*Si, Abuela*." Das erklärte sie mir und meinem Bruder ständig. „Ich weiß das."

„Du bringst nach Hause, wer auch immer dein Herz zum Singen bringt, *mi niño lindo*."

Mein Herz stotterte und mein Magen drehte sich um. „Was, wenn es nicht die richtige Art Person ist?"

„Wenn die Person dich glücklich macht, dann ist es die richtige Person. Gib mir einen Kuss, Alejandro. Ich komme zu spät zum Tai-Chi."

Ich schickte ihr einen Kuss. „*Adiós*."

„*Adiós, papito*." Sie warf mir einen Kuss zu. Dann wurde der Bildschirm dunkel.

Genau wie mein Kopf. Hatte ich zu viel in ihre Worte gelesen? Ja, absolut. Sie konnte auf gar keinen Fall gemeint haben, dass ich einen Mann mit nach Hause bringen sollte. Ich stand auf und schüttelte das

Schaudern ab, das meine Haut zum Kribbeln gebracht hatte.

Nach einer kurzen Dusche, nach der ich mich mit einem stinkenden Handtuch abtrocknen musste, verdammter Ryker, fuhren mein bester Freund und ich zu Henry, um ihn zu besuchen. Er war niedergeschlagen, hatte Schmerzen und war von Blumen umgeben, die Adler Lockhart ihm geschickt hatte.

„Kumpel, er hat gesagt, dass er dir ein Pony kaufen würde", zog Ryker ihn auf. Das brachte Henry dazu, für einen Moment zu lächeln. „Ich kann mir vorstellen, wie du auf dem Rücken eines haarigen Ponys durch Tucson reitest."

„Oh! Wir könnten uns alle eins besorgen und dann wären wir die drei Ponytiere!"

Wir alle lachten herzlich und Henry, er sei gesegnet, versuchte sogar, ein paar Scherze zu machen, aber ihnen fehlte es an Herz. Das war der Kern seines Problems, nun, der emotionale und mentale Kern. Seine Verletzungen waren natürlich das größte Problem, das Auge wurde immer problematischer, je mehr Zeit verging, aber er hatte einfach den Kampf aufgegeben. Er hatte seine Leidenschaft für das Leben verloren und ich verstand das. Das tat ich wirklich. Es gab Tage, an denen ich das Gefühl hatte, dass das Leben den Absatz seines Stiefels an meine Kehle drückte. Tage, an denen ich so kurz davorgestanden war, zur Hölle damit zu sagen und aufzugeben. Eine

Lüge zu leben, zehrte an der Substanz. Dann war ich nach Arizona gekommen. Ich hatte Henry und Ryker kennengelernt, Colorado, Vlad und unsere neuen Coaches. Dann war Sebastian angekommen und ich lebte jetzt ein Doppelleben. Wenn ich mit ihm zusammen war, war die Agonie der Lügen fort. Ich konnte mich an einen Mann schmiegen, einen Mann berühren, einen Mann küssen. Wenn wir getrennt waren, war ich an diese drei verdammten Felsen gefesselt und starrte einer Schlange ins Gesicht.

„… dieses Paintball-Gelände morgen. Teil dieser PR-Sache, die das Team sich hat einfallen lassen. Kerle, die wie Kerle aussehen und all das", erzählte Ryker, sein Stoß in meine Rippen brachte mich zurück zu unserem Besuch. „Dieser Sebastian hat ein paar ziemlich coole Ideen, die er umzusetzen versucht. So Scheiß, wie etwa Penn zu folgen und Fotos von ihm zu schießen, wie er vor sich hinbrütet und auf einer Gitarre spielt."

„Die Mädels werden das lieben", sagte Henry, dabei legte er sein Bein langsam auf ein Kissen. Es sah grauenvoll aus, überall Narben, leuchtend rote, die Jahre brauchen würden, um zu verblassen. Sie hatten sein Auge noch nicht vom Verband befreit, nach der Operation, bei der sie seine Netzhaut wieder angeheftet hatten. Es gab keine Garantie ob und wann seine Sicht auf diesem Auge zurückkehren würde.

„Ja, das werden sie. Wir machen Paintball. Dann ist da noch ein Ding am See, das er mit Alex hier machen möchte." Ryker deutete mit seinem Daumen auf mich. „Weil er *das Gesicht der Raptors ist*", sagte er und hob seine Hände über seinen Kopf, um einen Regenbogen anzudeuten. Ich warf eine Zeitschrift gegen seinen fetten Kopf.

„Alex ist niedlich." Wir beide hörten auf, den National Geographic hin und her zu werfen. Henrys Gesicht, was wir davon sehen konnten, nahm tausend Schattierungen von Rot an. „Tut so, als ob ich das nicht gesagt hätte. Die Schmerztabletten für dieses Auge machen mich schwul."

„Ist das eine neue Art Tablette, von der die Welt noch nie etwas gehört hat?", fragte Ryker und tätschelte Henrys Fuß. „Es ist okay, Big H. Alex *ist* niedlich, wenn du ein Foto von mir vor ihn hältst."

Ich zeigte Ryker den Finger und schenkte Henry ein kurzes Lächeln. Er winkte mir, seine Röte ließ ein wenig nach, als er langsam einschlief. Rkyer und ich zwinkerten einander zu, standen auf, legten eine Decke über Henry und schlichen uns aus seinem Zimmer.

„Henry scheint also einen Typ zu haben, oder?", fragte Ryker, als wir uns in Richtung Ausgang auf den Weg machten. Der Wachmann warf uns einen Blick zu, sagte aber kein Wort. Typisch. Ich wollte wetten, wenn ich allein gekommen wäre, hätte er mir keine Ruhe gelassen.

„Das sind nur die Medikamente, die da reden", konterte ich, stolperte über meine eigenen Füße, als Ryker mich in die warme Sonne von Arizona schubste. „Hör auf, Mann. Ich wollte ihn nur wissen lassen, dass ich seinen Scheiß sehe."

„Lass es gut sein, okay? Coach sitzt dir ohnehin schon im Nacken. Willst du wirklich etwas mit einem Arschloch von einem gemieteten Polizisten anfangen?"

Ryker legte einen Arm um meinen Hals. „Du kannst Dummheit nicht kurieren. Komm, lass uns etwas zu essen holen. Du hast diese Strandsache, für die du das Supermodel spielen musst."

„Fick dich", bellte ich und schubste ihn spielerisch. Wir rangelten, bis wir beide in meinem Jeep saßen. Der Wind fegte heftig über die Frontscheibe. „Ist das alles für dich in Ordnung?"

Ryker schloss seinen Gurt, seine Locken tanzten um sein Gesicht. „Was alles? Dass du das Gesicht des Teams bist? Absolut, aber ich denke, du solltest Sebastian vielleicht sagen, dass du … Moment, nein, das ist dämlich. Er weiß, dass du schwul bist. Ich bin nur …" Er zuckte mit den Schultern. „Weißt du was? Es ist beschissen." Er setzte sich eine Sonnenbrille auf. „Die ganze Sache. Sie ist beschissen. Was für einen verdammten Unterschied macht es, wen ein Spieler mit ins Bett nimmt? Wir spielen immer noch das Spiel. Mit wem wir schlafen, spielt keine Rolle. Ich hasse es nur, dass wir immer noch als weniger wert angesehen werden, weil wir uns zum selben Geschlecht hingezogen fühlen."

„Ja, nun, nimm dann noch ein Latino zu sein dazu, wenn die ganze Welt deine *Azteca*-Schönheit hasst."

„Azteken?"

„Braun und mit mexikanischer Herkunft", erklärte ich. „Das und schwul? Ich bin im Arsch." Ich könnte mehr erklären, dass indigene Menschen eigentlich immer noch eine Mehrheit darstellten, auch wenn ihre Kultur und ihr Erbe beinahe komplett ausgelöscht waren, aber das war wahrscheinlich ein Thema für einen anderen Tag und Ryker war ohnehin kein Arschloch, dem man solchen Mist erklären musste.

Ryker schaute mit gerunzelter Stirn in die Sonne. „Das ist auch absoluter Mist.“

Wir schlugen unsere Fäuste aneinander und ich schaltete den Motor an. Wir hatten unsere Wahrheiten ausgesprochen. Das war alles, was wir im Moment tun konnten. Ich ließ ihn zu Hause raus und fuhr dann weiter zum Silverbell Lake. Ich sollte mich dort mit Seb treffen, um ein paar Schnappschüsse zu machen, wie ich mich in einem Park dort entspannte. Die Enten füttern, vielleicht Fischen, typische Sachen, die man an seinem freien Tag so machte und mit denen er meinen Feed und den des Teams fluten wollte. Er hatte bereits ein wenig mit Vlad gearbeitet und die Zahl seiner Follower hatte sich um über eintausend erhöht. Mit meinem Gesicht und der starken Latino-Community, hoffte er, meine Zahlen und Klicks zu pimpen, was dann dazu führen würde, dass das Team mehr Präsenz in den Sozialen Medien erlangte. Der Mann hatte Ideen und nicht nur oberflächliches Zeug, sondern auch tiefer gehende Dinge für das Team, die ich nicht ganz verstand und die mir auch egal waren. Alles, was dieser Junge wollte, war, Hockey zu spielen und einen bestimmten älteren Briten zu küssen.

Als ich auf den Parkplatz fuhr, waren Seb und der Fotograf schon da. Beide joggten zu mir. Mein Magen zog sich zusammen, als Sebastian mir ein Lächeln schenkte.

„Nein, mach nichts“, sagte er und winkte dem großen Mann mit der teuren Kamera. „Ich möchte das", sagte er, deutete auf mich, wie ich in meinem Jeep saß, vom Wind zerzaust, während ein Katy Perry und Daddy Yankee *Con Calma* Remix spielte.

Ich verstand ihn anders. Ja, ich wusste irgendwie, dass er *das* wollte – *das* war ich – und ich wollte ihn auch. Seine Lippen bogen sich nach oben. Ich lehnte mich auf meinem Sitz zurück, schaute in den strahlend blauen Himmel und ließ den Fotografen sein Ding machen. Wir verbrachten den ganzen Tag am See. Mir wurde gesagt mich hinzusetzen, zu stehen, zu schmollen, zu lächeln, mit den Enten abzuhängen, mich im Fischen zu versuchen, mit einem Kajak zu paddeln und sicherzustellen, dass ich mit jedem Fan interagierte, der mich ansprach.

Der Himmel war lila, als Steven Maxwell, der Fotograf, in den Sonnenuntergang fuhr. Der Park würde in wenigen Stunden schließen und die meisten Leute waren zum Abendessen nach Hause gefahren. Sebastian saß neben mir am Boden, unsere Rücken lehnten an einer fetten Dattelpalme, unsere nackten Zehen befanden sich gerade am Saum des Wassers. Hineinwaten war nicht gestattet, aber die Zehen zu kühlen? Es gab keine Schilder, die das verboten.

„Ich bin durch", verkündete er. Ich kicherte. „Was?"

„Nichts. Mir gefällt, wie du die Dinge ausdrückst."

„Tut es das? Und welche Dinge hörst du gern von mir?" Sein Oberschenkel ruhte neben meinem, seine Finger waren mit meinen verflochten, unsere so verbundenen Hände hatten wir zwischen uns gesteckt. „Nur, damit ich es für die Zukunft weiß, wenn ich um dich werbe."

„Nun, werben ist eines." Ich schnaubte. Er stupste meine Schulter mit seiner an. „Hmm, lass mich überlegen. Herummurksen, Zipfelklatscher, verhohnepiepeln, Semmel, Schlagobers, Rüscherl, Rüsseltuch und Paradeiser. Das ist eine Tomate!"

„Verdammter Amerikaner." Er seufzte.

„Hey, Amerikaner mexikanischer Abstammung, *Novio*."

Er streckte seine Füße aus. Er hatte lange Zehen, die schön manikürt waren. Seine vornehmen Loafer lagen neben meinen Sneakern. „Das ist ein Wort, das ich noch nicht gehört habe. Was bedeutet es?"

Ich zögerte, war mir nicht sicher, warum ich dieses Wort überhaupt so gedankenlos hingeworfen hatte. „Ähm, es bedeutet fester Freund." Sein Schweigen war nervenaufreibend. „Es tut mir leid, war das ein absoluter Whiff?"

„Ein Whiff?"

„Du weißt schon, wenn man den Puck treffen will, ihn aber komplett verfehlt."

„Oh, äh, nein, nein. Ich würde sagen, dass du den Puck ziemlich gut getroffen hast. Ich versuche nur, mich von den Nachwirkungen vom Aufprall mit meinem Schädel zu erholen."

Scheiße. Scheiße. Ich hatte das F-Wort zu früh benutzt. Ich ließ seine Hand los und stand auf, die weiche Erde war kühl unter meinen Füßen. Seb stand ebenfalls auf.

„Vergiss, dass ich das gesagt habe." Ich schaute kurz zu ihm. Er war so wunderschön, mit den letzten Farben des Tages auf seinem stoppeligen Gesicht. Ich sehnte mich danach, ihn zu berühren, sein Kinn zu umfassen, in seinen Mund zu lecken, ihn an mich zu drücken. „Ich habe nur … es gab kein besseres Wort."

Seine Hand strich über meinen Rücken, legte sich auf meine Hüfte. Ich versteifte mich und warf einen schnellen Blick auf den See. Es war niemand da, zumindest nicht nah genug, um uns zu sehen. Und es wurde dunkel. Und ich brauchte seine Berührung wirklich, darum neigte ich mich ein wenig zur Seite, gerade genug, um meine Hüfte an seine zu pressen.

„Es ist das perfekte Wort. Es bezeichnet einen Mann, mit dem du eine romantische Beziehung hast", gab er zurück, seine Fingerspitzen glitten unter mein T-Shirt und legten sich auf meine Haut. Ein Schauer durchlief mich. „Das ist es, was wir haben, oder? Und bevor du es sagst, Romantik und Sex sind zwei sehr verschiedene Dinge. Du kannst Sex haben und überhaupt kein romantisches Interesse an deinem Partner haben."

„Stimmt, klar, das weiß ich."

Er zog mich näher, seine Hand kroch um meine Seite. Ich musste gegen das Bedürfnis ankämpfen, mich loszureißen, so zu tun, als wäre ich beleidigt, einen dämlichen Witz darüber zu reißen, dass ich nicht queer war. Ich war so tief in meiner Psyche gefangen. Der Gedanke, dass ich es niemals überwinden würde, so viel Angst davor zu haben, ich selbst zu sein, schnitt mir die Luft ab. Seb bewegte sich um mich herum, schmiegte sich an mich, zog mich in seine Arme. Es fühlte sich so gut an, so richtig, so herrlich nach mir selbst, von diesem Mann gehalten zu werden, dass ich meinen Kopf senkte, um einen Kuss auf seine raue Wange zu drücken. Dann auf sein Kinn. Dann strichen meine Lippen über seinen Mund. Der Kuss war süß und sanft und unter einem Baum am See. Ich zog ihn fest an mich, küsste ihn mindestens einhundert Millionen Mal und spürte, wie Alejandro der Dritte glühte wie einer der frühen Sterne, die über unseren Köpfen funkelten.

ZEHN

Seb

Also gut, dieser Kuss im Park? Der hatte mich mehr durcheinandergebracht, als ich zugeben wollte. Zunächst einmal waren wir unglaublich dämlich gewesen, es so in der Öffentlichkeit zu machen, auch wenn es schon dunkel und der Park leer gewesen war. Und wir hatten uns nicht mit einem begnügt. Nein, wir hatten weitergemacht, waren tiefer unter die Bäume getreten, sein gefügiger Körper eingeklemmt zwischen mir und dem Stamm einer riesigen, weit ausladenden Magnolie und wir hatten uns gefühlt ewig geküsst und dabei Äste aus unseren Haaren gepflückt. Wir hatten erst aufgehört, als ich einen Krampf von der seltsamen Position bekommen hatte, und wir waren lachend ins Gras gefallen. Denn zur Hölle, es war lustiger Scheiß, einen Krampf zu bekommen, während man sich küsste. Oder zumindest war es das in dieser Nacht gewesen. Er war jetzt weg, der vierte Tag einer sechstägigen Reise nach Kanada und ich hatte noch nie jemanden so aufgeregt gesehen wie ihn, als er mit dem Team aufbrach.

So sehr, dass ich ihm wie ein verdammter Idiot hinterherrennen wollte. Ich konnte mir vorstellen, wie ich hinter dem Bus herjoggte, blind versuchte, in das verdammte Ding zu kommen.

„Hey, wach auf, du Flachwichser!"

Ich sprang einen Kilometer in die Luft und schaute auf, sah einen grinsenden Jason in der Tür. Vier Jahre in England und er hatte sich die besten Flüche angewöhnt, die er laut benutzte, mit einem gespielten britischen Akzent und dann lachte er immer wie ein Irrer.

„Himmel", murmelte ich und warf das Nächstbeste, was mir in die Finger kam, nach ihm, eine leere Mappe, die ich gerade beschriftete. Sie prallte an der Wand neben ihm ab und er zuckte nicht einmal zusammen.

„Es gibt einen Grund, warum du nie irgendeine Sportart betrieben hast, weißt du", bemerkte er trocken und setzte sich dann auf den Stuhl mir gegenüber. „Du zielst beschissen."

Das konnte ich so nicht stehenlassen und warf einen ganzen Becher Büroklammern nach ihm, von denen mehrere in seinen Haaren stecken blieben.

„Ich ziele gut", sagte ich und starrte ihn mit schmalen Augen an, weil ich Vergeltung erwartete.

Er schüttelte seinen Kopf und die Büroklammern fielen auf den Boden, alle bis auf eine, die sich an eine Locke heftete. Ich hätte ihm sagen können, dass sie dort war, aber wo wäre der Spaß dabei gewesen? Er schlug nicht zurück, verschränkte nur seine Arme vor seinem Brustkorb und musterte mich.

Warum schaut er mich so an? In seinen Augen ging eine Menge vor sich und ich wartete darauf, dass alles herauskam. Ich war daran gewöhnt. Cam war der Älteste und ganz ruhig, Mark, der Jüngste, den ich kaum kannte, obwohl ich jetzt seit beinahe zwei Monaten bei den Raptors war, und dann gab es noch den wilden Jason, der den Leuten genau sagte, was er dachte. Im Moment gerade nicht, mit seinem vorsichtigen, nachdenklichen Blick.

„Wir müssen uns über Garcia unterhalten", fing er an und mein Brustkorb verengte sich vor Schreck.

Ich nahm meine Limo, um meine Reaktion zu verbergen, die stark zu Schuld und Sorge neigte. „Was ist mit Garcia?", fragte ich so ruhig, wie ich konnte. Fuck. Hatte ich es verbockt? Wussten die Leute von ihm und mir? Ich wusste, dass er zwischen zwei Welten hin- und hergerissen war, und ich war kein Neandertaler. Ich wusste, wie man das Richtige machte.

Außer als du deinen Mann für ein schnelles Fummeln ins Gebüsch gezerrt hast.

„Du musst ihn heißer machen", erklärte Jason und ich hätte beinahe die Limo in meinem Mund ausgespuckt.

„Wie bitte?"

„Ich habe die Prints von dem Fotoshoot im Park gesehen, die alle den Hockeyspieler zeigen, der gerne fischt und hinter Frisbees herläuft." Er räusperte sich. „Aber Yvonne findet, dass er zu viel Kleidung trägt."

„Mit dieser Bemerkung ist so vieles nicht in Ordnung", murmelte ich, war erleichtert, dass wir nicht über die Geheimnisse redeten, die ich hütete. „Deine

Frau ist nicht nur viel zu alt für Garcia, du würdest keine Frau bitten, ihr Oberteil auszuziehen, um Hockeykarten zu verkaufen, verdammt noch mal."

Jason sank tiefer in seinen Stuhl, seine Wangen waren rot. „Ich weiß, ich weiß, aber Yvonne hat gesagt, dass die anderen Spieler es alle machen, wie auf Waterboard-Dingern hinter Booten herzufahren und du musst zugeben, dass Hockeyspieler gut gebaut sind." Er blinzelte mich an. „Das hat jedenfalls Yvonne gesagt und du bist schwul. Das musst du doch sehen, oder?"

„Raus", sagte ich mit Nachdruck und deutete auf die Tür. „Und komm erst wieder zurück, wenn du jede einzelne Regel gegen Belästigung gelesen hast, die wir haben", sagte ich in scherzhaftem Ton, aber ich konnte nur daran denken, dass Alex in der Tat ziemlich gut gebaut war und dass der Gedanke an ihn draußen auf dem Wasser mit all seinen spielenden Muskeln meine Hose eng werden ließ.

Verdammt unangemessen.

„Ich gehe." Jason hob seine Hände. „Wie ich schon sagte, es war nicht meine Idee."

Er zwinkerte mir zu, das Arschloch, und zog im Gehen die Tür hinter sich zu. Ich konzentrierte mich wieder auf die Fotos eines Shootings, das wir mit dem ältesten Mann im Team gemacht hatten, wie er mit seinen Hunden im Garten seines riesigen Hauses spielte. Aber ich konnte nicht denken, denn was ich gesagt hatte, war auf so viele Arten wahr und damit meinte ich nicht die Objektifizierung. Bei dieser ganzen Sache ging es darum, die Spieler nicht basierend auf ihrem Können zu verkaufen, sondern in einem sozialen Profil.

Yvonne war zweiunddreißig, nur ein paar Monate älter als ich, wenn sie also zu alt für Garcia war, was war dann mit mir? Zehn Jahre zu alt für den Hockeyspieler mit den wunderschönen Augen?

Ich musste aus dem Büro und etwas frische Luft schnappen, und so fand ich mich versteckt in der Ecke des Angestelltenparkplatzes wieder, saß im Schatten und trank eine frische Limo, dachte dabei über meine Entscheidungen in letzter Zeit nach. Niemand konnte mich sehen und wenn sie es doch taten, würde ich ihnen einfach sagen, dass sie weggehen sollten. Abgesehen von Mark, der mich fand, weil, zur Hölle mit meinem Leben, es sein Auto war, neben dem ich saß.

„Oh. Hey", fing er an und riss mich so abrupt aus meinen Gedanken, dass ich Limo auf meinem Oberteil verschüttete.

„Hallo", gab ich zurück und beließ es dabei.

„Ich, äh … du …" Er deutete auf sein Auto und dann auf mich und dann wieder auf sein Auto.

Ich beeilte mich, aufzustehen, und klopfte mich ab, wusste, dass ich wahrscheinlich meine Anzughose ruiniert hatte. „Tut mir leid, Kumpel", sagte ich und verzog dann das Gesicht. Kumpel war so ein Wort für Freunde, die miteinander abhingen und nicht eines, das ich in der Arbeit benutzte.

„Kein Problem." Er machte Anstalten, in sein Auto zu steigen, und stoppte im letzten Moment. „Willst du ein Bier? Ein paar der Angestellten treffen sich bei mir und schauen sich das Spiel heute Abend an. Bier? Snacks?"

Ich dachte sofort an die Notfall-Snacks, die ich bei

World Market gekauft hatte. Vielleicht war es das, was ich tun musste, um für eine Weile meinem mentalen Zustand zu entkommen, das Spiel der Raptors in Toronto ansehen, seltsames amerikanisches Bier trinken und Snacks von zu Hause essen. Oder ich konnte zurück nach Hause fahren und mir das Spiel anschauen und mir Sorgen darüber machen, was ich tat und ob es fair war, Alex weiterhin zu treffen und auch, ob ich aufhören sollte, darüber nachzudenken, wie sexy Alex in seiner Uniform aussah.

„Klingt großartig", sagte ich zu. „Schick mir die Adresse und ich bringe Snacks mit."

Mark schüttelte den Kopf. „Das passt schon. Wir haben jede Menge."

„Nicht die Richtigen", erwiderte ich mit einem Lächeln und Mark gab keine Antwort, schaltete seinen Motor an und fuhr davon.

SICH DAS SPIEL bei jemand anderem auf einem riesigen Plasma-Bildschirm anzusehen, sorgte nicht dafür, dass Alex nicht mehr sexy war. Tatsächlich war er auf dem großen Bildschirm sogar noch heißer. Jedes Mal, wenn die Kamera sich auf Ryker richtete, saß er neben ihm, sah ganz gerötet und zum Vernaschen aus. Aber hier, mit ungefähr zehn anderen, konnte ich mich in der Schönheit dieses schnellen und gefährlichen Spiels verlieren.

„Was ist das gleich wieder?", fragte Mark und hielt den winzigen knubbeligen Stab in die Höhe. Er berührte das Ende mit seiner Zunge und wich mit entsetztem Gesicht zurück.

„Ein Twiglet", erklärte ich zum fünften Mal.

„Und es ist womit bedeckt?" Er wedelte mit dem winzigen Snack herum und der Abscheu auf seinem Gesicht war zum Brüllen komisch.

„Hefeextrakt", sagte ich trocken. „Wie Marmite."

Er hob eine Braue. „Und Marmite ist?"

Wir drehten uns im Kreis. „Mark, ich fordere dich heraus, diesen Twiglet zu essen."

Er rollte seine Schultern und knackte mit seinem Hals. „Wenn ich sterbe …" Dann schob er sich die Snack-Herrlichkeit in den Mund, biss zwei Mal darauf, schluckte und saß mit entsetztem Gesichtsausdruck da. Wir starrten einander für einen Moment an und dann leerte er eine halbe Dose Bier, gefolgt von einer ganzen Handvoll Cheetos. „Mann." Er verteilte überall käsige Flocken. „Das ist widerlich."

„Ich finde sie ganz gut", bemerkte Doris von ihrem Stuhl aus. Sie war eine der Reinigungskräfte des Teams und sie und Mark konnten oft in einer Ecke gefunden werden, wo sie über gemeinsame Witze lachten. Ich mochte sie, weil sie Twiglets aß.

„Dann ernenne ich dich zur Britin ehrenhalber", verkündete ich und nahm mir eine Handvoll Twiglets.

Mark murmelte etwas, das wie *schmeckt wie Arsch und Friedrich* klang, aber er wurde unterbrochen, als die Werbepause im Fernsehen zu Ende ging und wir wieder im Spiel waren.

Niemand hatte erwartet, dass die Raptors heute

Abend gewannen. Wir spielten gegen ein starkes Team aus Toronto, das zu diesem Zeitpunkt dreißig Punkte mehr hatte als wir. Sie waren in Richtung Play-offs unterwegs, so viel war sicher, es sei denn, sie verbockten es und wer wusste schon, was passieren würde? Aber da wir uns in den letzten zehn Minuten des letzten Drittels befanden, mit einem vier zu eins für Toronto, war es unwahrscheinlich, dass wir hier gewinnen oder auch nur einen Punkt für ein Unentschieden am Ende der regulären Spielzeit bekommen würden, wie sie es hier in den USA ohnehin nicht kannten. Im Hockey, wenn beide Seiten die gleiche Anzahl Tore hatten, machten sie diese Sache, wo sie ein paar zusätzliche Minuten spielten oder etwas in der Art, und das erste Team, das ein Tor schoss, gewann einen zusätzlichen Punkt. Oder so. Um ehrlich zu sein, ich war es zufrieden, hier zu sitzen, Twiglets zu essen, Bier zu trinken und Alex zu begaffen.

„Mein Mann in einem Anzug", verkündete Mark und deutete auf den Bildschirm. „Hast du je etwas gesehen, das so sexy ist?"

Doris warf ein Twiglet auf Mark, aber wir waren alle zu sehr auf den Bildschirm fixiert, als dass es sich zu einer Essensschlacht ausweiten konnte. Wie dem auch sei, ich konnte etwas Heißeres sehen und sein Name war Alex.

„Rykers Block ist wieder auf dem Eis", informierte uns Mark, obwohl wir alle den Bildschirm sahen. Eines der heißesten Dinge, die ich je gesehen hatte, war Alex, der für seine Schicht über die Bande ging. Absolute Konzentration und geschmeidige Bewegungen und all diese anderen Dinge, über die die Kommentatoren sprachen. Für sie waren Alex und Ryker ein Dream Team. Dazu Jens und dieser Block war derjenige, der heute Abend das eine Tor für die Raptors auf die Tafel gebracht hatte. Sie hatten sich in den Sozialen Medien den Spitznamen JAR-Block geholt, etwas, das ich als Hashtag auf Instagram und Twitter promotete.

Ryker spielte, als hätte er Raketen an seinen Kufen, das Hin und Her zwischen ihm, Alex und Jens machte mich schwindlig, aber sie kamen näher, bis einer der Jungs von Toronto gegen Alex krachte und ihn direkt ins Plexiglas schubste.

„Was zur Hölle!", schrie ich, aber das war in Ordnung, weil Mark neben mir die Aktionen des anderen Teams ebenfalls verfluchte. Toronto hatte den Puck, passte ihn zwischen den Stürmern und die Kamera folgte ihnen, aber ich wollte nur sehen, ob Alex wieder auf den Beinen war. War er verletzt? Wo war er?

„Verdammt, hast du das gesehen?", sagte Mark und stand auf. Ich tat es ihm nach, wusste, dass wenn ich um den Fernseher herumsehen könnte, ich Alex entdecken würde. Er lag nicht auf dem Eis. Er war nicht verletzt. Zur Hölle, er war ganz vorne, stahl sich den Puck, drehte sich, passte zu Ryker, der zwei Spieler hatte, die ihn bedrängten, rückwärts fuhr und dann nach vorn preschte.

„Los, los, los", schrie Mark, feuerte sie an, obwohl sie uns nicht hören konnten. Der Lärm im Fernseher war ohrenbetäubend, Toronto unglücklich, die Fans der Raptors schrien aufmunternd.

„Ryker macht einen Schuss!", brüllte Mark und wir traten näher an den Fernseher heran, Twiglets knirschten unter meinen Füßen, als ich von Verzweiflung und Sorge zu Freude wechselte.

Ryker zog die beiden Verteidiger auf sich, spielte mit dem Puck herum, blieb stehen, änderte seine Richtung und Geschwindigkeit auf einer Untertasse und Alex stand frei. Es war Platz. Die Verteidiger hatten keine Chance, der Goalie war auf die Action links von sich fokussiert.

Im allerletzten Moment pfefferte Ryker den Puck zu Alex, der sich nicht einmal bewegte. Er drehte seinen Schläger und der Puck war drin. Die Lampe leuchtete auf, die Hupe erklang und plötzlich waren wir nur noch zwei Tore hinten, mit noch mindestens acht Minuten Spielzeit.

Mark und ich umarmten uns und tanzten in einem kleinen Kreis, als ob die Raptors den Cup gewonnen hätten, wo es doch eigentlich nur ein Tor war, das nicht viel bedeuten würde, wenn wir nicht zwei weitere schafften. Was wir natürlich nicht taten, aber verdammt, wir glänzten in diesen wenigen, strahlenden Momenten und sogar Coach sah stolz aus auf Rykers Block, berührte ihre Schultern. Ich konnte Alex' Grinsen von hier sehen, den Schweiß auf seinem Gesicht, als sie in die Nahaufnahme gingen, die reine Freude in seinem Gesicht.

Mein Mann war auf einem Hockey-High und verdammt wollte ich sein, wenn ich es nicht auch war.

D<small>IE</small> <small>NÄCHSTEN</small> <small>BEIDEN</small> Tage waren extrem hart. Nicht, weil die Fotos aus dem Park die Sozialen Medien fluteten, was bedeutete, dass Alex' Bild bei allem, was ich machte, im Mittelpunkt stand, sondern weil ich ihn vermisste. Ich wollte ihn halten und umarmen und die Welt für ihn zu einem sicheren Ort machen. Er schrieb mir, bevor sie landeten.

muss mit dir reden, landen um eins

Das war alles, was dort stand. Keine Küsse, keine Erklärung, nichts und mein Herz wurde schwer. Vielleicht hatte seine lange Abwesenheit ihm eine andere Sicht auf die Dinge ermöglicht und er hatte entschieden, dass er das mit *uns* nicht weiterverfolgen wollte. Ich konnte ihm keinen Vorwurf machen. Er war ein aufsteigender Spieler, mit einem Ruf, den es zu wahren galt und einer Familie, die gewisse Dinge von ihm erwartete und ich war der ältere Typ, der nicht einmal in den USA lebte. Ich würde nach Hause gehen und dann würden wir einen ganzen Ozean zwischen uns haben.

Ich schickte ihm eine Antwort, sagte ihm, dass ich ihn bei sich zu Hause abholen würde und fügte ein *x* hinzu, nur damit er wusste, dass, was auch immer er mir zu sagen hatte, ich zumindest mit Hoffnung zu ihm kam. Dann löschte ich das *x*. Dann fügte ich es wieder ein. Dann seufzte ich, schloss meine Augen und ließ meinen Daumen die kurze Entfernung zum Bildschirm überwinden. Die Nachricht war mit einem *x* am Ende rausgegangen.

Dann, wie es meine britische Art war, fing ich an, mir Sorgen zu machen, und brühte mir eine Tasse Tee, leerte den Rest einer Packung Kakaokekse, während ich draußen am Pool an dem heißen Getränk nippte. Jason kam gegen elf mit einem Bier heraus und wir redeten sinnlos über nichts Bestimmtes und dann war es noch eine halbe Stunde bis zwei und ich dachte mir, dass Alex jetzt wahrscheinlich vom Flughafen zu Hause sein würde.

Er wartete vor seinem Haus auf mich, hatte eine Tasche über seine Schulter geworfen und sah viel zu sexy aus, um zu dieser Nachtzeit draußen sein zu dürfen. Ich hielt an und er stieg ein, schnallte sich an und warf seine Tasche auf den Rücksitz des Mietwagens, ungelenk und eilig. Dann drehte er sich zu mir und fing an zu reden, während das Licht im Auto ausging.

„Ich will nicht in die Wüste fahren", verkündete er und hielt für einen Moment inne. Er würde Schluss machen. Ich konnte es in meinen Knochen fühlen. „Wir sollten uns ein Zimmer nehmen", sagte er in einem schnellen Atemzug.

Ich wechselte auf der Stelle von trauriger Akzeptanz zu Überraschung. „Wie bitte?"

„Ein Zimmer." Er drehte sich nach vorne. „Ich habe mir Sachen aus Rykers Kulturbeutel geliehen. Er weiß nichts davon. Ich will wissen, dass alles real ist und wir brauchen ein Zimmer, um zu reden."

„Reden?"

„Raus aus der Stadt, die Wüste, finde einen Ort, halte an, wir nehmen uns ein Zimmer, reden, vielleicht mehr. Jetzt fahr", sagte er und legte eine Hand auf meine.

Es klang für mich so, als ob er nervös wäre, als ob das, was wir wirklich tun mussten, uns eingehend zu unterhalten war, uns die Konsequenzen dessen, was er da vorschlug, genau anzusehen, vielleicht sogar einen Schritt zurückzumachen und eine Möglichkeit zu finden, uns zu beruhigen.

Dennoch, als ich das Zimmer mietete, nachdem wir eine Stunde gefahren waren, in der wir über Hockey und insbesondere das Toronto-Spiel redeten, war er derjenige, der hinter uns die Tür abschloss.

ELF

Alex

Ich hatte so etwas noch nie zuvor gemacht.

Klar, ich hatte darüber fantasiert, war sogar so weit gegangen, mir ein paar Mal einen herunterzuholen, während ich daran dachte. Was eine weitere Sünde war und etwas, das ich beichten sollte, aber ich würde Vater Delgadillo nichts davon erzählen oder was heute Abend vielleicht in diesem Bett passieren würde. Eine Glaubenskrise begann sich zu manifestieren. Ich war mir nicht sicher, ob ich darüber glücklich oder traurig war, aber ich *war* glücklich, hier in diesem heruntergekommen Motel zu sein, Sebastian anzuschauen, der die kitschige Tapete musterte. Ich hatte Gerüchte über diesen Ort gehört, in leisem Flüstern von den Jungs im Team, was der Grund war, warum ich es vorgeschlagen hatte. Die heruntergekommene Erscheinung des The Gila Monster Motor Court überwog in der Realität bei Weitem die kitschigen geflüsterten Aussagen, die von einem Raptor an den anderen weitergegeben wurden.

„Also", fing ich an, warf meine Tasche auf den Boden, meine Entschlossenheit, heute Nacht mit Sebastian im biblischen Sinne zusammen zu sein, ließ ein wenig nach, als sein Blick sich von dem breiten Bett abwandte und zu mir huschte. Er hatte so hübsche Augen.

„Ja, nun, dieses Etablissement scheint ein wenig fragwürdig zu sein", bemerkte er, wedelte mit einer schön manikürten Hand in Richtung Bett, Wand, Bad und Decke. Er beschrieb einen weiten Kreis, eine dünne Braue hob sich. „Sind wir sicher, dass wir hier reden wollen?"

„Nun ja, die Jungs sagen, dass dieser Ort diskret ist." Ich zerrte am Knoten meiner Krawatte, zog sie dann unter meinem Kragen heraus.

„Bist du dir sicher, dass du sie nicht falsch verstanden hast? Vielleicht haben sie widerlich gesagt und du hast gedacht, sie hätten diskret gesagt." Er verschränkte seine Arme vor seinem Brustkorb, drückte eine Hüfte nach außen und traf mich mit einem Blick, der mich zum Lächeln brachte, nur ein wenig.

„Nein, das Wort war diskret. Wie, wenn du vorhast, etwas Geheimes mit jemandem zu tun, von dem du nicht willst, dass die Welt davon erfährt …"

„Ah, ich verstehe, das Paradies eines Ehebrechers."

„Auch für Sexarbeiter." Ich zog mir meine Anzugjacke aus und warf sie auf einen abgenutzten Stuhl in der Ecke.

„Ja, natürlich." Er seufzte auf diese eher britische Weise, die ihm eigen war. „Vielleicht wäre es besser, wenn wir uns auf der Herrentoilette dieses Rastplatzes unterhalten würden, an dem wir vorbeigekommen sind. Dort war es wahrscheinlich sauberer."

„Es ist nicht so schlimm hier." Ich fing an, mein Hemd aufzuknöpfen, bemühte mich, unbeeindruckt und absolut cool zu wirken. Zu schade, dass meine Hände so heftig zitterten, dass ich den ersten Knopf nicht aufbekam.

„Alex, worum geht es hier?"

„Sex. Es geht um Sex! *Estúpido botón de mierda!*", schnappte ich und riss an, wodurch der Knopf quer durchs Zimmer flog. Er traf ein hässliches Gemälde von einer Frau am Strand, die einem Schiff winkte und fiel dann auf den abgewetzten Teppich. „Großartig. Mann, jetzt muss ich ihn wieder annähen."

Sebastian ging auf mich zu, löste meine Hände von meinem Hemd und begann langsam, den nächsten Knopf durch das Loch zu schieben, sein Blick war dabei fest auf meinen gerichtet. Mein Atem wurde zittrig. Als der Knopf frei war, raste ein heftiger Schauer durch mich hindurch.

„Ich bin mir nicht sicher, ob du so bereit bist, wie du denkst."

Ich packte seinen Nacken, zog seinen Mund an meinen und küsste ihn, bis wir gegen die nächste Wand stießen. Er quiekte ein wenig, als sein Rücken gegen den Türrahmen knallte. Oder vielleicht kam dieses leise Winseln als Reaktion auf meinen Schwanz, der gegen sein Schambein drückte. Ich leckte in seinen Mund, rieb meinen Ständer an ihm, saugte an seiner Zunge, bis er anfing zu schmelzen. Dann brach ich den Kuss ab.

„Ich bin bereit." Ich rieb mich weiter an ihm,

machte einen kleinen Schritt nach links, um unsere Schwänze auf eine Linie zu bringen. Ich kam beinahe, als mein Schwanz über seinen rollte. Ich tauchte in seinen Mund, um ihn erneut zu schmecken, ein längerer, feuchterer, der uns beide zittrig und keuchend zurückließ. „Siehst du, wie bereit ich bin?"

Seine Hände glitten an meinem Rücken nach oben, zogen mich näher zu ihm. „Warum bist du jetzt so bereit? Was hat sich geändert? Ich werde nicht mit dir ins Bett gehen, bis du dir sicher bist, dass du bereit bist und nicht nur körperlich. Du musst zu einhundert Prozent willens und darauf vorbereitet sein, dass es passiert."

„Das bin ich, ich schwöre es. Warum bist du so? Ich weiß, dass du mich willst." Ich stieß gegen ihn. Er atmete scharf ein, seine Finger bissen in meine Schulterblätter. Ich stand kurz vor einem Orgasmus.

„Ja, das tue ich, offensichtlich, sogar ziemlich, aber, Alex, bei unserer Beziehung geht es nicht um einen schnellen Fick in einem anrüchigen Motel. Du bist-"

„Sag Jungfrau und ich werde ausflippen. Ich meine es ernst. Ich bin es müde, der Einzige in der Umkleide zu sein, der sich an etwas klammert, von dem ich mir nicht einmal sicher bin, dass ich noch wirklich daran glaube! Warum sollte ich mir von der Kirche sagen lassen, was ich tun soll, wenn ich ihnen sowieso egal bin? Warum sollte ich einem dämlichen moralischen Kodex folgen, der vollkommen überholt ist? Und warum sollte es mich kümmern, was meine Familie über irgendetwas denkt, wenn sie sich ohnehin von mir abwenden wird, sobald sie herausfinden, dass ich schwul bin? Sag mir, warum ich mich um sie und ihre Regeln *scheren* soll!" Er blinzelte, war offensichtlich erschreckt von der Wut, die über mich gekommen war. Ich machte ein paar Schritte rückwärts, ließ ihn an den Türrahmen gelehnt dastehen und sank auf den Rand des Bettes. Ich war ebenfalls zutiefst erschüttert davon, wie wütend ich gerade geworden war. „Es tut mir leid." Ich hustete, ließ meine Ellbogen auf meine Knie sinken, während ich mich bemühte, den Zorn und die Verwirrung aus meiner Seele zu spülen. „Ich wollte, dass es hier um uns geht, darum, dass wir eine Verbindung als Erwachsene eingehen. Darum, dass ich ein Mann werde."

„Mit jemandem Sex zu haben, macht dich *nicht* zum Mann."

„Nun, was dann?" Ich schaute vom Boden zu ihm auf. Er zog sein Hemd nach unten und tappte zum Bett. Als er sich neben mich setzte, ließ ich mich seitlich von ihm umarmen.

„So viele Dinge." Seine Stimme war leise und ruhig, seine Finger ruhten auf meiner Schulter. „Wie du andere behandelst, natürlich. Dass du jene respektierst, die älter sind, nett zu Tieren und jenen bist, die schwächer sind als du, dass du Mitgefühl zeigst. Integrität, Selbstbewusstsein, einen Sinn für Humor, Loyalität, Empathie zu haben. Direkt, ehrlich und ein Gentleman zu sein. Ich würde wetten, dass wenn du einem Mann dieselbe Frage vor fünfzig Jahren gestellt hättest, die Antwort ganz anders ausgefallen wäre."

„Ich bin überhaupt nicht selbstbewusst", murmelte ich, fühlte mich, als ob jemand mich schon wieder in einen Mixer geworfen hätte.

„Da widerspreche ich. Ich habe dich auf dem Eis gesehen und in der Öffentlichkeit. Du hast ein großes Vertrauen in dein Können."

„Es gibt im Leben mehr als Hockey. Wie kann ich so durcheinander sein?" Er schob seine Hand in meinen Nacken, sein Griff verstärkte sich, dann bearbeitete er meine steifen Sehnen.

„Du bist überhaupt nicht durcheinander und ich wage zu behaupten, dass du eine gute Anzahl dieser maskulinen Attribute besitzt. Was du erlebst, sind Wachstumsschmerzen. Wir alle machen das durch, aber manchmal ist es für einen schwulen Mann schwieriger, zu erkennen, was er ist und wohin er im Leben gehen muss. In einer tiefgläubigen Familie aufgewachsen zu sein, macht deine Reise umso schwieriger."

„Ich habe früher viel Kraft in der Kirche gefunden, aber jetzt …"

Er lehnte sich gerade weit genug zu mir, dass sein Kopf an meinem ruhte. Seine Finger kneteten weiter die steinharten Muskeln in meinem Nacken und meinen Schultern.

„Vielleicht könntest du dir überlegen, in eine andere Kirche zu gehen. Eine, die offener und toleranter ist, als deine momentane Kirche es gegenüber unserer Community zu sein scheint", schlug er vor. Ich gab einen Laut absoluten Unglaubens von mir. Die Kirche verlassen? *Dios nos salve.* Meine Mutter und Großmutter würden vor Schock und an gebrochenen Herzen sterben. „Es war nur ein Vorschlag. Ich weiß, dass dein Glaube dir wichtig ist."

„Irgendwie, ja. Er wäre stärker, wenn ich mich

willkommen fühlen würde", gestand ich, die erste Beichte seit Monaten.

Und so alarmierend das auch war, es regte mich nicht so auf, wie es das sollte. Vielleicht *konnte* ich ein neues geistiges Zuhause finden. Irgendwo, wo ich als ich selbst akzeptiert wurde. Alejandro Ricardo Santos-Garcia. Ein schwuler Hockeyspieler mit einem wunderbaren britischen festen Freund. Ich bewegte meinen Kopf gerade genug, um meine Lippen an seine Wange pressen zu können. Die weichen Stoppeln, die ihm so ausgezeichnet standen, rieben an meinen Lippen. Himmel, ich liebte dieses Gefühl so sehr. Seine Augen schlossen sich, seine Fingerspitzen, die meinen Nacken bearbeiteten, wurden langsamer, stoppten dann. Er rollte seinen Kopf, sein Mund suchte meinen. Die Küsse verwandelten sich innerhalb von Sekunden von einer zärtlichen, sehnenden Sache zu brüllender Leidenschaft. Sebastian übernahm dieses Mal die Führung, legte mich auf das Bett, seine Sorge über Ausschlag war anscheinend vergessen, als er an meinem Kiefer entlang zu meinem Hals knabberte, während seine geschickten Finger diese winzigen, sturen Knöpfe öffneten.

„Ahh, das ist schön", keuchte ich, als seine Hand mein Hemd teilte und sich auf meinen nackten Oberkörper legte. „Gib mir mehr."

Das tat er. Mit zärtlichen Berührungen und ausladenden Liebkosungen erkundeten wir den Körper des jeweils anderen, Stück für Stück, zogen ein Kleidungsstück nach dem anderen aus, schmeckten und berührten dann diese entblößte Haut. Wir bewegten uns über das Bett, rollten übereinander, Beine und Arme verflochten, als wir nur noch unsere Unterwäsche trugen. Ich wollte so viel. Ich wollte ihn, seinen Körper, sein Lächeln, seine heiße Haut, die sich an meine presste. Ich wollte alles, aber ich hatte keine Ahnung, wie ich darum bitten sollte. Sebastian wusste es aber. Irgendwie wusste er, wie er mich lieben und ermutigen musste, um das zu bitten, was ich am meisten brauchte.

„Da, ja, höher, langsamer, küss mich jetzt. Lass mich deine Schulter schmecken." Einfache, leise gesprochene Bitten, die uns höher und höher führten, unser Atem wurde zittrig, unsere Schwänze tropften.

„Ich liebe deinen Geschmack", schnurrte er, leckte sich einen Weg an meinem Bauch nach unten, seine Hände waren zu beiden Seiten meiner Taille aufgestützt.

Ich wölbte mich auf, begierig, wie ein junger Hengst, der in die Stutenherde gelassen worden war, aber keine Ahnung hatte, wie er weitermachen sollte, nur das wilde Begehren spürte, etwas zu tun, auch wenn es falsch war. Aber es war nicht falsch. Sebastian ließ nicht zu, dass es falsch war. Er kam zwischen meine Beine, seine Augen brannten, als sie sich auf meine richteten, und dann strich er mit seinen Lippen über meinen harten Schwanz. Sogar durch die dünne Baumwolle war das Gefühl unglaublich.

„Beeil dich, scheiße …" Ich konnte das Kribbeln in meinen Eiern spüren.

„Denk an Hockey", murmelte er, stupste meinen Schaft mit seiner Nase an, schob ihn nach oben, bis er auf meinem Bauch lag. Ich zitterte und fluchte auf

Spanisch, als er nur die Spitze meines Schwanzes befreite, die feuchte Eichel schaute aus dem Gummibund meiner blauen Unterhose hervor. „Denk an alles, nur nicht an mich, wie ich das hier mache."

Seine Arme auf mich gelegt, nahm er meine Eichel in den Mund. Ich buckelte genau wie dieser unreife junge Hengst, meine Hüften zuckten nach oben, meine Hände krallten sich in die hässliche grüne Überdecke auf dem Bett. Himmel, er war gut, so gut, so *unglaublich* gut. Er saugte, benutzte seine Zunge, um in den Schlitz zu drücken, wackelte dann mit seinem Kinn, um mehr und mehr von meinem Schwanz zu entblößen. Jeden Zentimeter, der freikam, schluckte er, bis er mich ganz in seiner Kehle hatte. Ich kam viel zu schnell, die weiße Explosion der Lust begann an der Basis meines Rückgrats und hatte mich überrollt, bevor ich überhaupt eine Warnung rufen konnte. Sebastian stöhnte, als ich seinen Mund füllte, schluckte gierig, seine Hände lagen auf meinem unteren Bauch, übten sanften Druck aus, während ich mich unter ihm wand und schauderte.

„Zur Hölle … ah, zur Hölle", keuchte ich, meine Gliedmaßen waren wie Pudding, mein Schädel fühlte sich an, als wäre er mit Watte ausgestopft. Sebastian schob meinen schlaffen Schwanz zurück in meine Unterwäsche, kletterte an mir nach oben und legte seinen langen, schlanken Körper auf meinen. „Das war … du bist wunderbar."

„Hast du dich je auf der Zunge eines anderen Mannes geschmeckt?"

„Nein, noch nie …" Eine Welle der Verruchtheit wusch über mich hinweg. „Ich will es." Ich schob meine

Hände in seine Haare, führte dann seinen Mund zu meinem. Er leckte an meiner Unterlippe, schob seine Zunge in meinen Mund, verteilte meinen Geschmack überall. Ich liebte es, wie er schmeckte, wie wir schmeckten, wie ich auf seiner Zunge schmeckte. Er stieß seine Hüften in meinen Bauch, seine Erektion war eine harte Erinnerung daran, dass er seine Erlösung noch nicht gefunden hatte. Ich löste eine Hand aus seinen Haaren und schob sie zwischen uns, glitt mit meinen Fingern in seine Unterwäsche. Er zischte, als ich seinen Schwanz in meine Hand nahm. Ich streichelte seine Länge, liebte das weiche, stählerne Gewicht seines Schaftes, das über meine Handfläche glitt.

„Oh, das ist schön", flüsterte er in meinen Mund, während ich ihn pumpte. „Fester, mmm, ja, jetzt härter … Härter … ah, scheiße, ja. Genau so."

Als er kam, war sein Gesicht in meinem Nacken vergraben. Meine Augen waren geschlossen. Sein Schwanz pulsierte in meiner Hand, bedeckte meine Finger mit heißer Wichse. Er fickte für einen Moment wie verrückt, benutzte seine Wichse als Gleitgel. Sein Schwanz gab mit jedem wilden Stoß mehr und mehr Wichse ab. Ich stöhnte zusammen mit ihm. Sein Gewicht legte sich für ein paar Augenblicke auf mich, als wir beide wieder zur Erde zurückkehrten. Dann hob er seinen Kopf und legte seinen Mund auf meinen. Ich erkundete seinen Mund, schmolz zurück in die Überdecke, meine Hand immer noch zwischen uns, seine Wichse kühlte zwischen meinen Fingern ab.

„Hat dir das gefallen?", fragte er leise, seine Lippen waren rosa und feucht vom Küssen.

„*Dios, si*. Bei Gott, ja, so sehr. So sehr …"

„Mir auch, so sehr." Er gab mir einen weiteren Kuss, rutschte dann von mir herunter und rollte auf seine Füße. Ich setzte mich auf, meine Hand war eine klebrige Sauerei und ich stand auf. „Lass uns schnell duschen, wenn wir es wagen."

Wir schlichen uns in das Bad, als würde sich dort ein Serienmörder oder eine drei Meter große Küchenschabe verstecken. Dem war nicht so. Erstaunlicherweise war das Bad ziemlich sauber. Sauber genug für mich zumindest. Sebastian schnalzte mit der Zunge und betrachtete die Handtücher und die Toilette, die blubbernde Geräusche von sich gab, mit kritischem Blick. Ich war zu hinüber und befriedigt, um unzufriedene Mutter-Laute von mir zu geben. Die Dusche war kaum groß genug für mich, ganz zu schweigen für uns beide, aber sobald wir uns hineingezwängt und den Vorhang um uns gezogen hatten, war die Enge ziemlich perfekt.

„Wir hätten uns für unser erstes Rendezvous eine geschmackvollere Suite suchen sollen", bemerkte er, während er billiges Motel-Shampoo in meine Haare knetete. Ich grunzte zur Antwort, war zu sehr im zufriedenen Liebhaber-Modus, um Worte hervorzubringen. Ich war so verliebt. Alles an ihm, an uns, an diesem Zimmer und dieser Dusche und diesem Shampoo, das wie das Zitronenzeug roch, mit dem *Abuela* ihre Böden wischte … es war alles einfach perfekt. Seine Finger, die meine Kopfhaut massierten, das Gefühl seines nackten Körpers eng an meinem. „Etwas wie die Tucson Century Towers. Fünf Sterne, riesige

Räume mit hervorragenden Annehmlichkeiten. Dort hätten wir uns lieben sollen."

„Für mich spielt es keine Rolle, wo es war, nur, dass es stattgefunden hat." Ich drehte mein Gesicht ins Wasser, lächelte über das Kitzeln der Blasen, die über mein Gesicht, meinen Brustkorb und meinen Rücken nach unten glitten. Sebastian küsste mich direkt unter dem Strahl. Ich blinzelte und öffnete meine Augen, um ihn anzusehen.

„Ja, du hast recht. Alles, was zählt, ist, dass du es warst und dass es für dich hervorragend war." Er umfasste mein Gesicht, benutzte seinen Daumen, um etwas Schaum wegzuwischen. „Du bist etwas unglaublich Besonderes. Für mich jedenfalls und ich wäre stolz darauf, als dein fester Freund bekannt zu sein, wenn und wann die Zeit kommt. Du bist so ein leidenschaftlicher, liebender, hingebungsvoller Mann."

Ich warf meine Arme um ihn, küsste ihn hart, schob mein Bein zwischen seine. Seine Hände fanden meinen Hintern, meine seine Schultern und ehe ich mich versah, rieben wir uns aneinander, unsere zuvor schlaffen Schwänze wieder steinhart. Er schubste mich in die Decke der Dusche, nahm uns beide in die Hand und bearbeitete uns, bis wir heiß und vollkommen wild waren. Ich konnte den Blick nicht von unseren zusammengepressten Schwänzen nehmen, wie sie glitten und rutschten und hüpften. Mit einem Knurren legte ich meine Hand um seine. Wir beide kamen erneut, unsere Münder verbunden, das Wasser wusch den Samen in den Abfluss, meine Hand auf seiner

Pobacke, seine neben meinem Kopf gegen die Duschwand gedrückt.

„Nun, *das* war unerwartet." Er lachte, gab mir dann einen Kuss auf mein Kinn. „Wir sollten besser aufhören, hier drin herumzutrödeln. Das heiße Wasser wird kühler."

Ich grinste wie ein Idiot. „Ich mag deine Art zu reden wirklich."

„Ich mag deine Art zu reden ebenfalls. Jetzt sei ein guter Junge und seif meinen Rücken ein."

Wir beeilten uns mit dem Duschen, weil, wie er schon bemerkt hatte, das Wasser immer kälter wurde. Wir zogen uns im Schlafzimmer an, nachdem wir unsere Kleidung gefunden hatten, die überall im Zimmer verteilt war. Er entschied sich, keine Unterwäsche anzuziehen, weil er in ihr gekommen war.

„Ich werde die hier einfach in den Müll werfen, wenn ich nach Hause komme. Ich weigere mich, kalte Wichse aus Unterwäsche zu waschen. Das Leben ist zu kurz." Er knüllte seine Unterhose zu einem festen Ball, stopfte sie dann in die vordere Tasche seiner Hose. Sie hing ein wenig heraus, aber wen kümmerte es? Die Prostituierten in all den anderen nach Stunden bezahlten Zimmern würden uns nicht von oben herab betrachten, da war ich mir ziemlich sicher. Das brachte mich innerlich zum Kichern. Dann zum Seufzen, was mir einen neugierigen Blick von Sebastian einbrachte, der auf dem Bett saß, seine Füße in seine italienischen Leder-Loafer steckte.

„Ich habe gerade daran gedacht, dass die Sexarbeiter zu beiden Seiten dieses Zimmers sich nicht im Geringsten darum scheren würden, dass deine Unterwäsche aus deiner Hosentasche hängt oder sogar, dass wir zwei Männer sind, die es sich gerade gegenseitig besorgt haben. Zwei Mal." Ich hielt zwei Finger in die Höhe, fuhr dann fort, meinen Gürtel zu schließen. „Aber wenn meine Mutter uns hier herauskommen sehen würde, so wie wir jetzt aussehen, würde es epische, Die-Welt-geht-unter-Verurteilerei geben."

„Ich bin mir nicht sicher, ob ,Verurteilerei' ein Wort ist, aber ich werde es dabei belassen, weil es so gut passt", meinte er, während er aufstand. „Hast du je mit deiner Familie darüber gesprochen, was sie über Schwule denken?"

„Pfft, nein, ich sehe, wie meine Cousins sind. Du kennst die Latino-Kultur noch nicht gut. Glaub mir. Wenn du sie live erlebst, wirst du sagen ,Ah, okay, jetzt verstehe ich, was Alejandro meint!'"

„Ich habe nicht deine Cousins gemeint. Alle jungen Männer sind Idioten, Anwesende natürlich ausgeschlossen, darum kannst du deine Braue wieder senken. Was ich meinte, war, hast du jemals mit deinen Eltern oder deiner Großmutter über Schwule geredet. Vielleicht überraschen sie dich."

„Ja, nein, ich bezweifle es."

„Nun, vielleicht solltest du das Thema irgendwann einmal ansprechen, nur um zu sehen, wie sie reagieren."

Ich zuckte mit den Schultern, schob meine Arme in meine Jacke und nahm meine Tasche. Sie war unberührt, die Sachen, die ich Ryker gestohlen hatte, unbenutzt, was enttäuschend war, aber nicht wirklich.

Was wir gemacht hatten, das Reden, gefolgt von sich zu lieben, war perfekt gewesen. Eines Tages würden wir uns zu anderen Dingen hocharbeiten, Dingen, für die man Dinge brauchte, aber im Moment war ich glücklich. So verdammt glücklich. Sebastian öffnete die Tür und trat auf den Gehweg. Ich folgte ihm, packte seine Taille und drückte einen heißen Kuss auf seine sexy Lippen.

„Was zur Hölle?", fragte er, seine Frage schwer von Lachen, als er mich fing und gegen die schmutzige Ziegelwand zwischen unserem Zimmer und dem neben unserem drückte.

„Ich bin nur glücklich", gestand ich. Seine Lippen fanden meine. Ich klammerte mich an ihn wie *Mamás* rosa Klematis.

Eine Tür links von uns öffnete sich. Ich hörte lang genug auf, Seb zu küssen, um einen Blick zur Seite zu werfen. All meine Freude löste sich auf.

„Die Welt ist ein Dorf, huh, Garcia?", fragte Coach Carmichael. Seinen Arm hatte er lässig über Mark Westman-Reids Schulter gelegt.

ZWÖLF

Seb

———

Aus irgendeinem Grund bewegte ich mich schnell, um mich zwischen Coach und Alex zu schieben. Als ob das irgendeinen Unterschied für die Tatsache machen würde, dass die Person, die für Alex' Position im Team verantwortlich war, mit fragendem Blick und Bartbrand am Hals dastand. Marks Mund klappte auf. Dann schloss er ihn nachdrücklich und fing an, rückwärts zu gehen, zog Coach dabei mit sich.

„Lass uns gehen, Rowen", murmelte er, aber Coach Carmichael rührte keinen Muskel.

„Alex?", fragte Rowen, ganz sanft und aufmunternd, aber Alex blieb hinter mir und ich hörte einen gewimmerten Fluch auf Spanisch. Coach seufzte. „Vierunddreißig, nach vorne", sagte er und dieses Mal war sein Tonfall strenger.

Alex bewegte sich und jetzt stand er zwischen Coach und mir. „Coach", murmelte er unglücklich.

Ich konnte für keine Minute an die Panik in seinem Kopf denken. Er musste sich hier das Schlimmste ausmalen. Alle standen da und sagten viel zu lang nichts.

„Was macht *ihr* beide hier?", platzte ich heraus, obwohl es offensichtlich war, weil ich Schweigen absolut hasste und sie kein verdammtes Wort zueinander sagten.

„Jahrestag", murmelte Mark und konnte mir nicht direkt in die Augen sehen. Da die beiden Männer in einer festen Beziehung waren, hätte ich gedacht, dass ein Jahrestag deutlich aufregender verlaufen würde als sich ein Zimmer in dieser Absteige zu nehmen.

„Das hier ist eine persönliche und private Angelegenheit", sagte ich, laut genug, um Rowens Aufmerksamkeit zu erregen. „Lass uns gehen, Alex." Wenn ich gedacht hatte, das würde funktionieren, hatte ich absolut keine Ahnung.

Alex spannte sich an, Rowen schüttelte den Kopf und Mark zog ein Gesicht, das mir sagte, dass ich mich gerade in die Nesseln gesetzt hatte. Wer zur Hölle wusste, wie diese Spieler/Coach-Beziehung funktionierte, aber mein Vorschlag zu gehen, wurde nicht gut aufgenommen.

Rowen trat von Mark weg und näherte sich Alex, der, das musste man ihm lassen, keinen Muskel rührte. Tatsächlich hob er sogar das Kinn.

„Alex?", fragte ich leise. „Willst du gehen?"

„Es ist in Ordnung, Seb", erwiderte er und ich trat mental einen Schritt zurück. Das hier war ein wichtiger Moment für Alex und vielleicht brauchte er es nicht, dass ich im Weg stand.

Rowen streckte die Hand nach Alex aus, umfasste seinen Hinterkopf und ich spannte mich an, wartete darauf, dass sie sich prügeln würden, aber Rowen drückte nur seine Stirn an die von Alex und seufzte. „Es ist in Ordnung", sagte er und wich dann zurück.

„Ist es nicht", platzte Alex heraus. „Ich kann das nicht machen. Ich kann das nicht sein." Er warf mir einen wilden Blick zu.

Fuck. Was sollte ich tun? Was konnte ich sagen, damit das irgendwie besser wurde? Wir waren alle schockiert, Mark still, Rowen nachdenklich, Alex so steif wie ein Brett und ich flatterte innerlich herum wie ein geisteskranker Vogel, wirkte aber äußerlich ruhig.

„Lasst uns Kaffee trinken", meinte Mark schließlich. „Kommt mit."

Sie kamen zu ihrem Auto, einem schnittigen Maserati, der vor diesem beschissenen Motel geparkt war, versteckt hinter hohen Büschen, wo wir ihn nie entdeckt hätten. Ich konnte nicht glauben, dass er nicht gestohlen worden war. Zur Hölle, es war ein verdammter Maserati zwischen zehn anderen Autos, die meisten davon Mietwagen oder alte Modelle, die gerade noch fahrtüchtig waren. Wir begaben uns zu unserem Auto, aber jeglicher Hauch von Nähe oder Verbindung löste sich auf. Ich konnte nur Alex' Scham fühlen und das schmerzte mich. Er schnallte sich an und ich fuhr hinter dem Maserati vom Parkplatz, wollte etwas Kluges und Wichtiges sagen, einen Satz, der dafür sorgen würde, dass die Anspannung meinen festen Freund verließ, als ob die unglückliche Begegnung an diesem Morgen nie stattgefunden hätte.

„Soll ich ihnen folgen?", fragte ich nach einer Weile.

„Klar", murmelte Alex.

„Das müssen wir nicht, weißt du. Du bist nicht im Stadion, trägst dein Trikot nicht. Rowen ist in deiner freien Zeit nicht dein Coach."

Er warf mir einen ungläubigen Blick zu, als ob ich gerade etwas Grauenvolles vorgeschlagen hätte. „Du verstehst einen Scheiß", schnappte er. Darum schwiegen wir den Rest der Fahrt, während ich über das unglückliche Ende der Dinge nachdachte. Ich bog in die Auffahrt eines bescheidenen, einzeln stehenden Hauses, das von Gras und Blumen umgeben war. Ich wusste nicht, wessen Haus es war, aber wie es schien, würden wir unseren Kaffee nicht bei Starbucks holen.

Ich wollte ihm zeigen, dass ich auf seiner Seite stand und traf die unglückliche Entscheidung, an das anzuknüpfen, was er zuletzt gesagt hatte. „Vielleicht verstehe ich einen Teil dessen, was du empfindest-"

„Was? Ich wette, *du* hattest eine perfekte verdammte Familie, die wahrscheinlich akzeptiert hat, dass du schwul bist, als ob du ganz nebenbei darum gebeten hättest, dass sie dir die verdammten Kartoffeln reichen sollen. Ich wette, dass du keine Mom hattest, die sich für ihre Familie die Finger blutig gearbeitet hat und die jeden Abend für deine ewige verdammte Seele betet. Oder einen Dad, der jede Stunde, die Gott ihm schickt, arbeitet, um seine Kinder zu ernähren, und möchte, dass du die eine Hälfte des nächsten Hockey-Power-Paares bist, mit der perfekten blonden Frau an deinem Arm. Ich wette, niemand hat dich als dumm verurteilt, weil du eine Zwei auf einen verdammten Aufsatz über die Implikationen der Offenbarungen in der gottverdammten Bibel bekommen hast! Nicht zu vergessen, dass du wahrscheinlich keine Geschwister hast, die dich in eine verdammte Kiste gesteckt haben, auf der heterosexueller Hockeyspieler-Superstar steht. Oh, und ich *weiß*, dass du keinen Cousin haben kannst, der zu deinem vierzehnten Geburtstag eine Prostituierte angeheuert hat, damit sie dir zeigt, wie es geht! Sie alle wollen so viel von mir und das bringt mich um und ich bin überhaupt nicht wie du. Also sag mir, wie kannst du irgendetwas von dem Stress verstehen, den ich durchmache?"

„Du hast recht. Meine Mum war verständnisvoll, als ich ihr gesagt habe, dass ich schwul bin." Ich schaltete den Motor aus. Er schaute mich nicht an. „Aber sie hat mir im selben Atemzug gesagt, dass es keine Rolle spielt, was ich bin, solange ich etwas aus mir mache. Der Druck, perfekt zu sein, sogar in einem Haus, das mit Liebe gefüllt ist, kann erdrückend sein. Und weißt du was? Ich habe meinen Dad nie kennengelernt. Er wurde zurück in die USA versetzt, als meine Mutter schwanger war, hat gesagt, dass er sie heiraten und herbringen würde. Was tatsächlich passiert ist, war, dass er sie mit ihrer unpassenden Schwangerschaft hat sitzenlassen. Der Arsch. Meine Mum hat auf dem Sofa im Haus meiner Tante Olivia gewohnt, aber als ich geboren wurde, haben wir unsere eigene Sozialwohnung bekommen, zwischen den Mitgliedern rivalisierender Drogen-Gangs."

Er drehte sich zu mir. „Seb-"

„Du denkst, ich hatte es leicht? Ich habe die Uniform für meine erste Schule von Tesco gestohlen. Ich war fünf. Ich habe keine Geschwister oder Cousins, von denen ich weiß. Es gibt nur mich, Mum und Tante Olivia. Niemand betet für meine Seele, niemand hat mir eine Prostituierte besorgt, aber ich habe *verdammt* hart daran gearbeitet, dorthin zu kommen, wo ich jetzt bin, habe mir den Arsch aufgerissen, um nur Einsen zu bekommen, damit ich ein Stipendium für die Universität erhalte. Also ja, ich verstehe, wie es ist, unter Druck zu stehen, und nein, ich hatte es nicht leicht, also lass dich nicht von den Anzügen, die ich trage, oder den perfekten englischen Vokalen, die ich benutze, in die Irre führen." Meine Stimme bebte ein wenig und während ich redete, konnte ich sehen, wie Alex' Augen sich weiteten.

„Oh", flüsterte er. „Als du gesagt hast, dass dein Dad zurück in die Staaten gegangen ist-"

„Er war in der Luftwaffe. Er ist jetzt tot, ich habe ihn nie kennengelernt, wollte es nicht, nach dem, was er getan hatte. Darum denk nicht, dass mein Leben nur eitel Sonnenschein war." Er zuckte zusammen. *Fuck, ich bin egoistisch. Was zur Hölle mache ich da?* „Ich bitte für diesen Ausbruch um Entschuldigung."

Alex schüttelte seinen Kopf. „Das musst du nicht. Mir tut es auch leid. Ich weiß, dass es nicht immer nur um mich geht."

Ich nahm seine Hand. „Hier *geht* es um dich, Alex, und ich bin für dich da, ja? Ich verstehe, was *du* gerade empfindest. Ich weiß, dass du Angst hast, aber was ist das Schlimmste, das hier passieren kann? Coach wird den mythischen JAR-Block nicht gefährden und warum sollte Mark, einer der Eigentümer des Teams, Wellen schlagen wollen?"

Alex ballte seine Hände in seinem Schoß und fluchte dann laut. Ich dachte, dass er vielleicht noch mehr gesagt hätte, aber Rowen klopfte nachdrücklich ans Fenster.

„Vierunddreißig, raus", befahl er.

Alex beeilte sich zu gehorchen. Ich folgte in ruhigerem Tempo, alles, um mir Zeit zu verschaffen, meine Gedanken zu ordnen. Alex brauchte mich auf seiner Seite und ich hatte bereits über ein paar Anwälte nachgedacht, mit denen ich in der Vergangenheit gearbeitet hatte, die ich um Rat fragen konnte.

Wir landeten alle vier in der großen Küche im hinteren Teil des Hauses. Mark machte Kaffee, Rowen saß am Tisch und Alex stand in der Tür, als wäre er auf dem Weg zu seiner Exekution.

„Brauche ich meinen Spielervertreter?", fragte Alex und da wurde mir erst bewusst, wie schwierig diese Situation war.

„Du hast nichts falsch gemacht", warf ich ein, bevor Rowen mit der Predigt begann, die in seinem Kopf brodelte.

„Wir sollten uns alle setzen", meinte Mark und reichte mir eine Tasse. „Ich habe dir Tee gemacht."

Ich schaute auf die wie Spülwasser gefärbte Flüssigkeit in einer Tasse. „Das ist eine Beleidigung für Tee", sagte ich, versuchte, die Stimmung aufzuheitern. Als ich zu den anderen schaute, starrten sie mich alle an und ich richtete mich auf. „Macht niemals, unter gar keinen Umständen, Tee für einen Briten", fügte ich mit einem Lächeln hinzu, goss ihn dann aus und schenkte mir einen Kaffee ein, bevor ich mich an den Tisch setzte. Sie hatten auf mich gewartet, aber ich hoffte, dass mein Versuch, etwas Humor in die Angelegenheit zu bringen und die ganze Sache mit dem Kaffee einschenken, die Stimmung ein wenig aufgehellt hatte. Alex war nicht länger auf trotzige Weise defensiv, sondern verängstigt und Rowen war weniger finster.

Rowen räusperte sich. „Garcia, mit wem du dich in deiner Freizeit triffst, ist allein deine Sache. Ich bin mit Mark zusammen und der junge Ryker ist mit seiner Beziehung auch sehr sichtbar. Dieses Team unterstützt dich und wenn jemand dich blöd anredet, wird er rausgeworfen. Darum geht meine erste wirkliche Frage eigentlich an Sebastian und wie er mit der Sache umgeht."

Ich blinzelte ihn an. Womit umgehen? Sex?

Mark mischte sich erneut ein. Das konnte er gut. „Was Rowen damit meint, ist, dass Alex ein Schlüssel für deine Kampagne ist."

Oh. Das.

„Genaugenommen ist er nur einer von vielen Ansätzen, mit denen wir arbeiten", fing ich an.

„Ich werde mich nicht outen", unterbrach Alex und stand so schnell vom Tisch auf, dass der Stuhl nach hinten rutschte und gegen die Wand knallte. Kaffee schwappte über den Rand seiner vollen Tasse. „Niemand kann mich zwingen, das zu tun oder es für mich managen." Er starrte mich entsetzt an, als ob ich irgendwie zugestimmt hätte, dass wir eine Poster-Kampagne machen, mit Einhörnern, Regenbögen und Alex im Zentrum.

„Ich weiß-"

„Was passiert - ?"

Rowen und ich redeten gleichzeitig und ich bedeutete ihm, anzufangen.

„Was im The Gila Monster Motor Court passiert, bleibt im The Gila Monster Motor Court." Rowen war ganz ruhig. "Setz dich, Garcia." Alex tat, wie ihm geheißen wurde und rutschte mit seinem Stuhl näher zum Tisch. „Mit wem du schläfst, ist deine Entscheidung und geht niemanden außer dich etwas an, aber hier ist ein Rat. Ihr wart an einem öffentlichen Ort. Du bist hier einigermaßen bekannt und es braucht nur eine Person, die ein Foto macht und die Nachricht, die du an die Fans schickst, wird verzerrt und toxisch. Dazu noch die Tatsache, dass dein Poster auf einer Werbetafel keinen Kilometer vom Motel entfernt prangt und du hast eine Situation. Kapiert?"

Dann schwieg er und trank seinen Kaffee.

„Ja, Coach", murmelte Alex, aber ich dachte, dass es mehr ein Reflex war als alles andere.

„Und ich möchte über Hockey reden. Alex, schau mich an." Er hob den Blick, als Rowen fortfuhr. „Willst du, dass Mark und Seb gehen?"

Alex war blass, warf einen Blick auf mich und schüttelte seinen Kopf. Ich konnte den Schmerz in seinem Gesichtsausdruck sehen. Er dachte, dass die eine Sache, die er im Moment hatte, ihm genommen werden würde und ich hoffte inständig, dass er mich nicht zusammen mit Hockey in die Wüste schickte.

„Coach?", hakte er nach, als Rowen still wurde. „Bitte, streich mich nicht. Ich werde nicht zulassen, dass das mein Spiel beeinflusst. Ich gebe im Moment alles."

Rowen schob seine Tasse zur Seite und legte seine Finger aneinander, starrte Alex an.

„Die Sache ist die, Alex, das tust du und du tust es auch nicht. Du machst hervorragende Spiele, aber du lässt dich leicht ablenken und im selben Spiel, in dem du ein Tor machst, lässt du einen Turnover zu, den das andere Team zu seinem Vorteil nutzt. Du hast wahnsinniges Können, deine Geschwindigkeit, deine Genauigkeit, die Art, wie du so mühelos mit Ryker und Jens im Block spielst. Wenn du irgendeinen magischen Spielzug machst, wirst du übermütig und dein Fokus ist dahin. Willst du mir sagen, woran das liegt?"

„Ich dachte nicht, dass ich …" Er stoppte und rieb sich die Augen. „Ich weiß es nicht."

„Gut, dann beantworte mir Folgendes. Für wen spielst du?"

„Das Team, dich, Coach."

Rowen nickte. „Aber spielst du für dich selbst? Liebst du das Spiel? Ist es, was du isst und atmest?"

Ich wartete voller Furcht auf Alex' Antwort. Natürlich liebte er das Spiel, aber gerade im Moment war das, was bei ihm alles los war, eine Ablenkung, nicht zu vergessen der ganze Stress, den er hatte, weil er sein Geheimnis verbergen musste.

„Nein", gab Alex nach einer Pause zu. „Ich will sagen, ich liebe das Spiel. Natürlich tue ich das. Es bedeutet mir alles …" Er hielt inne, sank dann sichtbar in sich zusammen. „Nein, es ist nicht alles. Es ist zu viel in mir und wenn ich ein Tor mache, kann ich nur denken …"

Er war ein starker, entschlossener Hockeyspieler,

aber gerade im Moment wirkte er verletzlich. Tat ich ihm das an? Sollte ich mich einfach zurückziehen und ihn in Ruhe lassen? Das wollte ich nicht. Ich verliebte mich schwer in ihn und wenn ich die Tatsachen von Visa und Hockey ignorierte, konnte ich mir sogar eine Zukunft vorstellen, die aus ihm und mir bestand. Zumindest für ein paar Jahre, bis er bereit war, loszuziehen und seinen Seelengefährten zu finden.

Natürlich würde es mich umbringen, wenn es zwischen uns aus war und er zu jemand anderem ging, aber das brauchte er nicht zu wissen. Er hatte ein ganzes Leben zu leben und ich war sein Experiment und hatte eine zeitliche Begrenzung, weil ich nach Hause gehen würde. Ich würde die Situation nicht verwirrender machen, darum schwieg ich.

„Was denkst du?", hakte Rowen nach.

„Dass ich die Leute stolz auf mich mache, dass ich allen zeige, dass der Latino aus San Luis in der NHL spielen und Dinge bewegen kann. Fans, das Team, sogar meine Familie, die meine Obsession mit Eis in einem gottverdammten Wüstenstaat in Zweifel gezogen hat."

„Bist du stolz auf dich selbst?", fragte Rowen sanft. „Das ist alles, was du fragen musst. Ja, du spielst für das Team, die Fans, mich, deine Familie, aber du musst auch stolz auf dich selbst sein." Stille. „Meine Tür steht immer offen, wenn du reden musst, weil ich ganz genau weiß, dass ein Spieler nur so gut ist wie die Entschlossenheit und der Stolz, den er auf sich selbst empfindet."

Alex stand wieder auf. „Darf ich jetzt gehen, Coach?"

Rowen erhob sich und streckte seine Hand aus, die Alex schüttelte. Dann kam Mark und umarmte ihn und wir trennten uns sorgsam und höflich.

Alex saß still im Auto, als wir zurück zu seinem Haus fuhren, und ich drängte ihn nicht, legte nur in stummer Unterstützung eine Hand auf sein Knie. Als wir ankamen, lud er mich nicht ein, hereinzukommen, und warum sollte er? Stattdessen drückte er meine Hand und nickte. „Danke für alles", sagte er und ging.

DREI TAGE lang wartete ich darauf, dass *er* mir schrieb, während ich ihm kleine Nachrichten über meinen Tag schickte. Nichts zu Kompliziertes, Einzelheiten zu seinen Promos, eine lustige Geschichte über Colorado und seine Unfähigkeit, bei Interviews still zu sitzen und ein Link zu ein paar Hockey-Memes. In diesen drei Tagen nahm er an zwei Trainings teil und heute war das nächste Spiel, ein Lokalderby gegen L. A., wodurch die Spannung im Stadion stieg. Es war ein Heimspiel, was bedeutete, dass eine große Anzahl Fans von L. A. in das Stadion einfallen würde und es war dieses Spiel, das wir als Mittelpunkt für die erste Episode unserer neuen Hinter-den-Kulissen-Dokumentation, *Raptors-Radio*, gewählt hatten, was ein cooler Name war, auch wenn es nicht im Radio kam. Es vermittelte ein Gefühl von Nostalgie. Es würde bis zum Ende der Saison drei Folgen geben.

Gestern, nach einem hitzigen Training, hatten Ryker, Jens und Alex einen Wettbewerb ausgetragen, mit

Footballs und Hockeyschlägern, auf dem Eis. Ich war dabei und hatte zugesehen, wie die drei herumalberten und ich hätte nicht sagen können, dass die Sache im The Gila Monster Motor Court überhaupt stattgefunden hatte. Er lächelte, grinste, machte Scherze, als ob er auf der Welt keinerlei Sorgen hätte und die Bilder, die wir bekamen, waren unglaublich gut. Genug für die Folge, dazu ein paar GIFs und Fotos, die wir in den Sozialen Medien nutzen konnten. Wenigstens sah mich niemand die Fotos von Alex in meinem Büro anstarren, niemand außer Jason. Der mich laut als Flachwichser bezeichnete, mich erneut zu Tode erschreckte und dann auf Alex auf meinem Bildschirm deutete.

„Schöne Fotos", war alles, was er sagte, aber ich hatte das Gefühl, dass ich überreagiert hatte, mit meinem Schnaufen und dem schnellen Schließen des Fensters. Wenn der Blick, den er mir zuwarf, irgendetwas zu sagen hatte, dann wusste er, dass ich gestarrt hatte. Er war es gewesen, der mich für heute Abend in die Suite eingeladen hatte, um mir das Spiel im Luxus anzusehen, weil er mit der Familie seiner Frau unterwegs war und die Suite Anwesende brauchte, was, wie ich zugeben musste, gut fürs Marketing war. Darum saß ich hier, trank ein Bier und schaute mir das Spiel von ganz oben an.

Hockeyspiele waren ähnlich wie Fußballspiele in England. Es gab keine echte Trennung der Fans. Alle waren freundlich, zum größten Teil. Es gab in den Rängen keine Gewaltausbrüche, die ich sehen konnte, aber es gab eine Menge Jubel, jedes Mal, wenn der JAR-

Block aufs Eis ging. Ich war selbstzufrieden. Wir führten mit zwei Toren, beide vom JAR-Block erzielt, und obwohl Alex die Tore nicht gemacht hatte, wurden ihm die Assists gutgeschrieben. Er war heute Abend entfesselt, konzentriert, genau und kämpfte um jeden Puck, der in seine Richtung kam. Als das dritte Tor fiel, dieses Mal ein Passen von Alex zu Ryker und zurück zu Alex, sprang ich mit den Raptors-Fans auf und jubelte.

Das ist mein Alex da unten, ganz cool und sexy.

Nach dem Spiel lungerte ich noch im Stadion herum. Wir hatten L. A. mit drei zu eins besiegt und ich wollte die reine Aufregung aufsaugen, die um das Team herum vibrierte. Ich verbrachte Zeit damit, die Fans zu beobachten und mit den Jungs im Fanshop der Raptors zu reden, bemerkte, dass es Ryker-Trikots waren, die aus den Regalen flogen, wenn man zweiundfünfzig an einem Abend als fliegen bezeichnen konnte. Wer wusste das schon, aber ich musste lächeln, als sie mir erzählten, dass sie einundzwanzig Garcia-Trikots mit der Nummer vierunddreißig verkauft hatten. Es gab sogar Beweise mürrischen Respekts von den Fans aus L. A., die sich noch im Stadion tummelten, auch wenn ich ein paar Flüche hörte und hin und wieder die Aussage, dass sie wollten, dass Ryker auf der Stelle an ihr Team verkauft wurde. Ich konnte keine Welt sehen, in der die Raptors Ryker oder Alex gehen lassen würden, aber Hockey war ein seltsames Spiel.

Dann wartete ich auf dem Parkplatz auf die Spieler, gab ihnen High Fives, als sie in Zweier- und Dreiergruppen herauskamen und endlich entdeckte ich Ryker und Alex. Sie blieben stehen und signierten Caps und Trikots, scherzten mit den bewundernden Kindern, die für dieses Samstagsspiel lang hatten aufbleiben dürfen. Als sie näherkamen und Alex mich bei meinem Mietwagen stehen sah, stoppte er und sagte etwas zu Ryker, was dazu führte, dass sie ihre Fäuste gegeneinanderschlugen. Nur Alex kam zu mir, Ryker stieg in sein Auto und fuhr davon.

„Soll ich dich mitnehmen?", fragte ich.

Scheiße, das war eine doppeldeutige Frage.

Alex nickte und stieg ins Auto, schnallte sich an.

„Können wir irgendwohin fahren und uns unterhalten?"

Furcht baute sich in mir auf, aber ich blieb positiv.

„Jason ist nicht da, hat Yvonne und die Kinder mitgenommen. Wir könnten zum Pool-Haus fahren?"

„Und reden?", fragte er.

„Reden ist gut."

Ich schaltete das Radio an, eine Late-Night Talkshow über klassische Literatur an Schulen. Der Himmel wusste, wie ich diese Sendung gefunden hatte und mit einer kurzen Berührung des Knopfes wechselte ich zu einem 90er Musikkanal und wir fuhren zum Klang von allem, von Justin Timberlake bis hin zu Madonna, zurück zum Pool-Haus. Ich parkte, sperrte das Auto ab und wir beide gingen zu meinem Heim weit weg von Zuhause.

Ich fragte mich, wie lang das Reden dauern würde und ob es das Ende von allem wäre.

Die Schultern zurückgezogen, entschlossen, für mich selbst zu sprechen, zog ich meine Anzugjacke aus und legte sie über die Lehne des nächsten Stuhls.

„Ich muss dich küssen", verkündete er und schob

mich rückwärts an die Wand, wo er mich festhielt. „Ich will nicht reden.“

Der Kuss war elektrisch. Die Tatsache, dass wir am Boden meines Flurs endeten, uns küssend und einen herunterholend, war etwas ganz anderes.

Das hier mochte ein Abschied sein, aber Himmel, es war ein heißer Abschied. Wir lagen befriedigt und uns umarmend auf dem harten Boden und ich wartete auf die Worte, vor denen ich mich fürchtete.

„Seb?“

Ich strich mit meinen Fingern durch seine weichen Haare. „Mh-hm?“

„Du kannst Nein sagen, wenn du es nicht tun willst, aber ich möchte dich irgendwie etwas fragen.“

DREIZEHN

Alex

Sein Gesichtsausdruck wechselte von befriedigt zu angespannt, dann zu etwas, das schwieriger zu lesen war.

„Kann ich aufstehen, bevor du diese Frage stellst? Mein Rücken ist über diesen harten Boden nicht allzu erfreut."

„Klar, ja." Ich sprang auf, stopfte meinen Schwanz zurück in meine Hose und bot ihm meine Hand an. Die saubere, nicht die, die mit klebriger Wichse bedeckt war. „Ich muss …" Ich hielt meine Hand in die Höhe und nickte in ihre Richtung. Er machte dasselbe, ein schwaches Lächeln umspielte seine geschwollenen Lippen. Es erregte mich ein wenig zu sehen, dass meine Küsse seine Lippen so rosa gemacht hatten. Das war wahrscheinlich keine gute Sache, aber so war es.

Wir tappten in die Küche, wuschen uns und versuchten, unsere Kleidung wieder in Ordnung zu bringen. Ich hatte meine Jacke, Krawatte und Hemd ausgezogen, als wir uns gegenseitig befummelt hatten.

Sebastians Blick wanderte immer wieder zu meinem Brustkorb und Bauch, während wir unsere Hände mit Papierhandtüchern trockneten. Jetzt da wir die Lust verbrannt hatten, war die Luft um uns schwer und erdrückend.

„Kaffee?", fragte Seb und ich nickte. „Du kannst mir die Frage stellen, während ich den Kessel aufsetze. Ich habe mir tatsächlich einen gekauft." Er wedelte damit vor mir herum, als ob er beweisen wollte, dass er sich einen besorgt hatte. „Ich kann nicht glauben, dass es in dieser Küche keinen elektrischen Wasserkessel gegeben hat. Und Tee. Ich habe Tee mitgebracht, PG Tips Tee aus dem World Market. Ich nehme den überallhin mit. Erst gestern war ich in dem Coffeeshop gegenüber dem Stadion und habe Tee bestellt und sie haben ihn mir schwarz gegeben und als ich um etwas Milch gebeten habe, haben sie mir eine ganze Flasche gebracht, in der sich mindestens eineinhalb Liter befanden. Stell dir ein Land vor, in dem es nur ein paar verschiedene Teesorten gibt, aber achthundertvier Kaffeemarken. Heiden."

Ich lachte angesichts seines nervösen Geplauders über Tee. Als Nächstes würde er über das Wetter reden, was sein anderes Thema war, wenn er Lücken in einem Gespräch füllen wollte. „Es tut mir leid, wenn du dich wegen mir unwohl fühlst."

Er schaute zu mir, füllte dabei den Kessel mit Wasser. „Es ist nicht so, dass ich mich wirklich unwohl fühle. Nun, vielleicht sind die Dinge *ein wenig* peinlich, aber es ist mehr das Gefühl, in die eine Richtung geschleudert und dann in die andere gezogen zu werden. Ich bin mir nicht sicher, aber ich glaube, ich habe ein leichtes Schleudertrauma."

„Ja, ich weiß." Ich schob meine Hände in meine vorderen Taschen, spielte mit dem Wechselgeld und den Rändern meines Handys. „Das tut mir auch leid. Mein Kopf war … nun, ich bin schon seit langer Zeit durcheinander. Dich kennenzulernen, hat alles noch schlimmer gemacht."

Er seufzte tief, drehte sich dann mit dem Kessel in der Hand zu mir. „Ich hatte nie vor, dein Leben schwieriger zu machen, Alex."

„Nein, hey, nein. Ich habe das nicht auf negative Weise gemeint. Nun." Ich drehte eine Münze in meiner Tasche. „Na gut, vielleicht ein klein wenig auf negative Weise, aber diese negative Weise hat zu etwas Positivem geführt."

Seine glatte Braue rutschte an seiner Stirn nach oben. „Jetzt komme ich gar nicht mehr mit."

„Das dachte ich mir." Er schenkte mir ein irgendwie müdes Lächeln, drehte sich dann um, um den Kessel anzuschalten.

„Können wir uns setzen? Vielleicht kann ich meine Gedanken besser ordnen, wenn ich nicht auf deinen Hintern starre."

Er schüttelte seinen knackigen Hintern für mich. Das brachte mich zum Lachen und ein Teil der Anspannung, die in der kühlen Luft wirbelte, verging.

„Wir werden uns hinsetzen, aber du musst dein Hemd anziehen", konterte er. Darum setzten wir uns, um alles fair zu gestalten, auf die Couch, nachdem ich mein Hemd angezogen hatte. Ich knöpfte es aber nicht zu. Ich liebte es, wie seine Augen über meinen Körper wanderten, beinahe so sehr, wie wenn seine Hände es taten.

„Also gut, es geht um Folgendes …" Ich rutschte herum, bis ich ihm zugewandt war, ein Bein nach oben gezogen, mein Arm auf der Rücklehne der Couch, meine Finger auf seiner Schulter. „Heute sind zwei Dinge passiert. Von außen betrachtet, mögen sie nicht groß wirken, aber für mich waren sie monumental."

Er nickte mir zu, dass ich fortfahren sollte. Ich schob meinen Finger unter den Kragen seines Hemdes, nur um ihn zu spüren. Seine Haut war warm, weich und roch wie ein sommerlicher Drink mit Zitrone. Ich könnte ihn für immer schmecken.

„Als wir die Umkleide verlassen haben, ist Louis Dillinger auf mich zugekommen. Louis und ich haben im selben College-Team gespielt. Er spielt jetzt für L. A.", erklärte ich, um die Verwirrung in seinem Gesicht zu vertreiben. „Wir standen uns damals ziemlich nahe. Sind immer zusammen auf Dates gegangen, solche Dinge. Jedenfalls, heute Abend hat er mir geschrieben. Louis ist ein großartiger Mann. Ein echter Frauenheld. Darum hat er mich auf sein Hotelzimmer eingeladen, wo, wie er sagte, Zwillinge auf uns warten."

Sebastians Augen weiteten sich ein klein wenig. „Das ist ein ziemlich freundliches Angebot."

„Ja, oder? Und irgendwann einmal, vor vielleicht sechs Monaten, hätte ich es gemacht. Ich wäre mit ihm zurück in sein Hotel gegangen und ich hätte eine von ihnen flachgelegt, weil *soy un hombre macho*." Ich schlug mir auf den Brustkorb. „Ich bin ein Macho", übersetzte ich und bekam ein Nicken von ihm. „Ich musste das jedem beweisen. Heute Abend habe ich dankend abgelehnt. Ich habe ihm gesagt, dass ich jemand Besonderen habe und dass ich mit dieser Person zusammen sein möchte."

Seine Augen leuchteten auf. „Das ist süß. Ich finde auch, dass du etwas Besonderes bist."

Ich strich mit meinen Fingerrücken über sein Schlüsselbein. „Ich mag dich wirklich sehr. So sehr." Ich seufzte, als er sich vorbeugte, um einen Kuss auf meine Lippen zu drücken. „Gut, zurück zum Thema, oder wir liegen wieder auf dem Boden." Er schnaubte leise. „Es hat sich gut angefühlt, ihm abzusagen, als wäre es ein weiterer kleiner Schritt dahin, Abstand zwischen den echten Alejandro zu bringen und diese wahnsinnig falsche Persönlichkeit, die ich vorgegeben habe zu sein. Während ich den Flur entlangging, mich ganz übermütig wegen meines Fortschritts gefühlt habe, wurde mir klar, dass ich nicht gesagt habe, dass ich einen besonderen Mann zu Hause habe. Das hat ein wenig an mir genagt."

„Alex, es gibt keinen richtigen oder falschen Weg auf der Reise zu Selbsterkenntnis und Akzeptanz. Jeder kleine Schritt führt uns in die richtige Richtung." Der Kessel ging aus und er erhob sich, um unsere Getränke vorzubereiten. Als er zurückkehrte, reichte er mir eine Tasse mit seinem absolut seltsamen Instant-Kaffee, setzte sich dann mit einer Tasse Tee in den Händen neben mich.

„Danke, das riecht gut", log ich, nahm dann einen Schluck und lächelte, bevor ich die große blaue Tasse auf meinem Oberschenkel abstellte, wo sie mein Bein sehr schön wärmte. „Jedenfalls habe ich mich aufgeregt, weil ich nicht schwuler oder so bin, ich weiß es nicht."

„Ich finde, du bist ziemlich schwul." Er zwinkerte und zog seinen Kragen nach unten, um mir einen frischen Knutschfleck auf seinem Schlüsselbein zu zeigen.

„Hashtag sorry, not sorry." Er verdrehte die Augen. „Da stand ich und habe mich gefragt, wie ich schwuler sein und mich nicht outen könnte, als mein Handy klingelte. Es war meine kleine Schwester, Elizabeth. Sie hat mich angerufen, um mir zu sagen, dass sie sich gegenüber *Mamá* und *Abuela* durchgesetzt und den Jungen ihrer Wahl als *Chambelán de honor* ausgesucht hat. Sie war ganz aufgeregt vor Stolz und hat mir ewig von diesem Jungen erzählt, Dwayne, der nicht nur *kein* Latino ist, sondern schwarz. Er ist nicht einmal katholisch. Sie und er daten mit viel Flirten, wie sie sagt. Ich habe keine Ahnung, was Daten mit viel Flirten ist, aber sie hat seine Familie kennengelernt und sie lieben sie."

„Schön für sie", antwortete er, trank seinen Tee und wartete geduldig darauf, dass ich endlich zum verdammten Punkt kam.

„Ja, ich habe dasselbe gesagt. Ihre Entscheidung kam in meiner Familie nicht gut an und sie muss sich ziemlich viel von den älteren Familienmitgliedern anhören, aber sie bleibt bei ihrer Entscheidung. Sie ist so stark, sich ihrer selbst so sicher, so unaufhaltsam. Und dann bin da ich. Ich bin älter als sie, größer, stärker und doch lässt sie mich wie eine Maus aussehen. Es beschämt mich, dass meine kleine Schwester mehr Rückgrat hat als ich. Was für eine Art Mann versteckt sich vor seiner Wahrheit?"

„Alex …"

„Ich möchte, dass du als mein Date mit zur *Quinceañera* meiner Schwester kommst."

Er sah aus, als ob jemand ihm in den Solarplexus geschlagen hätte. Seine Augen flammten auf, sein Mund teilte sich ein wenig und seine Teetasse war an seiner Unterlippe erstarrt. Er senkte sie schließlich, befeuchtete seine Lippen und blinzelte.

„Ich weiß nicht, was eine *Quinceañera* ist, es tut mir leid."

„Oh, nein, das muss dir nicht leidtun. Es ist eine Party. Äh, wie eine Sweet Sixteen Party oder ein Debütantinnenball?" Er nickte. „Es wird gefeiert, dass ein Mädchen fünfzehn wird und signalisiert, dass sie eine Frau wird. In der Latino-Kultur ist das eine Riesensache. Alle ziehen sich schön an und meine Eltern werden ein Vermögen dafür ausgeben."

Er starrte mich stumpf an, als ob sein Kopf Probleme mit dem ganzen Konzept hätte. „Und du willst mich zu dieser äußerst wichtigen Feier als dein Date mitnehmen?"

„Ja."

Er stellte seine Teetasse langsam auf den Tisch, drehte sich dann, um mir direkt in die Augen zu sehen. „Alex, ich bin mir nicht sicher, ob das die beste Art ist, sich zu outen."

„Ich werde es meiner Familie vor der *misa de acción de gracias* erzählen." Wieder dieser verlorene

Gesichtsausdruck. „Es ist eine Dankesmesse für das Mädchen, das den Übergang zur jungen Frau macht."

„Es gibt eine Messe?"

„Oh, ja. Glaub mir, es gibt für alles eine Messe. Gebrochene Zehennägel bekommen eine Stunde Fürbitten."

„Ah, nun, das ist ..."

„Ich verstehe es, wenn du nicht Teil des ganzen Mistes sein möchtest, der passieren wird. Ich verstehe das absolut. Ich kann auch als Single gehen, aber ich werde meiner Familie sagen, dass ich schwul bin. Ich kann so nicht mehr weitermachen. Die Angst, die Sorgen, der ständige Stress, dass jemand es herausfindet, bringt mich um. Es ruiniert mein Spiel. Es entzieht meinem Leben alle Freude. Wenn sie mich hassen, dann hassen sie mich, auch gut. Aber dann bin ich wenigstens frei, ich selbst zu sein."

Er fuhr mit seiner Hand an meinem Kiefer entlang, seine Handfläche war herrlich warm von seinem Tee. „Es wäre mir eine Ehre, als dein Date zu Elizabeths *Quinceañera* zu gehen."

„Ja?" Eine Million Sonnen erwachten in meinem Brustkorb zum Leben.

„Oh ja."

„Ich glaube, ich liebe dich."

„Das beruht auf Gegenseitigkeit."

Wir küssten uns so lang, dass unsere Getränke kalt wurden. Was in Ordnung war. Ich mochte Eiskaffee und ihn mochte ich *wirklich*.

. . .

AM NÄCHSTEN TAG, ganz in der Früh, immer noch aufgeregt und wild entschlossen, fuhr ich zu Henry. Ryker hatte irgendein Teamfotoshooting, das Sebastian organisiert hatte, an dem er teilnehmen musste, etwas in einem Tierheim mit Welpen, darum war ich solo unterwegs. Die Fahrt war schön, die Sonne fing gerade an, die trockene Luft zu erwärmen. Ich machte halt, um Frühstückssandwiches und extra große Kaffees für Henry und mich zu kaufen, dazu tankte ich noch und dann rollte ich in Richtung Reha-Klinik, wobei Maluma und Ricky Steh-Still-Mein-Verdammtes-Herz Martin aus den Lautsprechern dröhnten. Mann, ich stand sehr auf Ricky, aber wer tat das nicht? Ich war wohl schon länger ein Fan älterer Männer, als mir klargewesen war. Ich grinste, als ich an etwas dachte, das meine *Abuela* gern sagte, wenn sie über Mr Martin redete. Sie sagte *„Ricky Martin es como una pasa. Cuantas más arrugas má sabrosa es la fruta."*

Ich konnte nichts dagegen einwenden. Ricky *war* wie eine Rosine. Je mehr Falten, umso schmackhafter die Frucht traf es genau, irgendwie genau wie bei Sebastian. Nicht, dass mein Mann viele Falten hatte, aber er hatte einige wunderschöne feine Linien um seine Augen und seinen Mund. Lebens- und Lachfalten. Unglaublich heiße Falten, die ich gerne mit sanften Küssen bedeckte, wenn wir kuschelten. Grinsend und summend fuhr ich auf den Parkplatz der Reha-Klinik, *No Se Me Quita* füllte die Morgenluft. Dann trat *er* durch die breite Doppeltür und all diese guten Gefühle verschwanden wie Nebel über einem See, sobald die Sonne über den Horizont kommt.

„Hey, Speedy Gonzales, wir haben hier eine Geschwindigkeitsbegrenzung!", schrie Mr Gemieteter-Polizist, als er zu mir marschierte und mich finster anstarrte. „Fahr gefälligst langsamer und schalt diesen Scheiß aus. Wir haben hier kranke Menschen, die versuchen, wieder gesund zu werden, und deine laute ethnische Musik stört die Ruhe, die diese Patienten brauchen."

Ich schaltete den Motor aus und die Musik erstarb. Er stand direkt neben der Fahrertür, ein großer Mann, so viel stand fest, aber nicht groß genug, um mich einzuschüchtern. Ich war wahrscheinlich zwanzig Jahre jünger als er, ein Profi-Sportler und ein verdammt guter Kämpfer. Wenn er etwas anfangen wollte, würde ich es beenden. Ich hätte diesen *idiota racista* schon das letzte Mal konfrontieren sollen, als er mich blöd angemacht hatte, aber ich war ein braver Latinojunge gewesen.

„Ja, weil dein Geschrei hier die Patienten nicht stört?", feuerte ich zurück. Seine Nasenflügel blähten sich.

„Gibst du mir Widerworte?"

„Nein, Sir, ich weise nur darauf hin, dass deine erhobene Stimme wahrscheinlich aufwühlender ist als ein lebhafter Song über die Schönheit des Kusses des Liebhabers dieses Mannes auf seinen Mund ist."

Seine Hand legte sich auf seine Waffe. Das brachte mich schnell zum Schweigen, was genau das war, was das Arschloch wollte. Er beugte sich über die Tür, was in mir den Wunsch weckte, dass ich das Dach auf meinem Jeep hätte. Seine blauen Augen waren schmal, seine dünnen blonden Haare wehten im Wind und auf seinen Lippen lag ein hasserfülltes Lächeln.

„Du kommst mir wie ein Punk vor. Ein kleiner Mexikaner-Punk, der denkt, dass er über den Regeln und Gesetzen steht, weil er in einem Verlierer-Team Hockey spielt. Lass mich dir etwas sagen und ich möchte, dass du genau zuhörst, *Amigo*. Das nächste Mal, wenn du mir gegenüber frech wirst, ist das letzte Mal, dass du auf dieses Gelände darfst. Ich werde deinen schmierigen Hintern aus diesem Auto zerren und eine Bürgerfestnahme vornehmen, weil du in einer Dreißiger-Zone zu schnell gefahren bist. Ich habe vielleicht auch irgendeine Straftat gesehen, jetzt, wo ich darüber nachdenke. Vielleicht schmuggelst du illegale Substanzen in das Gebäude. Ich sollte mir besser diese Tüte mit Essen ansehen, für den Fall, dass sie voller Drogen ist, die deine Mutter über die Grenze gebracht hat."

Es brauchte jedes Gramm Willenskraft, das ich besaß, ihm nicht ins Gesicht zu schlagen, sondern langsam nach der weißen Tüte zu greifen, die auf dem Sitz neben mir lag und sie ihm zu reichen. Peter Marks, das war der Name auf seinem Schild, öffnete die Tüte, schaute hinein, schaute mich an und ging dann davon, warf das Essen, das ich für Henry gekauft hatte, gut für mich zu sehen in einen Abfalleimer und marschierte dann ins Innere des Gebäudes.

Zehn Minuten lang saß ich da, meine Hände zu Fäusten geballt, zitternd vor Wut, bis ich mich so weit beruhigt hatte, dass ich dachte, ich wäre vielleicht in der Lage, Henry zu treffen und für einen meiner besten

Freunde zu lächeln. Peter saß direkt hinter der Tür, plauderte nett mit ein paar Leuten, lächelte und scherzte, sein Blick huschte zu mir, als ich um sie herum ging, die Kaffeetassen in der Hand. Ich warf ihm einen nichtssagenden Blick zu und kümmerte mich um meine Angelegenheiten. Ich wollte nicht die nächste farbige Person sein, die von einem idiotischen Eiferer mit einer Waffe und einem Hass auf *andere* in den Rücken geschossen wurde, obwohl ich ebenso ein amerikanischer Staatsbürger war wie er.

Henry saß in seinem Bett, umgeben von Blumen, sah müde und unglücklich aus, als ich ankam. Sein Gesicht leuchtete ein wenig auf, als er mich sah. Ich umarmte ihn sehr vorsichtig, setzte mich dann neben das Bett, reichte ihm seinen Karamell-Macchiato, während ich an meinem Café Americano nippte.

„Ah, danke, die vermisse ich", sagte er, hatte dann Probleme bei dem Versuch, die Plastikabdeckung abzubekommen. Ich richtete mich auf und half ihm, lehnte mich auf meinem Stuhl zurück, sobald er einen Schluck genommen hatte. „Ich vermisse so viel. Ich fange an zu denken, dass ich hier nie rauskommen werde."

Sein Auge war immer noch verbunden, sein Bein im Gips und seine Stimmung am Boden. „Du wirst in kürzester Zeit hier draußen sein und nächste Saison wieder auf dem Eis stehen. Nein, Mann, streite dich nicht mit mir. Ich habe unglaubliche mentale Fähigkeiten. Ich kann die Zukunft vorhersagen, indem ich den Schaum in meiner Kaffeetasse lese."

„Du trinkst keinen Kaffee mit Schaum", bemerkte er

schnell. Ich kicherte. „Es tut gut, dich zu sehen, Alex. Meine Eltern kommen so oft, wie sie können, mein Bruder auch. Mom sagt, dass ich zurück zu ihnen nach Illinois kommen muss, um meine Therapie weiterzuführen, sobald sie mich hier rauswerfen. Ich will *nicht* zurück nach Wheaton ziehen, aber die Ärzte sagen, dass ich nicht allein sein kann und dass ich jemanden brauche, der bei mir wohnt."

„Zieh wieder zu mir und Ry. Wir passen auf dich auf." Ich schob ein großes Blumengesteck zur Seite. Auf der Karte, die zwischen den leuchtend rosa und lila Blüten steckte, stand *Adler*.

Er schüttelte seinen Kopf. „Ihr Jungs seid weg, sobald die Saison endet. Ryker nach Minnesota zu Jacob und du zurück nach San Luis zu deiner Familie."

„Auf gar keinen Fall. Ich bleibe hier und kümmere mich um dich." Ich schaute mich in dem Zimmer um. „Schickt Adler Lockhart jeden Tag Blumen?" Jeder verfügbare Zentimeter war mit Blumen bedeckt, alle mit einer weißen Karte mit dem gekritzelten Namen.

„Ja, bis jetzt hat er mir auch eine Apple-Watch geschickt, ein neues Handy, vierzehn Füller, ein Glas mit eingelegter roter Beete und ein Kätzchen."

Meine Augen wurden groß. Das brachte Henry zum Lächeln. Mann, er war niedlich, wenn er lächelte. „Ein echtes Kätzchen?"

„Nun, nein, ein Plüschkätzchen mit einer Urkunde eines Tierheims in der Nähe von Harrisburg, auf der steht, dass ich ein Kätzchen adoptieren kann, sobald ich entlassen werde."

„Der Kerl nimmt das mit den Geschenken sehr ernst", murmelte ich.

„Kann sein. Aber mir würde ein Kätzchen gefallen. Der Sommer wird lang und meine Eltern und ich … wir haben Momente, in denen wir uns nicht verstehen."

„Vielleicht kann Lockhart jemanden finden, der über den Sommer bei dir bleibt, während du dich erholst und hier in Arizona in Therapie gehst", schlug ich vor und er nickte langsam, als würde er ernsthaft darüber nachdenken. Dann knurrte sein Magen, genau wie meiner und ich verfluchte Pete *Arschloch* Marks in meinen Gedanken. Aber es bestand kein Grund, Henry mit diesem Scheiß aufzuregen. Er hatte genug, um das er sich Sorgen machen musste. „Ich breche besser auf. Morgentraining. Coach ist absolut streng, was Zuspätkommen betrifft."

„Ja, ich kann mich erinnern. Sag allen einen Gruß von mir und danke für das hier." Er hielt seinen Kaffee in die Höhe. „Ich vermisse das und dich und einfach die normalen Dinge zu tun, wie irgendwohin zum Frühstück zu gehen oder mit dir abzuhängen und Horrorfilme anzusehen. Mein Leben … ist irgendwie beschissen."

Scheiße.

„Es wird besser, das verspreche ich." Ich stand auf, tätschelte sanft seinen Oberschenkel und berührte seine Faust mit meiner. Pete und ich hatten einen visuellen Showdown an den Eingangstüren, aber er stand nicht von seinem Platz auf. Der Arsch hatte mich vorhin wohl genug genervt. Ich glitt hinter das Lenkrad meines Jeeps, küsste zwei Finger und drückte sie auf die kleine Statue der Heiligen Jungfrau auf meiner Konsole. Sie war bei mir, seit ich mein erstes Auto gekauft hatte, ein Geschenk von meiner Mutter. „Bitte, wach über Henry. *Santa Maria, madre de Dios.*"

Ich fuhr rückwärts aus dem Parkplatz, am Eingang vorbei und drehte dann *Abuelas* Lieblingsradiostation auf, die, die traditionelle mexikanische Songs spielte. *Guadalajara* erklang in voller Lautstärke und ich flog über die letzte Bodenschwelle hinaus auf die Straße, der Klang einer Mariachi-Band wehte hinter mir. Im Rückspiegel sah ich, wie Pete das Arschloch herausrannte, um mir finster hinterher zu starren. Ich lachte den ganzen Weg bis zum Stadion.

VIERZEHN

Seb

„Und der Sinn ist?", fragte Colorado, die Hände in die Hüften gestemmt, sein Kinn nach vorne gereckt und ich wusste, dass ihn auf die Zamboni zu bringen ein sinnloses Unterfangen sein würde, wenn ich den Deal nicht versüßte. Dennoch würde ich es zuerst auf die harte Tour versuchen, weil Colorado mich manchmal gewinnen ließ.

„Der Punkt ist, dass wir dich und Alex filmen, wie ihr mit den Zambonis von hier nach dort um die Wette fahrt." Ich deutete auf die Ziellinie am anderen Ende des Parkplatzes des Raptors-Trainingsstadions. „Ihr werdet Mikrofone haben, die Zuschauer werden hören, was ihr sagt und wie ihr lacht und es wird eine wunderbare Promo für das Team sein."

Er runzelte die Stirn und dann trat ein kalkulierender Ausdruck in seine Augen. Scheiße, da war es, die Kunst des Goalies, einen Deal zu machen, trat an die Oberfläche. Ich hatte keine Probleme mit Alex gehabt, der bereits auf seiner Zamboni saß, auf die

Ziellinie starrte und den Kurs visualisierte, so wie ich ihn kannte.

„Ich mache es, wenn du mich aus dieser GoPro-Sache rausnimmst."

Ich seufzte innerlich. GoPros waren Kameras, die an den Helmen befestigt wurden. Der Spieler fuhr los und machte sein Ding auf dem Eis und die GoPro zeigte, was er sah. Ich hatte Ryker und Colorado vorgemerkt, das nach dem freien Training morgen zu machen, und ich konnte nicht verstehen, warum einer dieser selbstbewussten Hockeyspieler sein Können nicht zeigen wollte.

„GoPro", wiederholte ich.

„Jep, der Scheiß macht mich schwindlig, wenn ich ihn mir danach anschaue." Er neigte seinen Kopf, als wollte er mich herausfordern, dagegen etwas einzuwenden.

Ich machte eine lange Pause, als würde ich über das Problem nachdenken. „Hast du darüber nachgedacht, es nicht anzusehen?", fragte ich.

Er schaute ungläubig drein und deutete mit seinen Daumen auf seinen Brustkorb. „Hast du mich gesehen? Wer würde sich das nicht anschauen?"

Marcia, die Kamerafrau, räusperte sich. „Jungs, ich muss heute pünktlich weg."

Noch ein paar Augenblicke, in denen ich so tat, als würde ich nachdenken, dann seufzte ich mürrisch. „Na gut, wir haben einen Deal."

Er jubelte und kletterte dann auf seine Zamboni, tätschelte sie. „Modell Fünfhundert", sagte er. „Wusstest du, dass die Höchstgeschwindigkeit dieser Maschine fünfzehn Komma sechs Stundenkilometer ist und dass sie in dreiundneunzig Komma fünf Sekunden von Null auf einen viertel Kilometer pro Stunde beschleunigen kann?" Er tätschelte sie erneut, machte es sich dann auf seinem Sitz bequem. „Sei bereit zu verlieren, Cherry", schrie er zu Alex hinüber. Aus irgendeinem Grund hatte er angefangen, Alex Cherry Garcia zu nennen und die Cherry war geblieben. Ich hatte bemerkt, dass ein paar Leute in der Umkleide angefangen hatten, Alex so zu nennen, und ich dachte, dass es ihm recht war und dass er sogar ein wenig stolz war. Ich konnte sehen, dass seinen offiziellen Hockey-Spitznamen zu bekommen ein Highlight in der Karriere eines Spielers war.

„Na schön, lasst es uns durchziehen", meinte Marcia und nach ein paar Mikrofon-Tests für die Audioaufnahmen, waren wir bereit loszulegen. Ich hatte sogar eine schwarz-weiße Flagge im Internet gefunden und hatte sie sorgsam mit einem Raptors-Logo beklebt und ich war derjenige, der den Startschuss geben würde. Marcia zählte uns ein.

„Gentlemen, startet die Maschinen."

Alex verbockte seinen Start, was Colorado dazu veranlasste, ihm etwas zuzurufen, beide lachten hysterisch, bevor sie überhaupt richtig angefangen hatten. Es tat meinem Herzen gut, Alex lachen zu sehen, weil er immer nervöser wurde, je näher wir der Party zum fünfzehnten Geburtstag seiner Schwester kamen. Nicht auf dem Eis, nein, auf dem Eis war er ein verdammtes Genie, nutzte Chancen, benutzte seinen Körper und der JAR-Block machte, dass Dinge passierten. Dazu kam noch, dass die Kampagne in den

Sozialen Medien Interesse erregte, vor allem, nachdem ich den Twitter-Account einem jungen Praktikanten von der UA übergeben hatte. Er war ein lustiger Kerl, riss Witze, nahm an Twitter-Diskussionen mit anderen Teams teil und hatte einen kompletten Ausstech-Kampf mit dem Team von L. A. aufgebaut. Die Optik war gut und es gab eine wachsende Fan-Basis für Ryker und Alex. Die Leute fokussierten sich weniger auf die Tatsache, dass das Team beschissen war, und fingen an, es Wiederaufbau zu nennen. Dazu kamen ein paar wenige Erfolge auf dem Eis, ein paar Siege und einige Punkte von unentschiedenen Spielen nach der normalen Spielzeit, sowie die Tatsache, dass Aarnis Gegenklage abgewiesen worden war.

Aber es war Alex, den ich jetzt beobachtete, als er und Colorado sich ihren Weg durch zwei identische, nebeneinanderliegende Hinderniskurse suchten. Sie zogen sich gegenseitig auf, jubelten laut und Marcia nahm alles auf, sogar die Teile, als Colorado gefährlich über die Seite hing, als würde er ein Pferd reiten.

Ich liebte Alex so sehr, dass er und das Team alles waren, worüber ich nachdenken konnte. Die zehn Jahre Altersunterschied spielten keine Rolle und die Tatsache, dass er ein Neuling war, was die ganze Sex-mit-Männern-Sache betraf, war nie ein Problem gewesen. Ich war noch nie mit jemandem zusammen gewesen, der so empfindsam war wie Alex und ich bezweifelte, dass ich das je sein würde.

Natürlich war unsre Zeit begrenzt. Ich wusste das, aber ich konzentrierte mich auf das Hier und Jetzt und genoss die Wärme und das Glück, *verliebt* zu sein.

Alex war jetzt vor Colorado, nachdem der Goalie eine Art Tanz aufgeführt hatte und abgelenkt gewesen war und obwohl ich unparteiisch bleiben musste und dies nur eine dämliche Publicity-Aktion war, war ich so verdammt stolz auf meinen Mann, weil er gewann.

Ja, mich hatte es voll erwischt.

Ich joggte mit der Flagge den Kurs entlang, während sie um die Kegel herumfuhren. Alex machte zwei davon platt und dann schwenkte ich sie, als die beiden sich der Ziellinie näherten. Ich bekam mit, dass Marcia auf Alex' breites Grinsen zoomte, Colorados lautes Lachen einfing und als sie an der Flagge vorbeikamen, war es Alex, der gewonnen hatte.

Marcia kam näher, um die Interviews nach dem Rennen aufzunehmen, und ich konnte hören, wie die Jungs einander aufzogen.

„Cherry hat einfach die Kegel umgefahren." Colorado tat, als wäre er außer sich. „Ich möchte, dass dieses ganze Betrugsdebakel für einen Videobeweis eingeschickt wird."

„Ja, ja, wie du meinst, Loser. Du bist nur angefressen, weil ich dich so haushoch besiegt habe."

Daraufhin fingen sie an, miteinander zu kämpfen, kichernd und wie die Idioten schreiend. Dann war es vorbei und ich würde alles schneiden müssen, zusammen mit der Doku-Firma, die kurz davorstand, die zweite Folge der Raptors-Serie abzuschließen. Wenn wir morgen gegen Dallas gewinnen konnten, dann wäre dies das perfekte Ende für diese Folge und ich fand, dass das Gefühl der Hoffnung im ganzen Gebäude ansteckend war. Heute Abend würden wir zum ersten

Mal den alten Veranstaltungssaal vermieten. Eine Firma vor Ort, Catalina Foothills Chrysler Plymouth, einer unserer Sponsoren, hatte sie für einen fünfzigsten Geburtstag reserviert. Dorthin musste ich als Nächstes, um mit einem der Besitzer zu reden, Robert Lake, um Menüs zu bestätigen, Fotos zu machen, die Webseite mit dem Medienteam zusammen auf den neuesten Stand zu bringen, und ich musste unbedingt dafür sorgen, dass unser Praktikant ein paar Tweets mit Ausschnitten aus dem Zamboni-Wettrennen ins Netz stellte.

„Erde an See-bast-i-yan." Colorado wedelte mit einer Hand vor meinem Gesicht.

„Entschuldige?", fragte ich, als ich in die Gegenwart zurückkehrte.

„Ihr Leute entschuldigt euch ständig", kommentierte er.

„Entschuldigung?" Mir wurde klar, was ich getan hatte. „Welche Leute?", fügte ich dann hinzu und hob eine Braue.

„Na, ihr sexy Hugh Grant Typen."

Oh, es ging wieder darum, dass ich Brite war. Ich lächelte Colorado an, was ich vielleicht nicht hätte tun sollen.

„Ich habe einmal einen Engländer gefickt", gestand Colorado. „Er war ganz Prinz-William-Vokale und *Downton-Abbey*-Höflichkeit und einer der besten One-Night-Stands, die ich je hatte." Er beendete den Satz mit einem Lachen, als wäre es ein Scherz, aber in seinen Augen stand keine Erheiterung.

Ich blinzelte ihn an, war mir nicht ganz sicher, ob ich ihn richtig verstanden hatte. Was zur Hölle sollte das? Alex stand bei Marcia am anderen Ende des Parkplatzes, gab ihr ein Interview und ich war mit Colorado allein. Machte er einen Witz oder war das persönlich? Wollte er, dass ich auf die Leere in seinen Augen reagierte? Er machte auf mich den Eindruck eines positiven, fröhlichen Mannes, der sich von niemandem etwas gefallen ließ, aber etwas stimmte nicht mit ihm.

„Geht es dir gut?", fragte ich.

„Natürlich." Er schlug mir auf den Arm, bevor er zu Alex schlenderte. Ich folgte ihm. Der Himmel wusste, worum es hier gegangen war.

„Das war so cool", verkündete Alex, als er und Colorado die Fäuste aneinanderschlugen, dann eine komplizierte Bro-Umarmung durchführten, bevor sie sich trennten.

„Bis später, Jungs." Ich winkte ihnen und verließ sie dann.

Ich musste kein Experte sein, um zu wissen, dass jemand mir folgte, und Alex holte mich an der Seitentür ein. Er war mir sehr nahe, als wir den stillen Flur entlanggingen und ich war nicht überrascht, als er mich in einen noch dunkleren Gang zog, der nach Desinfektionsmittel roch. Er stahl sich den ersten Kuss, bevor ich bereit war und ich taumelte rückwärts, bis ich gegen die Wand prallte und er an mich geschmiegt war. Der Kuss vertiefte sich, sobald ich mein Gleichgewicht gefunden hatte, und er kämmte mit seinen Fingern durch meine Haare, verflocht seine Hände dann in meinem Nacken. Mir war es egal, wer in diesem Moment an uns vorbeiging. Ich wollte ihn nur an mich drücken und niemals aufhören, ihn zu küssen.

Nur, dass ich das nicht konnte. Wir hatten Arbeit oder zumindest ich musste zurück in mein Büro und Alex musste los, um zu tun, was immer er nach dem freien Training und einem Zamboni-Wettrennen machte. Wahrscheinlich Konditionstraining oder etwas in der Art, das seinen sexy Körper noch fester machte. Nur der Gedanke daran ließ jegliches Blut, das ich noch hatte, nach Süden wandern, um sich zum Rest zu gesellen.

„Hi", sagte er, als er sich zurückzog und sein Trikot zurechtzupfte.

„Hi zurück", ahmte ich ihn nach, aber es war viel schwieriger, in einer Anzughose und einem Hemd eine Erektion zu verbergen.

„Hast du gesehen, wie ich gewonnen habe?", fragte er und strich mit einer Hand über meinen bedeckten Schwanz.

Ich schob seine Hand von mir. „Das hilft nicht", flüsterte ich, wünschte mir, dass er mich ignorierte und mich vielleicht weiter berührte. Stattdessen zwinkerte er.

„Ich weiß. Aber du liebst mich, darum ist es in Ordnung."

Wir hatten diese Worte schon so viele Male zueinander gesagt und sie wurden nie langweilig.

„Das tue ich wohl", sagte ich und lächelte ihn im Halbdunkel an.

Er gab mir einen letzten harten Kuss und dann war er fort und ich stand da und wartete, bis ich gehen konnte, ohne jeden zu belästigen, dem ich begegnete.

„Du musst auf ihn aufpassen." Colorados Stimme erschreckte mich höllisch, was die beste Art war, einen Ständer zu verlieren.

„Entschuldige?", fragte ich sehr höflich.

„Sein Geheimnis ist schlimmer als beim Rest von uns, weißt du, wegen seiner Familie und Religion. Ja?"

„Ich weiß." Ich trat aus den Schatten und Colorado starrte mich mit einem Gesichtsausdruck an, den ich gesehen hatte, wenn die Kamera auf ihn zoomte, wenn er im Netz stand – fokussierte Intensität. Er schlug mir auf die Schulter.

„Du bist einer der Guten, Prinz Will."

Ich musste nicht einmal fragen, ob ich gerade einen von Colorado genehmigten Spitznamen bekommen hatte, ich wusste einfach, dass er mich von jetzt an so nennen würde. Bastard.

Obwohl, wenn ich ehrlich war, gefiel er mir sogar.

FÜNFZEHN

Alex

─────────

Das Team schuftete sich durch den restlichen März und das Ende der Saison war nur fünf Spiele entfernt. Wir würden dieses Jahr an vierter Stelle in unserer Division bestehend aus acht Teams beenden, höchstwahrscheinlich. Was ein Rang höher war als letztes Jahr, aber immer noch nicht großartig. Coach hatte mich für das Spiel morgen befreit, nachdem ich ihm erklärt hatte, wie wichtig diese Familienfeier war. Seit diesem Gespräch mit ihm war mein Respekt für Coach Carmichael gewachsen. Er war hart, Ja, und manchmal streng, aber er hatte ein gutes Herz und eine Liebe zu Hockey, die in uns allen den Wunsch weckte, für ihn besser zu sein. Und ich liebte Hockey. Es war meine Chance, großartige Dinge zu tun, und hatte mich an wunderbare Orte geführt.

Was jetzt meine volle Aufmerksamkeit hatte, war mein mutiger Plan, mich vor meiner Familie zu outen. Die Party meiner Schwester war morgen und als wir nach San Luis fuhren, spielten sich Szenen bevorstehender Schrecken in meinem Kopf ab. Es würde nicht schön werden. Überhaupt nicht. Meine Eingeweide waren ein fester Knoten, aber meine Entschlossenheit war stark. Sebastian an meiner Seite zu haben half. Er war ein beruhigender Einfluss. Seine Persönlichkeit war entspannt, er wurde nicht schnell wütend und war so höflich, dass ich ihm manchmal in den Hintern treten wollte. Ich war größtenteils sein Gegenteil. Obwohl ich mich bemühte, nett und höflich zu sein, neigte ich dazu, schnell zu explodieren. Wir ergänzten einander.

Ich schaute zu ihm und lächelte. Er war so eine Wüstenratte geworden. Sonnenbrille, loses Baumwollhemd, braune Shorts und Ledersandalen. Seine Haare fingen an, heller zu werden, während seine Haut dunkler wurde. Er war im Vergleich zu mir immer noch unglaublich bleich, aber das war noch etwas, das ich an uns liebte. Im Bett nackt neben ihm zu liegen, seine Haut cremig weiß und meine kupfrig, war unsere Liebe eine Schönheit, die über dämliche Vorurteile oder Bigotterie erhaben war. Alter, Geschlecht, Ethnie. Nichts davon spielte eine Rolle, wenn zwei Herzen sich fanden. Ich betete, dass meine Familie das auch so sehen würde.

„Du solltest auf die Straße achten", bemerkte er. Ich lenkte schnell wieder auf meine Spur. „Braver Junge."

„Wir sind in ungefähr zehn Minuten in San Luis", sagte ich, streckte dann die Hand aus, um einen meiner liebsten Songs von Thalía leiser zu drehen. „Du hast noch Zeit, deine Meinung zu ändern."

„Auf gar keinen Fall. Du wirst mich nicht los."

Ich grinste, aber die Freude war falsch. Als wir in die

Auffahrt des bescheidenen Hauses meiner Eltern einbogen, waren meine Nerven zerrüttet. Während der Motor abkühlte, saß ich da und starrte das Haus an, in dem aufgewachsen war, hatte zu viel Angst, aus meinem Jeep auszusteigen.

„Ich bin an deiner Seite", erklärte Sebastian, seine Stimme führte mich von dem gähnenden Abgrund der Panik fort, in den ich gestarrt hatte.

„Okay, ja, lass es uns durchziehen."

Sobald die Eingangstür sich öffnete, überfielen mich Gerüche, Lärm und Geschwister. Mehrere Cousinen, Tanten und auch zwei Onkel. Sebastian trat hinter mir ein, lächelte höflich, als meine kleine Schwester sich auf mich warf. Ich stellte sie schnell vor, Elizabeths intelligente braune Augen wanderten von Sebastian, von dem ich sagte, dass er mein Freund war, zu mir. Sie hakte sich bei uns beiden ein und drängte uns vorwärts.

Kinder vom Krabbelalter bis zu Teenagern hingen herum, klopften mir auf den Rücken, als ich durch meine riesige und gesellige Familie watete. Ich fand meine Mutter und Großmutter in der Küche, wo sie das Essen für heute Abend kochten.

„*Mamá*, schau, wer endlich da ist!", schrie Elizabeth, schubste mich dann in die Gruppe Frauen, die sich in der kleinen Küche drängten. Ich warf einen Blick zurück, als ich gekniffen, geküsst, getätschelt wurde und Löffel mit schmackhaftem Rind, Schwein und Huhn unter die Nase gehalten bekam. Ich umarmte meine Mutter fest, während ich an einer von *Abuelas* gefüllten Paprikas kaute.

„*Mi niño!*", gurrte *Mamá*, und schob mir dabei meine

Haare aus dem Gesicht. „*Deberias habertelo cortado para la
fiesta, Alejandro.*"

„Es ist in Ordnung." Ich seufzte, schaute über den
Kopf meiner Mutter und sah Elizabeth und Sebastian
in eine Diskussion vertieft an der Hintertür. „Es hat
genau die richtige Länge für die Party. *Abuela*, sag ihr,
dass es mir steht."

Meine Großmutter verteidigte mich, wie sie es schon
immer getan hatte. Kurz darauf war der Raum mit
Spanisch gefüllt, das durch die offenen Fenster
hinauswehte. Ich befreite mich, nachdem ich begluckt
worden war und zog Sebastian aus der Ecke.

„Das ist Sebastian", rief ich und ungefähr zwanzig
Paare urteilender Augen richteten sich auf uns. „Er ist
mein guter Freund."

Das Schweigen war ohrenbetäubend. Das fröhliche
Plaudern spanischer Frauen erstarb. Meine Mutter
flüsterte etwas, das ich nicht ganz verstand.

„Es freut mich, Sie alle kennenzulernen", sagte Seb,
als das unangenehme Gefühl sich verstärkte.

Da ich nicht genau wusste, was sie aufgebracht hatte,
schob ich Sebastian durch die Hintertür. Wir fielen aus
dem Östrogen-Land direkt in die Testosteron-Welt. Die
Blicke, die mein Vater, meine Onkel und Cousins uns
zuwarfen, weckten in mir die Frage, ob das hässliche
Schweigen in der Küche nicht besser gewesen war. Die
Männer saßen unter den Bäumen, schauten sich ein
Baseball-Spiel an. Ich erledigte die Vorstellung. Seb
würde sich niemals an all die Namen erinnern können,
der arme Kerl.

„Alejandro, komm und trink ein Bier", rief mein

Cousin Héctor vom Picknicktisch, wo der Fernseher aufgebaut worden war. „Die Frauen haben uns rausgeworfen." Er schlug mir auf den Rücken, warf Seb dann einen komischen, betrunkenen Blick zu. Ich fischte ein kaltes Bier aus der Kühltasche, reichte es Seb und ließ mich im Schatten nieder, meine Beine umschlossen die Holzbank, Sebastian setzte sich direkt neben mich.

Die Wolke der Unsicherheit begann, uns zu umschließen, während wir ungefähr dreißig Minuten lang das Spiel anschauten.

„Also, Alejandro, ich hätte gedacht, dass du vielleicht mit einem hübschen Mädchen nach Hause kommen würdest und nicht irgendeinem weißen Fremden", lallte Héctor. Sein Blick verharrte auf Sebastian, während er diesen ziemlich spitzen Kommentar abgab. „Es gibt doch sicher genügend Frauen, aus denen du auswählen kannst, sodass du nicht dieses englische Arschloch mitschleppen musst? Es sei denn, die Zeit, die du mit dieser Madsen-Schwuchtel verbringst, hat abgefärbt?"

Das alles wurde auf Spanisch gesagt. Sebastian warf mir einen Blick zu, während ich überlegte, wie ich antworten sollte. Mein Vater fing an, Héctor zu tadeln, aber er war der Einzige, der etwas sagte. Verdammt. Ich hatte noch nicht einmal meinen älteren Bruder und meine Schwester gesehen, weil sie beide noch arbeiteten.

„*Alex* …", flüsterte Sebastian, als die Anspannung sich verdichtete.

„Nein, mit Ryker zu spielen, hat nicht abgefärbt. Ich war eine Schwuchtel, lang bevor ich mit ihm gespielt habe."

„Oh, fuck, nein! Dieses Arschloch hat dich umgedreht?", brüllte Héctor, sein Gesicht war von unglaublicher, wilder Wut gefärbt.

Innerhalb eines Augenblicks wechselten die Dinge von schlimm zu absolut grauenvoll. Aus irgendeinem Grund ging Héctor auf Sebastian los, der keine Ahnung hatte, was vor sich ging, weil nur Spanisch gesprochen wurde. Der Schlag erwischte Seb am Auge und ich flog über den Picknicktisch, sprang den Sohn meiner Tante an und fing an, ihn zu verprügeln. Stühle und Getränke flogen durch die Luft, als weitere Männer sich ins Getümmel stürzten.

Als mein Vater mich endlich gegen den hohen Holzzaun drückte, der unseren Garten umschloss, wurde Héctor ins Haus geholfen, sein Gesicht war ein blutiges Durcheinander. Sebastian hatte etwas Eis in einem Beutel bekommen und saß auf einem Gartenstuhl, hielt das Eis an die rechte Seite seines Gesichts. Seinen Kopf hatte er bis beinahe zwischen seine Knie gesenkt. So viele Menschen brüllten mich gleichzeitig an, dass ich nichts von dem, was gesagt wurde, verstand. Die wenigen Dinge, die ich verstand, waren, dass meine kleine Schwester an dem Tisch weinte, auf dem die Schachteln mit den gelben, bedruckten T-Shirts für die Party morgen gestanden hatten, die jetzt alle am Boden lagen und schmutzig waren, meine Mutter war bleich und zittrig, und meine *Abuela* hielt ihren Rosenkranz in den Händen und klopfte Sebastian auf den Rücken.

Ich riss mich von meinem Vater los, was keine einfache Aufgabe war, und eilte zu Sebastian, kniete mich neben ihm ins Gras. Mein Knie landete in verschüttetem Bier. Er hob seinen Kopf. Ich war erstaunt, ein zittriges Lächeln in seinem Gesicht zu sehen.

„Deine Familie weiß, wie man eine Party schmeißt." Er lachte, stöhnte dann. Ich lehnte meine Braue an seinen Oberschenkel. Irgendwo in der nebligen Ferne konnte ich hören, wie mein Vater Menschen aus dem Haus scheuchte. Seb strich mit seinen Fingern durch meine Haare. „Mein Held", flüsterte er, als die erweiterte Familie das Grundstück verließ. Als nur meine Großmutter, meine Mutter, mein Vater und meine Schwester übrig waren, stand ich auf, meine Finger ruhten auf Sebs Schulter.

„Es tut mir leid, dass es auf diese Weise passiert ist", sagte ich zittrig, meine Fingerknöchel bluteten. Sie alle starrte mich in offensichtlichem Schock an, nun, außer *Abuela*, die nickte, als wäre das etwas, das sie erwartet hatte. „Ich wollte es euch beim Abendessen erzählen, wenn wir unter uns sind, aber der verdammte Héctor-"

„Alejandro, achte auf deine Sprache", schnappte *Papá*. Ich murmelte eine Entschuldigung. „Wir sind ziemlich wütend, weil du das getan hast!"

„Ja, warum musstest du den großen Tag deiner Schwester ruinieren?", fragte *Mamá* und ich hatte keine Antwort für sie. „Was hast du getan, damit das passiert ist? *Wie* ist das passiert? Habe ich dich nicht richtig erzogen?"

„*Mamá*, hör auf damit!", fauchte Elizabeth, benutzte ihre langen Ärmel, um über ihre Augen zu wischen.

„Bei dir klingt es so, als wäre es schmutzig und falsch, dass Alejandro schwul ist! Das ist es nicht."

„In den Augen Gottes-"

„Nein, *Mamá*, Gott liebt all seine Kinder", schnitt Elizabeth ihr das Wort ab. Ich liebte meine wilde kleine Schwester so sehr. „Dieser Scheiß ist irre und der Grund, warum unsere Welt so voller Hass ist! Jeder, der ein wenig anders ist, ist falsch und sündig. Das ist Unsinn! Du magst Dwayne nicht, weil er schwarz ist, und jetzt magst du deinen eigenen Sohn nicht, weil er schwul ist. Das ist dumm und *du* bist dumm!"

„*Elizabeth*!", schrie *Papá*, aber sie wollte nicht still sein, nicht, bis mein Vater drohte, ihr Taschengeld zu streichen. Erst da setzte sie sich. Nicht zu ihnen, sondern neben Sebastian.

„Können wir alle bitte aufhören, zu schreien und mit dem armen Alejandro reden?", bat *Abuela*, marschierte herum auf der Suche nach einem weichen Sitz im Schatten. „So ein großes Geschrei wegen so einer kleinen Sache."

„Dass der Junge ein Schwuler ist, ist keine kleine Sache!", bellte meine Mutter, senkte dann ihre Stimme, für den Fall, dass die Nachbarn lauschten. Ich hatte den Verdacht, dass es viel zu spät war, sich Sorgen darüber zu machen, dass der Santos-Garcia-Skandal an die Öffentlichkeit kam. Der ganze Block wusste, dass ich verkündet hatte, dass ich schwul war und dass ich meinen Cousin verprügelt hatte. Ich würde es wieder tun. Niemand ging auf meinen festen Freund los. Nicht, solange ich noch atmete.

„Doch ist es. Er ist schon seit langer Zeit so und

daran ist nichts falsch. Wie kann Liebe falsch sein?", fragte *Abuela*, schnappte sich dann jemandes Bier und nahm einen langen Zug aus der Flasche. „So viele Sorgen, wer wen küsst. Deine Tante Celeste war auch schwul, aber du siehst nicht, wie ich sie anschreie."

„*Tía* Celeste ist seit zwanzig Jahren tot", erklärte ich Seb, der nickte, dann das Gesicht verzog. „Hör zu, ich weiß, dass es schlimm gewesen ist. Wir können gehen. Ich denke, wir sollten gehen."

„Ja, ich denke, das solltet ihr", flüsterte meine Mutter, ihre Augen waren nass von Tränen.

Elizabeth fing wieder zu schreien an, meine Großmutter ebenfalls, aber am Ende nahm ich Sebastians Hand und führte ihn zurück zu meinem Jeep. Meine kleine Schwester folgte uns.

„Bleibt, bitte, bleibt", flehte sie, ihre glatten Wangen waren feucht. Ich zog sie an meinen Brustkorb und umarmte sie fest, lange Strähnen ihrer dunklen Haare wehten in mein Gesicht. „Bitte, lass dich von ihnen nicht vertreiben. Bleib. Wir reden darüber. Bitte, bitte, ich will, dass du hier bist. Es ist *meine* verdammte Party, nicht ihre! Bitte bleib? Lass dir von Arschlöchern wie Héctor nicht alles ruinieren. Bitte, bitte, bleib."

Ich warf Seb einen Blick zu, der neben meinem Jeep stand, sein Auge war zugeschwollen und nahm bereits eine hübsche Blaufärbung an. Ich würde Héctor umbringen.

„Sollen wir bleiben? Es ist deine Entscheidung, Sebastian."

SECHZEHN

Seb

Alex' *Abuela* kam auf uns zu, sah aus, als wäre sie auf einer Mission und ich machte sogar einen Schritt zurück, damit sie nicht gegen mich prallte.

„Wir reden", verkündete sie.

Neben mir schüttelte Alex seinen Kopf. „Ich will nicht, dass du da dazwischengerätst, *Abuela*."

Ich dachte, dass es vielleicht gut wäre, eine Mediatorin zu haben, aber wie es schien, hatte sie gewisse Ansichten über mich und Alex.

„Komm, komm, setz dich. Ich habe dir einen weisen Ratschlag zu geben." Sie zog an meinem Arm, um mich von Alex zu trennen, und ich warf ihm einen besorgten Blick zu. Er schloss kurz seine Augen und schüttelte dann seinen Kopf, darum folgte ich ihr zur Bank.

„Nun, zuerst sage ich das, damit du es hörst. *Mi nieto*, mein Enkel, denkt für viele Jahre, dass er so gut ist mit seinem Schauspiel." Sie tippte gegen ihre Brust. „Aber ich, ich sehe alles bei Alejandro. Ich weiß seit langer

Zeit, dass er schwul ist. Meine Schwester Celeste war *Lesbiana*, seit sie alt genug war, Jungen von Mädchen zu unterscheiden. Damals, in meinen Jugendtagen, outeten sich die Leute nicht mit großen Prides wie sie es heute tun. Eine Lesbe zu sein war die absolute Beleidigung für jeden Mann, ein ‚niederes Wesen, das mir nicht gibt, was es sollte‘.‟ Schmerz durchstach meinen Brustkorb und sie sah am Boden zerstört aus, als sie erzählte. Ich durfte hier an einer großen Wahrheit teilhaben und das Gewicht war erdrückend. „Celestes Liebe, sie litt so sehr, an jeder Art korrigierender Vergewaltigung, sie wurde gezwungen, zu heiraten, um einen Skandal zu vermeiden, erst als ihr Ehemann starb, war sie frei und fand Celeste. *Homosexuales* und die *Lesbianas*, sie verstecken sich. Verstecken sich immer aus Angst vor schlimmen Gefühlen von der Familie und der Kirche.‟ Sie schüttelte ihren Kopf und hielt inne.

„Es tut mir leid‟, murmelte ich.

Sie tätschelte mein Knie. Ich war mir nicht sicher, ob sie mich damit trösten oder sich selbst beruhigen wollte. „Celeste, sie hat nie irgendwelche Worte gesagt über ihr wahres Selbst zu unseren Eltern. Sie hat sich vor ihnen versteckt, aber sie hat es mir gesagt. Sie hat es mir gesagt, von acht Schwestern. Und ich habe ihr gesagt, dass sie ehrlich sein soll, immer. Es *Mamá* und *Papá* sagen soll, aber sie wollte es nicht tun. Sie ist gestorben und hat nie ihre Wahrheit erzählt. Sie ist allein gestorben, ohne Liebe für zu viele Jahre.‟ Sie drückte eine Hand an ihren Brustkorb. „Das bricht mir das Herz. Gott sagt nicht, dass man wegen der Person, die man liebt, schlecht ist. Das sagen nur die Menschen." Sie sprach voller Leidenschaft.

„Da stimme ich zu", meinte ich. „Der Rat, den du mir gibst, lautet also wie? Soll ich Alex helfen zu sehen, dass-"

„Nein, nicht nur das. Du bist älterer Mann als Alejandro, stehst fester im Leben. Du hast schon mehr gelebt, mehr gesehen. Du musst mit meiner Tochter reden. Bring sie dazu, zu sehen, dass sie vielleicht ihren Sohn verlieren, wenn sie nicht versuchen, ein Zusammenkommen zu finden, *un compromiso. Sí?* Verstehst du, Sebastian?"

Ich verstand. Aber der Gedanke, Alex' Eltern zu suchen und mit ihnen zu reden, war angsteinflößend. Ich war bereits der Böse, derjenige, dem Héctor vorgeworfen hatte, dass er ihren Sohn umgedreht hatte. Oder war das Elonso? Ich konnte mich nicht richtig erinnern, weil mein Kopf schmerzte und meine Gedanken sich so schnell drehten, dass mir übel war. Als ich nach Cambridge gekommen war, der Außenseiter in einer Gruppe reicher Kinder, mit denen ich zusammengewürfelt worden war, hatte ich entschieden, dass ich etwas anderes werden würde, eine brandneue Person, die ohne Akzent sprach, die klug und lustig war und ein Gespräch führen konnte.

Alles, was ich damals hatte tun müssen, war, meine innere Tapferkeit zu kanalisieren und das war es, was ich wiederfinden musste. Für Alex.

„Das werde ich", verkündete ich und stand auf, klopfte meinen Hosenboden ab und machte mich auf in Richtung Haus.

„Was machst du da?", rief Alex mir nach.

„Gib mir etwas Zeit", antwortete ich und sah, wie Alex von seiner *Abuela* und einer sehr entschlossenen Elizabeth davon abgehalten wurde, mir zu folgen. Ich zögerte an der Seitentür, dann straffte ich meine Schultern und klopfte scharf an. Ich hörte Bewegungen im Inneren und dann öffnete Papa Garcia die Tür und schaute heraus, suchte wahrscheinlich nach Alex. Ich konnte die Sorge in seinem Gesichtsausdruck sehen, als er seinen Sohn draußen an der Straße entdeckte.

„Jetzt ist keine gute Zeit", sagte er und wollte mir die Tür vor der Nase zumachen, aber ich stoppte das mit meiner Hand und er wandte keine Gewalt an, um mich dazu zu bringen, sie wegzuziehen. Wenn überhaupt sah ich ein Aufflackern von Respekt in seinen Augen und er seufzte. „Du kommst besser herein."

Ich trat in einen Flur und er führte mich in die Küche, wo Alex vor kurzer Zeit gekniffen und umarmt und von allen geliebt worden war und wo alle mich verurteilt hatten, weil ich hier war. Jetzt war sie leer und still, abgesehen von der leisen Atmung von Alex' Mama, aber es roch immer noch nach Tomaten und Kräutern und Essen war auf einer Seite aufgetürmt. Alles war heute falsch gelaufen und rückblickend betrachtet, hätte Alex vielleicht allein mit seinen Eltern reden sollen, bevor er ein volles Haus betrat, in dem alles hatte passieren können und passiert war.

„Sir, Ma'am, können wir uns unterhalten?" Ich setzte mich erst, als ich dazu eingeladen wurde, trat nicht ganz in die Küche, bevor seine Mama zu mir aufgeschaut und genickt hatte. Das war ein gutes

Zeichen, oder? Alles, was ich wusste, war, dass die Position der katholischen Kirche auf einer Unterscheidung basierte, ob man schwul oder lesbisch war und es auslebte. Sie akzeptierte den ersten Teil, klammerte sich aber an die Tatsache, dass es auszuleben eine Sünde und falsch war.

Ich stand neben dem Tisch, und mein Brustkorb war verengt vor Nervosität und Schmerz. Was würde passieren, wenn ich die Dinge schlimmer machte? Was, wenn ich es für Alex verbockte und er seine Familie verlor und mich nicht mehr wollte. Was würde er tun?

Seine Mama murmelte vor sich hin, ihren Rosenkranz hielt sie in der Hand und ihre Augen waren blutunterlaufen. Sie hatte geweint, so viel war klar.

„Setz dich", befahl Papa Garcia und ich tat sofort, was er sagte. Es war, als würde ich zur Bestrafung ins Büro des Schuldirektors gehen, aber das hieß nicht, dass ich mich benehmen musste, als hätte ich Angst und wäre nicht in der Lage zu reden.

„Warum?", fragte Mama Garcia in schmerzvollem Ton.

Warum was? Warum hatte er es ihnen gesagt? *Oder* warum war er überhaupt schwul? Er war so geboren und er wollte, dass seine Familie es wusste. Das würde alles beantworten, wirkte aber so abweisend.

„Ich verstehe die Frage nicht", meinte ich schließlich.

„Warum jetzt, warum hier?", fragte sie.

„Warum überhaupt?", fügte Papa Garcia in einem ominös dunklen Tonfall hinzu.

Ich würde nicht in den Tunnel Wissenschaft gegen Gott treten, darum wählte ich meine Worte vorsichtig.

„Er nimmt an, wie Gott ihn geschaffen hat", sagte ich und das stimmte zumindest. Alex glaubte an Gott, er hatte Glauben und schwul zu sein bedeutete nicht, dass er all das wegwarf, und ich wusste aus erster Hand, wie schwierig es war, sich selbst treu zu sein.

Mama Garcia atmete tief ein und ließ einen Strom an Spanisch los, den zu verstehen ich nicht die geringste Chance hatte.

„*No hablo español.* Es tut mir leid."

Das löste eine weitere Tirade aus, aber dieses Mal in absolut klarem Englisch. „Er sagt, dass er mit einem Mann zusammen ist, dass er schwul ist und der Mann, von dem er sagt, dass er ihn liebt, kann nicht einmal unsere Sprache."

„Das werde ich lernen." Genaugenommen hatte ich bereits mit ein paar Worten angefangen, aber das war nicht die Richtung, in die ich das hier gehen lassen wollte. Ich musste für Alex über einen Kompromiss reden, nicht seinen Eltern Versprechungen machen, welche Art Mann ich für Alex sein konnte, wenn sie mich nur ließen. Ich atmete ein paar Mal tief ein, um mich zu beruhigen. Papa Garcia hatte sich auf den Platz mir gegenüber gesetzt und starrte mich so eindringlich an, dass ich überrascht war, dass ich unter seinem Blick nicht in Flammen aufging.

„Ich verstehe, dass ihr die Dinge erst verarbeiten müsst, weil die Neuigkeiten, die Alex euch mitgeteilt hat, niederschmetternd für euch waren, aber das ist doch sicher keine Bürde, die man auf Alex' Schultern ablegen sollte? Könnt ihr versuchen zu akzeptieren, dass er euch gegenüber ehrlich ist und dass sein Coming-out nichts mit euch zu tun hat. Es geht um Alex selbst und die Tatsache, dass wir verliebt sind."

Papa Garcia spannte sich noch mehr an. „Wer bist du, in unser Haus zu kommen und uns zu sagen, wie wir zu denken haben!", schnappte er.

Fuck, das hatte ich wohl gerade gemacht und ich dachte erneut darüber nach, welche Richtung ich einschlagen wollte. Warum Alex' *Abuela* dachte, ich hätte auch nur den Hauch einer Chance, hier irgendeine Art Kompromiss auszuhandeln, wusste ich nicht.

„Alex denkt, dass er etwas falsch gemacht hat, und er möchte sich so nicht fühlen-"

„Ist er sich sicher?", unterbrach Mama Garcia meinen ernsten Satz und für einen Moment konnte ich ihre Worte nicht begreifen.

„Ist er sich sicher, dass er schwul ist? Ja, das ist er."

Stumme Tränen liefen an ihrem Gesicht nach unten. „Er wird an AIDS sterben. Marie Alonsos Sohn ist *SIDA*! HIV nennt ihr es. Schlimmer, er wird in der Hölle brennen und ich werde ihn nicht retten können. Mein Alejandro wird für alle Ewigkeit brennen und du sitzt hier und erzählst mir, dass er weiß, dass er schwul ist? Wie kann ein Junge, der seinen Gott liebt und ein guter Katholik ist" – sie bekreuzigte sich – „auch nur ansatzweise diesen Hass auf sich selbst in sich tragen?"

Nun, scheiße, das waren ein paar heftige Dinge, die sie mir da vor die Füße knallte. „Er wird HIV genauso wenig bekommen wie du", meinte ich schließlich. „Sich darauf zu konzentrieren jemandem zu erzählen, wie er sterben könnte, feiert nicht, dass die Person am Leben ist. Ich könnte morgen von einem Bus überfahren werden und-"

„Zeig etwas Respekt", unterbrach Papa Garcia.

„Darf ich ihn hereinholen? Können wir reden, zu viert? Weil er da draußen mit gebrochenem Herzen steht. Er hat alles verloren und gerade jetzt ist der beste Moment, ihm das Gefühl zu geben, der einsamste Mensch auf Erden zu sein. Ich kann nicht für Alex sprechen, aber ich weiß, dass er in all dem verloren ist, Angst vor dem hat, was er fühlt. Er hat Angst vor euch."

Mama Garcia starrte mich an und ihre Augen weiteten sich. „Angst?"

„Er hat Angst, ist einsam, verloren und er ist ein erwachsener Mann, aber er braucht seine Familie und der Gedanke, eure Liebe nicht zu haben, wird ihn zerstören."

„Ich will ihn nicht verletzen", murmelte Mama Garcia und griff nach der Hand ihres Ehemannes. „Aber seine Seele, wie kann auch nur ..." Sie fing wieder an zu weinen und Papa Garcia rutschte näher, damit er ihre Haare streicheln konnte. Es war so ein intimer Moment, ihre dreißig oder mehr Ehejahre und Liebe in einer Berührung zu sehen. Ich wollte das mit Alex und er wollte es mit mir. Ich zermarterte mir das Hirn, um mir etwas einfallen zu lassen, was ich hier tun konnte. Ohne seine Familie würde Alex wirklich verloren sein. Ich könnte ihnen sagen, dass ich verschwinden würde, aber das würde Alex nicht weniger schwul machen.

„Darf ich euch erzählen, was letzte Woche passiert ist?" Sie drehten sich mir zu. „Ich habe gesehen, wie sich ihm nach einem Spiel vier Männer genähert haben, Fans in Trikots, alle angetrunken, die mit ihm über Hockey reden wollten. Mir hat das von Anfang an nicht gefallen. Sie wirkten beinahe bedrohlich, aber als ich mich vorsichtig genähert hatte, hatten sie ihn schon in eine Ecke gedrängt. Nicht so, dass es auffiel, aber er konnte sie nicht aus dem Weg schieben, ohne eine Szene zu machen. Er war sehr höflich, aber sie haben ständig gestichelt und nicht einmal hat er seine Beherrschung oder seinen Fokus verloren. Das ist euer Verdienst als Eltern. Er mag hassen, was mit ihm passiert, aber er hat ein Rückgrat aus Stahl und sein Stolz? Der überwältigt mich manchmal."

„Er kann stur sein", gab Mama Garcia zu und hob ihr Kinn. „Und er ist immer ein guter Sohn gewesen."

Da war ein Schimmern von Licht hinter dunklen Wolken in ihren Worten und ich rannte damit los. „Er wird immer ein guter Sohn *sein*-" Ich hielt inne, als Papa Garcia laut fluchte und das Zimmer verließ. Es schien, dass, obwohl Alex' Mama begonnen hatte zuzuhören, sein Papa alles einfach abgetan hatte. Wenn ich nur eines seiner Elternteile dazu bringen konnte, einen Kompromiss einzugehen, hatte ich Hoffnung für ihn.

„Er ist ein wunderbarer Mann und ich liebe ihn mehr als das Leben selbst. Er wird mich immer haben, ganz egal, was passiert, aber er wäre ein gebrochener Mann, wenn er seine Familie verliert."

Sie hob ihre Hand an ihren Brustkorb und drückte sie an die Stelle ihres Herzens. „Du liebst ihn wirklich?

Wie ein Mann eine Frau liebt …" Sie war plötzlich peinlich berührt. „Ich weiß nicht, wie ich das ausdrücken soll."

„Ich liebe ihn, wie ein Mensch einen anderen", ermutigte ich sie sanft. „Vollkommen und komplett und wenn ich nach Hause fliege, wird es schwierig, aber wir werden dafür sorgen, dass es funktioniert."

Wir saßen einen Moment schweigend da.

„Du musst mich morgen nicht sehen, aber Elizabeth möchte, dass ihr Bruder auf ihrer Party ist und in der Kirche. Bitte, schließ ihn nicht aus und brich ihm das Herz."

Sie umarmte sich selbst und ich wartete mit angehaltenem Atem.

„Ich werde Alex morgen früh sehen", flüsterte sie. „Ich muss mit seinem *Papá* reden, versuchen, sie getrennt zu halten und alles zu beruhigen." Dann räusperte sie sich. „Aber du nicht. Das ist zu viel."

Das konnte ich akzeptieren, obwohl ich bezweifelte, dass Alex glücklich sein würde, aber seine Mama ging einen Kompromiss ein und vielleicht würde Alex das für eine Weile ebenfalls tun müssen.

„Danke", sagte ich leise. Dann verließ ich das Haus durch die Hintertür. Alex wartete auf mich, die Furcht stand ihm ins Gesicht geschrieben.

„Sie wird sich daran gewöhnen", übertrieb ich die Hoffnung, die ich in ihr gesehen hatte. „Sie möchte, dass du morgen dabei bist."

Er schloss kurz seine Augen und nickte und ich ging weg, damit seine Schwester und er sich unterhalten konnten. Als er ins Auto stieg, sah er erschöpft aus und ich wollte ihn berühren oder halten. Ich tat nichts von beidem. Stattdessen schaltete ich den Motor an und fuhr in unser Hotel.

Wo ich ihm von dem Deal erzählen musste, den ich mit seiner Mom abgeschlossen hatte.

SIEBZEHN

Alex

„Nein, vergiss es."

Sebastians schmollender Gesichtsausdruck würde mich nicht umstimmen, und auch nicht sein bittender Blick.

„Alejandro." Er seufzte, erweckte meine Aufmerksamkeit, während ich wie ein eingesperrter Puma in unserem bequemen Hotelzimmer auf und ab ging. Ich hatte ihn meinen spanischen Namen erst einmal zuvor benutzen hören. Ich war immer Alex oder ein zärtliches Kosewort. Offensichtlich hatte ich mich durch all diese britische Geduld und Fassung gearbeitet.

„Nein. Ich habe dich mitgenommen, weil ich mit dir gesehen werden möchte. Um meine Familie wissen zu lassen, dass wir ein Paar sind, dass ich schwul bin und dass ich mich nicht länger schäme, schwul zu sein."

„Ich würde sagen, dass du deinen queeren Status dem gesamten Santos-Garcia-Clan sehr nachdrücklich, wenn auch nicht eloquent mitgeteilt hast." Er saß auf einem grünen Sessel am Fenster, der Wind blies die weiß-grünen Vorhänge nach innen, sein Auge wurde mit jeder Minute dunkler. „Jetzt da die Bombe geplatzt ist, ist es Zeit, in den Trümmern nach Überlebenden zu suchen."

„Von denen es keine gibt." Ich ließ mich auf das Bett fallen, meine Beine wurden schwer. Ich war über eine Stunde in diesem Zimmer im Kreis gelaufen, hatte versucht, einen Teil der Emotionen abzuarbeiten, die drohten, mich zu ertränken.

„Das stimmt nicht", antwortete er leise, warf sein Kühlpack auf das Nachtkästchen. „Deine Schwester und Großmutter stehen fest hinter dir."

„Wow, zwei von wie vielen? Zweihundert?"

„Diese zwei sind mehr, als viele junge Schwule haben", erinnerte er mich. Ich stöhnte vor Schuld, die Wut, die in mir simmerte, kühlte sich ein wenig ab. „Ich wage zu behaupten, dass viele weitere ebenfalls ihre Akzeptanz zeigen werden."

„Nicht meine Eltern …"

Er stand auf, kam zum Bett und setzte sich neben mich. Seine Hand glitt um meinen Rücken und der Damm brach. Ich konnte dem rauschenden Fluss der Furcht keinen Einhalt gebieten. Er schwappte über die Kante des Damms, genau wie ich es befürchtet hatte. Ein raues Keuchen und Tränen waren da. Seb zog mich an seine Seite, legte meinen Kopf auf seine Schulter und ließ mich weinen, bis ich nicht mehr weinen konnte.

„Da", flüsterte er und reichte mir eine kleine, smaragdgrüne Schachtel mit Taschentüchern. Ich wischte und putzte mir die Nase und hustete. Scham erhitzte meine Wangen. *Papá* wäre so angewidert, wenn er diese Tränen sehen könnte. Echte Männer weinten nicht. Natürlich war *Papá* von seinem jüngsten Sohn bereits abgestoßen, darum war die Frage, ob ein Heulanfall wirklich dazu führen würde, dass er mich noch mehr hasste?

„Ich hätte mich nicht outen sollen", sagte ich, meine Stimme war kratzig und schwer. „Ich wusste, dass ich es nicht hätte tun sollen. Im tiefsten Inneren habe ich es gewusst. Die Lüge war keine so schlechte Art zu leben."

„Alex, du weißt, dass diese Lüge dich von innen her aufgefressen hat wie Batteriesäure." Er strich mit seiner Hand über meine Haare und meinen Nacken. „Zu verstecken, wer du bist, hat jeden Aspekt deines Lebens vergiftet, von Hockey über deine Freundschaften bis hin zu jeder möglichen Beziehung, die du dir gewünscht hast. Nein, sich zu outen war richtig. Es war eine lebensrettende Maßnahme. Deine Art, es zu verkünden, mag ein wenig … explosiv gewesen sein, aber die Absicht dahinter war gut."

Eine raue Mischung aus Lachen und Schnauben blubberte aus mir heraus. „Ich habe alles zum Überkochen gebracht."

„Ja, ja, das hast du, aber das war unvermeidlich. Wir wussten, dass deine Neuigkeit die Leute aufregen würde. Wir wussten aber nicht, dass sie sich so schnell dazu hinreißen lassen würden, einem absolut unschuldigen Briten ins Gesicht zu schlagen."

Ich schloss meine Augen. „Es tut mir so leid, dass du verletzt wurdest. Dieses ganze Durcheinander ist nur ein … Durcheinander. Ich habe meine Familie jetzt verloren." Der Schmerz war unglaublich.

„Nein, nein, hast du nicht. Du hast immer noch eine Familie, die dich liebt. Deine Mutter möchte sich morgen früh mit dir treffen. Geh und mach das. Setz dich hin und rede mit ihr." Seine Berührung auf meiner Kopfhaut war beruhigend. Ich wollte nicht, dass es je aufhörte.

„Nicht ohne dich", erklärte ich mit so viel Nachdruck, wie ich zustande brachte, was nicht sehr viel war. Ich war fix und fertig.

„Doch, ohne mich. Meine Gegenwart regt sie auf, deine Eltern, und ich kann verstehen warum. Nein, bitte, hör auf, mich zu verteidigen. Ich liebe es, dass du so beschützend bist, das tue ich wirklich." Er drückte einen Kuss auf mein Ohr, ganz oben. „Aber ich bin ein erwachsener Mann. Ich bin in der Lage, mit etwas Abneigung klarzukommen, glaub mir. Gerade im Moment brauchen sie Abstand zu dem älteren Mann, der, wie sie vielleicht das Gefühl haben, dich in diesen schwulen Lifestyle gezogen hat."

„Das ist Schwachsinn und das weißt du!", schnappte ich, hob meinen Kopf von seiner Schulter, als eine neue Welle Wut sich aufbaute.

„Das wissen wir, aber sie nicht. Alex, sie wissen wenig bis gar nichts über LGBT, nur das, was ihnen von Nonnen und Priestern erzählt wurde. Es liegt an dir, es ihnen beizubringen. Ruhig, rational und mit Liebe. Deine Eltern lieben dich sehr. Ich habe das gesehen. Sie werden ihre Meinung ändern – ich kann das spüren."

„Aber ich möchte dich bei der Party dabeihaben. Du bist mein fester Freund. Es ist nicht fair, dass jeder die Person mitbringen darf, die er liebt, aber ich nicht."

Sobald die Worte meinen Mund verließen, hörte ich den winselnden, unreifen Ton. „Nein, sag es nicht. Das Leben ist nicht fair." Ich seufzte. Er schenkte mir ein müdes Lächeln. „Was wirst du morgen den ganzen Tag allein machen? Ich … Fuck! Ich hasse den Gedanken, dich hier zu lassen."

„Ich werde klarkommen. Ich habe auf meinem Handy Bücher, die ich lesen, Arbeit, die ich erledigen kann, einen Fernseher, eine Bar und Zimmerservice." Er schob seine Hand in meine Haare, seine Nägel kratzten zärtlich über meine Kopfhaut. Ich schauderte vor Freude, wie ein Welpe, dem der Bauch gekrault wurde. „Ich komme klar. Es sind nur vier Stunden, oder?"

„Ja, aber trotzdem …"

Wir beide erschraken, als jemand an die Tür klopfte. Ich stand auf und tappte ins Bad, um mir das Gesicht zu waschen, überließ es Seb, sich mit der Person auseinanderzusetzen, die da gegen das Holz hämmerte. Als ich aus dem Bad kam, meine Wangen kühl vom kalten Wasser, erstarrte ich, sobald mein Blick auf Juan fiel, der neben Sebastian stand.

Mein älterer Bruder warf mir einen Blick zu, öffnete seine Arme und rief mich zu sich. Ich würgte an den Gefühlen, die sich plötzlich in meiner Kehle zusammenballten. Ich joggte um das Bett herum und umarmte meinen Bruder so fest, dass er nur noch keuchend lachen konnte.

„*Oh, hermanito, qué dias has tenido*", murmelte er, während wir uns umarmten. Ja, es war ein höllischer Tag für seinen kleinen Bruder gewesen. „Luisa und Elizabeth reden zusammen mit *Abuela* auf unsere Eltern ein und informieren sie, dass sie sich endlich öffnen, ins einundzwanzigste Jahrhundert treten und dich dein Leben leben lassen müssen, wie Gott es vorgesehen hat."

Ich liebte meine Geschwister in diesem Moment so sehr, dass ich sprachlos war. Wir drei saßen bis Mitternacht zusammen, redeten, tranken Bier aus der Minibar in der Ecke und versuchten uns zu überlegen, wie wir Elizabeths *Quinceañera*-Festlichkeiten morgen angehen sollten. Es gab keine einfachen Antworten, aber ich wurde überzeugt, Sebastian für diese Angelegenheit zurückzulassen, aber für keine weiteren. Das musste meinen Eltern erklärt werden, dem Priester und jedem anderen, der ein Problem mit dem neuen, schwulen Alejandro hatte.

Obwohl wir all das gelöst hatten, konnte ich nicht schlafen. Ich lag im Bett neben Seb, lauschte seiner Atmung und starrte den dunkelgrauen Anzug an, den ich für die Party mitgenommen hatte und der über der Badtür hing. Der Morgen brachte mehr Angst, als ich nach dem Duschen und Rasieren meinen Anzug und die Schuhe einpackte und Sebastian zum Abschied küsste. Ich hasste und ich meine damit *hasste es,* zu sehen, wie die Hoteltür sich zwischen uns schloss. Die Fahrt zum bescheidenen Haus meiner Eltern mit seinen drei Schlafzimmern und zwei Bädern in der East Adobe Street war keine glückliche. Ich parkte in der kurzen Auffahrt vor dem Stuckgebäude und starrte es an. Ich war hier aufgewachsen. Hatte im Carport gespielt, war auf die Schule zwei Blocks weiter gegangen, war mit dem Fahrrad auf den Gehwegen herumgefahren, hatte jahrelang mit meinem Bruder in einem Stockbett geschlafen. Ich hatte hier gegessen und gebadet, gebetet und mit *Abuela* Lieder gesungen, während wir *Empanadas, Conchas* und *Marranitos* gebacken hatten. Gerade im Moment fühlte es sich nicht wie ein Zuhause an. Es war nur ein altes Haus, das in den späten Achtzigern gebaut worden war und dem es an Herz fehlte. Das lag daran, dass ich gezwungen worden war, mein Herz in diesem Hotelzimmer zurückzulassen.

Die Eingangstür öffnete sich und Elizabeth rannte heraus, ihre Haare waren bereits kunstvoll aufgetürmt, ihre Tiara war an ihrem Kopf befestigt, ihre Augen funkelten und sie war barfuß. Die abgeschnittene Jeans und das BTS-Tanktop zusammen mit der glitzernden Tiara, die auf dichten schwarzen Locken saß, ergaben einen ziemlich interessanten Look. Es brachte mich zum Lächeln. *Sie* brachte mich zum Lächeln. Ich wurde von ihrer Freude mitgerissen und ehe ich mich versah, befand ich mich im Haus, den Anzug über meine Schulter geworfen und hörte zu, wie sie endlos über ihr Kleid, es war gelb, ihr Make-up, ihren Dwayne, ihr erstes Paar High Heels, die *Papá* ihr schenken würde und ihre letzte Puppe, die *Mamá* ihr geben würde, redete. Ich nahm es ihr nicht übel, dass sie ein wenig auf sich konzentriert war. Es war ihr Tag. Nicht meiner. Ich hatte mich entschlossen, nachdem ich mit Juan und Seb gesprochen hatte, dass ich nicht gestatten würde, dass mein Scheiß den besonderen Tag meiner Schwester trübte. Wenn mich jemand blöd anmachte oder mich beschimpfte, würde ich es ignorieren. Vier Stunden. Ich konnte vier Stunden lang mit Hass klarkommen. Ich hatte das mein ganzes Leben lang gemacht.

Mamá trat aus der Küche, ihre Haare waren ebenfalls in einem vornehmen, lockigen Stil hochgesteckt. Sie trug ihren Bademantel und Pantoffeln, aber ihre guten Perlenohrringe baumelten von ihren Ohren.

„Du bist früh dran", bemerkte meine Mutter, streckte dabei eine Hand aus, um meinen Arm zu berühren. „Wir machen uns gerade die Haare. *Abuela* ist in ihrem Schlafzimmer mit deiner *Tía* Margarita. Komm und setz dich zu mir. Wir sollten uns unterhalten, denke ich, mit Kaffee."

„*Sí, Mamá*."

Wir gingen an der großen Statue der Jungfrau Maria vorbei, der Rosenkranz meiner Urgroßmutter hing von den betenden Händen der Jungfrau. Ich küsste meine Finger, legte sie dann an Marias hellblaue Robe, bat sie in Gedanken um ihre Liebe und Führung, wenn ich mit meiner Mutter redete. Ich saß auf meinem üblichen Platz, dem neben der Tür und lächelte meine Mutter zittrig an, als sie eine Tasse mit starkem Kaffee vor mir abstellte. Sie war eine kleine Frau, füllig, mit Augen von derselben Farbe und Form wie meine, oder, genauer gesagt, waren meine wie ihre.

„*Mijo*", fing sie an, hielt dann inne, während sie sich überlegte, was sie sagen wollte. „Alejandro, deine Schwester und Großmutter haben mir gesagt, dass ich nicht über die Kirche reden soll, aber wie kann ich das nicht, wenn so viel von dem, was wir sind, ein Teil der Kirche ist?"

„Ich denke, sie meinten, dass du dich nicht hinter der Religion verstecken sollst. Wenn du ein Problem damit hast, dass ich schwul bin, dann sag es. Sei ehrlich, verstecke dich nicht hinter dem Dogma."

„Ja, in Ordnung, ich verstehe dieses Leben nicht, das du wählst." Ich runzelte die Stirn. Sie seufzte und reichte mir die Zuckerschüssel. „Nein, nicht wählst, von dem du ein Teil bist, weil du so geboren wurdest. Gott hat dich schwul gemacht. Er macht keine Fehler, darum sind alle Schwulen auf der Welt perfekte Beispiele für Gottes Wunder."

Ich kicherte, während ich Zucker in meinen Kaffee rührte, der stark genug war, um die Seepocken von der Unterseite eines Bootes zu lösen.

„Du *hast* mit Elizabeth gesprochen."

„Sie hat mit mir und deinem Vater und deinen Cousins geredet. Sie ist stur wie ein Maulesel."

„Sie kommt nach dir", bemerkte ich.

Mamá schüttelte ihren Kopf, ihre frisch lackierten Fingernägel trommelten gegen die Seiten ihrer Tasse. „*Sí*, ja, in vielerlei Hinsicht, wie ihr alle. Aber ihr seid auch alle eigenständig. Juan ist ein lustiger Mann, so glücklich als Single. Ich verstehe ihn nicht und auch keines meiner anderen Kinder, aber nur, weil ich es nicht verstehe, heißt das nicht, dass ich nicht *versuchen* sollte, es zu verstehen. Also bitte hilf mir, dich zu verstehen, Alejandro. Wann hast du gewusst, dass du Mädchen nicht auf die normale Art magst?"

Ich hob eine Braue, aber das verstand sie nicht. Es würde Zeit brauchen. Eine Menge Zeit. Ich warf einen Blick auf die Uhr an der Wand. Ich war mir nicht sicher, ob wir genügend Zeit hatten, diese eine einfache Frage heute Morgen zu klären, aber ich bemühte mich, ihr zu erklären, wie mir klar geworden war, dass ich anders als die anderen Jungs in meinem Team, in meinem Klassenzimmer, in meiner Familie war.

„Deine *Tía* Celeste war eine Lesbe", flüsterte sie nach meiner langatmigen Erklärung, als ob sie Angst hätte, die Jungfrau würde das hören und sie finster ansehen. „Ich habe sie sehr geliebt, habe aber nicht verstanden, warum sie lieber allein sein wollte als mit einem Mann zusammen. Diese Dinge, diese offenen, schwulen Märsche durch die Stadt, das hat in meiner Jugend nicht stattgefunden und darum wurde es versteckt. Celeste wurde gebeten, wegzuziehen. Sie starb allein, ihre *nette Mitbewohnerin* starb zwei Jahre vor ihr. Alejandro, ich will nicht, dass du allein stirbst."

Ich schob meine Hand über den Tisch, drehte sie um und öffnete meine Finger. Sie legte ihre Hand in meine und ich drückte ihre Finger.

„Das werde ich nicht. Ich habe Sebastian. *Mamá*, ich bin wirklich wütend, dass du ihm verboten hast, zur Party zu kommen." Ihre Gesichtszüge spannten sich an. „Es ist einfach nicht fair."

„Alejandro, dein Freund-"

„Fester Freund. Er ist mein fester Freund."

Ihre Lippen wurden ein wenig schmal. Jemand fing oben an, lautstark *Die Schöne und das Biest* zu singen. Meine Schwester würde in einer Supernova explodieren, bevor der Tag vorüber war.

„Ja, natürlich. Dein fester Freund ist ein kluger Mann, ruhig und älter, reif. Er sieht, dass gerade im Moment, auf dieser Party, dein Schwulsein vor der Familie mehr schaden als nutzen würde. Manchmal müssen wir uns unsere Kämpfe aussuchen. Lass heute den Tag deiner Schwester sein."

„Das werde ich, aber ich möchte, dass du weißt, dass ich Sebastian bei der nächsten Familienfeier mitbringen und mich nicht draußen oder in einer Ecke verstecken werde."

„Ich verstehe." Sie tätschelte meine Hand. Ich war mir nicht sicher, wie viel sie verstand, aber sie war vorgewarnt. „Jetzt lass *Tia* Margarita deine Haare schneiden."

Ich verzichtete auf den Haarschnitt, polierte aber meine Schuhe, als ihre Stumpfheit von mehreren Tanten angemerkt wurde. Um zehn Uhr war das Haus voll. Um elf befanden wir uns alle auf dem Weg zur Kirche Our Lady of Guadalupe für die kurze Messe. Elizabeth, meine Eltern und ihr Hofstaat betraten die Kirche zuerst. Der Rest von uns folgte. Meine Schwester trug ein strahlend gelbes Ballkleid. Sie sah wirklich wie eine Disney-Prinzessin aus, genau wie ihr Hofstaat. Mein Vater hatte noch nicht mit mir gesprochen, genau wie die meisten meiner Cousins. Héctor war nicht aufgetaucht, was weise war. Nachdem meine Schwester ihr Sakrament empfangen hatte, legte sie ein Blumenbouquet zu Füßen der Statue der Jungfrau und bekam eine neue Bibel, einen Rosenkranz und einen Ring von Vater Delgadillo.

Dann wurden wir in gemieteten Limousinen ins Desert Winds Restaurant gefahren, nur vier Blocks von der Kirche entfernt, um zu feiern. Der Raum, den meine Eltern gemietet hatten, war in Gelb, Weiß und Gold dekoriert. Die Tische hatten alle weiße

Tischtücher, wunderschöne gelbe Blumengestecke und goldenes Besteck, das zu dem mit Gold umrandeten Geschirr passte. Es kamen ungefähr zweihundert Leute, darum war der riesige Raum mit runden Tischen vollgestellt, sowie einem langen Tisch für meine Schwester und ihren Hofstaat. Da so viele Augen auf mich gerichtet waren, hielt ich mich zurück und versuchte, so unauffällig wie möglich zu sein. Das war einfach, weil meine Schwester Elizabeth so schön war, dass alle Augen ständig auf sie gerichtet waren. Niemand sagte etwas zu mir, aber es wurde jede Menge über mich gesagt. Ich sah die schrägen Blicke, hörte das Flüstern, wenn ich vorbeiging.

Ich blieb bis zum Schluss. Ich sah, wie mein Vater und meine kleine Schwester tanzten, und ja, er weinte, versteckte es aber gut. Der Überraschungstanz war lustig und das Essen köstlich, die Cateringfirma tischte Tonnen reichhaltiges, würziges mexikanisches Essen auf, das beinahe so gut war wie die Sachen meiner Mutter. Beinahe. Die Bar war offen, die Musik laut und meine Familie war im vollen Feiermodus. Ich entkam, als alle, einschließlich *Abuela*, auf der Tanzfläche waren. Ich trat ins Freie, blieb beim Hintereingang kurz stehen und sog etwas heiße Luft ein, entließ sie dann langsam. Ich verharrte eine Minute im Schatten, rief ein Uber und versuchte, die Missbilligung so vieler aus meiner Familie abzuschütteln. Ich war mir wirklich nicht sicher, was schlimmer war – die stillen Blicke des Abscheus oder ein Schlag ins Gesicht.

Nicht, dass ich geschlagen worden war, aber ich hätte mich lieber mit ein paar meiner Cousins geprügelt, als mich mit der Abneigung auf so vielen Gesichtern herumzuschlagen. Gesichter von Menschen, mit denen ich gespielt hatte, seit ich Windeln getragen hatte.

Die Tür öffnete sich, traf mich am Hintern. Ich sprang zur Seite, um den Raucher, der unbedingt eine Zigarette brauchte, herauszulassen. Mein Vater trat durch die Tür, sein Blick fiel auf mich. Meine Finger verkrampften sich um mein Handy. Er war so gut aussehend in einem Anzug, der beinahe dasselbe Rauchgrau hatte wie meiner. Seine Haare waren zurückgekämmt, die silbernen Strähnen traten deutlich hervor.

„Ich kann nach vorne gehen und dort auf mein Taxi warten", bot ich an, als ich sah, wie das Unwohlsein sich in seinem Gesicht ausbreitete.

Er starrte in die Bäume hinauf, die sich im Wind wiegten. „Wirst du zum Geburtstag deiner Mutter im August nach Hause kommen?"

„*Si, Papá, si me permiten volver a casa.*"

Seine dunklen Augen wurden vor Verwirrung schmal. „Warum solltest du nicht nach Hause kommen dürfen? Du bist unser Sohn, ganz egal, was du bist. Das wird sich niemals ändern."

Okay, wow. Das war kein richtiger Hass, glaubte ich zumindest nicht. Damit konnte ich umgehen.

„Danke. Wenn ich komme, kommt Sebastian mit."

Er musterte die Bäume sehr lang. Ich schaute auf mein Handy. Mein Taxi würde in einer Minute da sein. „Ich verstehe", antwortete er schließlich, ging dann wieder hinein.

Nun, das war auch keine richtige Antwort, aber

auch damit konnte ich umgehen. Er hatte mich nicht geschlagen oder mich beschimpft. Ich sprintete um das Restaurant herum nach vorne, löste im Laufen meine Krawatte und setzte mich auf den herrlich kühlen Rücksitz eines Honda Accord.

Ich konnte nicht schnell genug in Sebastians liebende Arme zurückkehren.

ACHTZEHN

Seb

Der Ton in den Sozialen Medien hatte sich verändert. Nicht genug, dass ich arbeitslos war, aber genug, dass ich dachte, meine Strategien waren erfolgreich. Ich war überzeugt, dass wenn der JAR-Block aufhörte, die Spielzüge zu machen und die Tore zu schießen, es für unsere Fans nicht mehr so einfach wäre, zu akzeptieren, dass Alex schwul war. Sie wurden die Helden des Teams, zusammen mit Colorado, der mit jedem Spiel verlässlicher wurde. Heute hatten wir die letzten Promo-Aufnahmen, drei Spiele noch in dieser Saison und wir würden tatsächlich einen vierten Platz in unserer acht Mannschaften umfassenden Division haben, auch wenn wir keine statistische Chance mehr hatten, um den Stanley Cup zu spielen.

Die Stimmung war fröhlich, wir hatten San Diego zu Gast und Jason erklärte mir, was für einen Beitrag ich für das Team geleistet hatte.

„… wenn wir dich also dafür gewinnen könnten,

dass du uns per E-Mail weiter unterstützt, wäre das
großartig.“

Er wartete auf eine Antwort, dass ich sagte, dass es
wunderbar war, wie viel Vertrauen das Team in das
hatte, was ich machte und dass ich, Ja, liebend gern
weiter mit den Raptors arbeiten würde, von meinem
Büro in Großbritannien aus.

Nur dass ich das nicht sagen wollte, denn auch nur
über Fernsupport in Teilzeit *nachzudenken*, bedeutete, dass
ich gehen würde und gerade im Moment war ich nicht
bereit zu gehen.

„Uh-huh“, meinte ich und sein Gesicht wurde lang.

„Natürlich verstehe ich, dass deine anderen Verträge
deine Zeit beanspruchen und dass wir dich nicht für
diesen festen Zeitraum bezahlt haben, aber du hast die
Dinge hier wirklich aufgewertet, Seb, und wir haben so
viel mehr, an dem du für uns arbeiten musst. Wir
könnten dich bezahlen“, fügte er ein wenig verzweifelt
hinzu. Ich wusste, dass die Einnahmen gestiegen waren,
aber ich war mir nicht sicher, ob sie *so viel* gestiegen
waren. Zur Hölle, es war nicht so, dass ich das Geld
brauchte. Dennoch war es eine schwerwiegende
Entscheidung.

„Ich werde darüber nachdenken“, sagte ich und
dann, weil Jason wie ein geprügelter Welpe aussah,
schlug ich ihm auf die Schulter. „Aber ich habe es
geliebt, mit den Raptors zu arbeiten, warum also sollte
ich jetzt aufhören wollen?“

Das reichte aus, dass mein Freund wieder lächelte
und nachdem das erledigt war, konnte ich ihm und
Mark entkommen, der ebenfalls Vertragsarbeit aus der

Ferne vorgeschlagen hatte. Sie beide verstanden, dass mein Zuhause in England war, aber was war mit Alex?

Wenn ich nach Hause zurückkehrte, würden wir uns vielleicht ein paar Mal pro Jahr sehen, für einen langen Sommer, und das war es. Ich war derjenige mit der doppelten Staatsbürgerschaft, darum konnte ich derjenige sein, der seine Zeit zwischen England und Arizona aufteilte. Würde Alex das wollen? Zählte er darauf, dass ich nur begrenzte Zeit hier war? Warum zweifelte ich überhaupt an ihm? Oder an mir? Ich liebte ihn und er liebte mich.

„Hey."

„Wenn man vom Teufel sprach. Alex tauchte auf, trug immer noch seinen Anzug und die Krawatte, war auf dem Weg in die Umkleide, um sich für das Spiel umzuziehen.

„Hey." Ich blieb neutral, für den Fall, dass mein Tonfall Dinge verriet, die ich geheim halten wollte.

„Ich habe nachgedacht", fing Alex mit gerunzelter Stirn an, musterte dabei mein Gesicht.

„Ja?"

„Ich möchte über den Sommer Zeit mit Henry verbringen, vielleicht ein wenig bei ihm bleiben, aber weißt du was? Ich habe einen Trainer gefunden, der die USA verlassen und ein Trainingszentrum in der Nähe von Oxford aufgebaut hat und weißt du was? Ich war noch nie in England."

Ich drehte mich zu ihm, war mir nicht ganz sicher, ob ich ihn richtig verstanden hatte.

„Alex?"

„Du fliegst nach Hause. Ich habe Zeit. Vielleicht

könnte ich für ein paar Wochen nach England kommen. Du kannst mir zeigen-"

„Ja."

Er grinste, zwinkerte mir dann zu, bevor er in Richtung Umkleide ging. Ich konnte es ein wenig hinauszögern, darüber nachzudenken, was nach dem Sommer passieren würde, denn für eine kurze Weile würde ich Alex in meinem Haus haben und das war absolut wunderbar.

„Du siehst wie die Grinsekatze aus", bemerkte Colorado, als er an mir vorbeikam. Ich hatte dazu nichts zu sagen, weil ich so sehr lächelte.

Ich musste Alex so viel zeigen. Sobald wir landeten, fing ich an, ihm Sachen zu erzählen.

„Und Windsor Castle ist auch nicht allzu weit von hier entfernt. Wir könnten es uns anschauen, wenn du möchtest?" Ich dachte, dass dies vielleicht die zehnte Sache war, die ich ihm innerhalb weniger Minuten vorgeschlagen hatte und er schaute mich mit geweiteten Augen und offenem Mund an.

„Ist das vor dem Ort, an dem König Dingsbums Prinzessin wie auch immer geheiratet hat oder Stonehenge oder nicht Stonehenge, weil das zu kommerziell ist, oder Bath, wo die Römer waren, oder kommt das nach der ganzen Tour durch London?"

Er zog mich auf, das wusste ich und ich spürte die Hitze in meinem Gesicht. Ich konnte nichts dagegen tun. Ich wollte ihm alles über mein Zuhause erzählen.

Geschichte war überall um mich herum und ich hatte einfach angenommen, dass dies die Dinge waren, die ein Amerikaner, der zum ersten Mal im Land war, sehen wollte.

Da lachte er und legte eine Hand auf mein Knie. „Ich ziehe dich nur auf. Ich will alles sehen, aber vor allem möchte ich deine Mom kennenlernen und dein Haus sehen, können wir das also zuerst machen?"

„Das können wir." Ich nahm die Auffahrt auf die Autobahn und fuhr Richtung Nordwesten, weg von London und hinaus in die Cotswolds und wir richteten uns auf der Fahrt ein, als würden wir schon immer zusammen reisen. Es gab Musik, Neckereien und nur kurze zwei Stunden später hielten wir vor meinem Haus.

„Oh, wow", sagte Alex und kletterte aus dem Auto. Ich fragte mich, was er sah, als er das gelbliche Steingebäude anschaute, das Mittlere von drei ehemaligen Arbeiter-Cottages, komplett mit Schindeldach und Rosen, die sich um die Eingangstür rankten. Ich liebte mein Haus, meine Sicherheit und dass meine Mom und Tante gleich nebenan wohnten, war nur ein zusätzlicher Vorteil. Könnte ich das hier verlassen? Ein Schlag traf mich, als ich diesen Gedanken nur andachte.

„Es ist wie aus einem Film." Alex schüttelte seinen Kopf. „Wunderschön."

„Es wurde im sechszehnten Jahrhundert erbaut-"

Er küsste mich, direkt vor meinem Haus, hinter den Rosenbüschen und ich drückte ihn an mich.

„Danke, dass du mich mitgenommen hast. Ich liebe

es. Werde ich mir hier den Kopf anschlagen? Gibt es Balken? Hast du einen Kamin? Können wir ein Feuer anmachen?" Er fügte die letzte Frage in zweifelndem Ton an. „Ich nehme an, das ist nur für den Winter, oder? Welches Haus gehört deiner Mom? Können wir sie treffen?"

„Ja, du wirst dir den Kopf anschlagen, nein, was das Feuer betrifft und komm mit." Ich nahm seine Hand und zog ihn den Pfad entlang zur Eingangstür des Hauses meiner Mum. Ich musste nicht anklopfen und ich wusste, dass meine Mum und Tante auf uns gewartet hatten.

„Sebastian!", rief meine Mum, als sie die Tür öffnete, mich an sich zog und festhielt. Diese Frau hatte für mich alles geopfert und ich liebte sie für alles, darum umarmte ich sie ebenso fest. Als wir uns trennten, zog sie Alex sofort in eine Umarmung. Ich konnte nur denken, dass meine Mum mit ihren knapp ein Meter fünfundfünfzig im Vergleich zu meinem festen Freund winzig war. „Du musst Alex sein. Komm rein, komm rein, willkommen in England. Sebastian hat mir erzählt, dass du Hockey spielst, für ein Team in der Wüste. Wie funktioniert das überhaupt?" Ich hörte zu, wie ihre Stimmen verklangen, als sie in Richtung Küche gingen und dann umarmte meine Tante Olivia mich und sagte mir, wie sehr sie mich vermisst hatten.

„Ich habe euch auch vermisst", erklärte ich voller Nachdruck und ließ mich in die Küche führen, wo sie sich mit dem Essen selbst übertroffen hatten. „Deine Mum hat gesagt, dass wir nicht genug haben, aber wir können jederzeit mehr besorgen."

„Ein Scone?", hörte ich Alex fragen. Er und meine Mum waren über den Küchentisch gebeugt, der Gefahr zu laufen schien, unter dem Gewicht des Essens zusammenzubrechen.

„Genau und wir haben Marmelade und Sahne darauf gegeben, dicke Sahne, wohlgemerkt."

„Dicke Sahne? Okay, du zeigst mir besser, wie das geht. Das ist die Marmelade, oder? Das Gelee, meinst du, was kommt zuerst?"

„Mum, du musst uns ins Haus kommen lassen, bevor du versuchst, ihn zu füttern."

Mum schaute zu mir auf. „Oh, Liebling, Alex ist anbetungswürdig und er sagt mir, dass er mir Hockey erklären wird und wir werden einkaufen gehen."

Wie zur Hölle war das alles in nur einer Minute passiert? Der Himmel wusste es, aber meine Mum war schnell.

„Tante Olivia, das hier ist mein fester Freund, Alex." Olivia und Alex umarmten sich, Mum und ich umarmten uns erneut, Alex und ich umarmten uns. Zur Hölle, wir alle umarmten uns so lang, dass ich dachte, wir würden uns nie hinsetzen. Als wir endlich Platz nahmen, schaute ich zu, wie Mum Alex zeigte, wie er den perfekten Scone zu seinem Tee bauen konnte, ihm erklärte, was ein Battenberg-Kuchen war und wie man eine gute Tasse Tee zubereitete und während all dem lächelte Alex und das ließ nicht einmal nach, als Tante Olivia seine Wange kniff und ihm dann den Kopf tätschelte. Er war so glücklich hier und ich wollte ihn für immer in dieser Küche behalten.

Nachdem wir gegessen und versprochen hatten, die

beiden Damen am nächsten Morgen abzuholen, um römische Ruinen zu besichtigen – Alex' Entscheidung – gingen wir zu meinem Haus. Ich machte für ihn Platz in meinem Kleiderschrank und wir packten unsere Koffer auf dem Bett aus. „Gib einfach alle deine Sachen in die linke Seite des Schranks." Ich deutete darauf, nur für den Fall.

„Wandschrank." Alex grinste.

Ich hob eine seiner Jeans hoch. „Ja, leg deine Hosen in den Schrank."

Er kam näher und nahm mir die Jeans ab, warf sie dann auf meinen Stuhl. „Du willst, dass ich meine Hosen in den Wandschrank lege?"

„Ja, Jeans-" Er küsste mich, um mich davon abzuhalten, zu reden, verschränkte seine Hände hinter meinem Hals und unterbrach dann den Kuss.

„Sag etwas anderes", befahl er. „Du machst mich so heiß."

„Mit meinem Schrank?" Ich grinste in den Kuss.

„Und mit Bürgersteigen, erzähl mir das alles noch einmal." Er presste sich an mich und auch wenn ich nie gedacht hatte, dass mein englischer Akzent sonderlich sexy war, schließlich war das einfach nur die Art und Weise, wie ich redete, schien er eine Wirkung auf Alex zu haben, der hart an mir war. Ich führte ihn zum Bett, bis seine Kniekehlen dagegen stießen und dann kehrte ich den Briten heraus.

„Später werde ich dich in deinen Ferien mit auf einen Spaziergang nehmen, auf dem Bürgersteig, und wir werden Fish and Chips essen und dann, wenn wir fertig sind, werde ich dich zurückbringen, und nachdem du auf dem Häuschen warst, werden wir deine Jeans in den Schrank hängen, die Vorhänge schließen, alle Lichter ausmachen und eine Handlampe benutzen, um-"

Ich kam mit meiner albernen Geschichte mit den britischen Ausdrücken nicht weiter, weil er mich aufs Bett riss, die Koffer auf den Boden stieß und mir zeigte, wie heiß ihn mein Gerede gemacht hatte.

Ich war nie glücklicher gewesen, britisch zu sein.

WIR HATTEN vier Wochen und reisten im Land herum, waren einfach nur verliebt. Die Arbeit wartete und außer ein paar Stunden hier und da hatte ich meine erste richtige Pause seit der Universität. Ich zeigte Alex die Herrlichkeit eines englischen Country Pubs, wir fuhren über die Grenze nach Wales und verbrachten ein langes, heißes Wochenende in Cardiff und wir besuchten so viele Orte, die ich selbst noch nicht gesehen hatte. Manchmal hielten wir Händchen, wenn niemand uns sehen konnte, aber der paranoide Teil von mir dachte, dass ein Foto alles war, was es brauchte, um die USA zu erreichen. Wer Alex hier erkennen würde, wusste ich nicht, aber ein Raptors-Fan, der hier Urlaub machte und sein Geheimnis wäre keines mehr. Wir redeten nie ernsthaft, nicht bis zwei Tage vor Alex' Flug nach Hause und er war immer stiller und nachdenklicher geworden. Ich mied es sorgsam, seine bevorstehende Rückkehr in die Staaten zu erwähnen, ließ ihn das Tempo bestimmen, aber bis jetzt hatte er sich zu etwas wie einer Zukunft nicht geäußert.

Wir hatten einen Spaziergang an dem Fluss entlang gemacht, der durch die kleine Stadt Bourton-on-the-Water floss, waren über jede der fünf Brücken gegangen, während wir über Hockey und uns redeten, aber als wir wieder zurückkamen, hatten wir immer noch keine Lösung dafür, was als Nächstes kommen würde.

Ich spürte, dass Alex etwas zu sagen hatte, es aber nicht aussprechen wollte und in meinem Herzen hatte ich Angst, was er vielleicht sagen könnte, darum stellte ich fest, dass ich immer das Thema wechselte, wenn es ernst wurde.

Ich wusste, dass ich ihm alles anbieten wollte, aber ich wollte ihn nicht überfordern und ihm etwas aufzwingen, das für ihn nicht richtig war.

So wie die Dinge standen, befanden wir uns in einer schrecklichen Pattsituation. Als wir das Haus erreichten, blieb er am Tor stehen und anstatt es aufzudrücken, drehte er sich zu mir und ich spürte, dass dies der Moment war, in dem alles in meinem Kopf, all meine Ängste und Sorgen, sich bewahrheiten würden.

„Ich wollte immer Hockey spielen", platzte er heraus.

„Ich weiß. Das hast du schon gesagt." Ich war vorsichtig und dachte, dass es nicht ratsam war, ihn zu fragen, warum er mir das erzählte.

„Aber ich könnte ein Touristenführer sein, in Bath oder Cardiff. Ich könnte alles lernen und hier bei dir bleiben. Ich könnte es für dich aufgeben, wenn du mich darum bittest."

Mein Brustkorb verengte sich. Das war es nicht, was er wollte. Nicht wirklich.

„Lass uns reingehen", forderte ich ihn auf und irgendwie schafften wir es ins Haus und schlossen die Eingangstür hinter uns. „Das ist es nicht, was du willst", sagte ich, als er mich nur anstarrte, als stünde er unter Schock. „Deine Familie bedeutet dir so viel und ich könnte niemals akzeptieren, dass du Hockey aufgibst, um Himmels willen. Das Eis ist dein Zuhause und du wirst darauf lebendig."

„Ich will nicht, dass das hier endet", sagte er beinahe verzweifelt.

„Vielleicht hat es sein natürliches Ende erreicht", meinte ich. „Du musst da rausgehen und sehen, was du sonst noch haben kannst. Du musst dich nicht auf den ersten Mann festlegen, in den du dich verliebt hast."

Er sank auf den nächsten Stuhl und seine Schultern fielen nach vorne. „Ist es das, was du denkst? Ich kann nicht glauben, dass du das wirklich glaubst. Ich liebe dich."

„Und ich liebe dich." Ich nahm den Stuhl ihm gegenüber.

„Warum schiebst du mich dann weg?"

„Das tue ich nicht, Alex."

„Du willst nicht darüber reden, ob wir einander wiedersehen."

„Ich habe darauf gewartet, dass du dieses Gespräch beginnst."

„Und ich habe auf dich gewartet."

Wir bewegten uns im Kreis, aber eines war klar –

wir beide wollten nicht über den Elefanten im Raum sprechen.

„Alex, rede mit mir."

„Komm mit mir zurück nach Amerika. Du musst dort nicht leben, aber du hast gesagt, dass dein Dad Amerikaner ist, darum könntest du einen Pass beantragen, wenn du das möchtest."

„Ich habe bereits einen."

„Oh." Seine Augen weiteten sich. „*Oh*", wiederholte er.

„Das heißt nicht, dass ich England verlassen möchte."

„Ich weiß, dass du nicht in die USA ziehen möchtest, aber was, wenn ich mir eine Bleibe etwas weiter weg vom Stadion suche? Du könntest für längere Zeiträume bleiben? Vielleicht sogar ein paar Monate im Winter? Ich bin mir sicher, dass es dort jede Menge Verträge gibt und Firmen, die deine Hilfe brauchen. Sogar wenn du ein paar Mal zurückfliegst, könnten wir Skypen …" Ich wusste, dass er darauf wartete, dass ich etwas sagte. Ich stand auf und setzte mich neben ihn.

„Ich liebe dich", fing ich an.

„Scheiße, du machst mit einem Aber weiter, oder nicht?", murmelte er.

„Das Aber …" Ich seufzte. „Alex, ich bin der erste Mann, mit dem du zusammen bist und du solltest-"

„Du willst, dass ich da rausgehe und ein paar Typen vögle? Huh?"

Ich zuckte bei diesem vulgären Wort zusammen. Wir fickten nicht. Wir liebten uns. Was wir hatten, war echt und etwas Besonderes.

„Nein."

„Du bist mit verdammten zweiunddreißig Jahren so erfahren", schnappte er. „Ist es das, was du getan hast, hast du dich durch England gefickt?"

Hauptsächlich hatte ich alle Stunden, die mir zur Verfügung standen, damit verbracht, meine Beratungsfirma aufzubauen, aber ja, ich hatte meinen Anteil beschissener Beziehungen gehabt, nur dass keine davon wie diese gewesen war. Ich hatte mich noch nie zuvor verliebt und wer konnte sagen, ob sich mit zweiundzwanzig oder zweiunddreißig zu verlieben die richtige Art und Weise war, die Dinge anzugehen.

„Nein und wir ficken nicht. Wir lieben uns. Das ist ein Unterschied. Wenn ich auch nur eine Minute denken würde ..."

„Was?", hakte er nach. „Was denkst du? Seb, rede mit mir?"

„Wenn ich denken würde, dass du wirklich bereit für die Art Für Immer bist, die ich mit dir haben möchte, wenn ich nicht das Gefühl hätte, als würde ich dich zwingen, fest mit mir zusammen zu sein-"

Er wurde viel zu gut darin, mich mit Küssen zum Schweigen zu bringen, aber ich hielt ihn auf. „Alex-"

„Ich will Für Immer. Mit dir. Und eines Tages möchte ich mich outen und eine Inspiration für Hockeykinder sein und mit dir zusammen ein Haus kaufen und dich dort manchmal haben, wenn du kannst. Deine Mom und deine Tante herbringen. Wenn ich einen großen Vertrag bekomme, kann ich für all das bezahlen und Himmel, Seb, ich liebe dich so sehr, dass ich den Gedanken nicht ertragen kann, dass es das gewesen ist." Sein Tonfall war erschöpft, verzweifelt und dann klang er einfach nur überwältigt. „Was muss ich sagen, damit du verstehst - ?"

Dieses Mal brachte ich ihn mit einem Kuss zum Schweigen und dann zog ich mich zurück. „Ich liebe dich. Lass uns dafür sorgen, dass es funktioniert."

„Zusammen, in den USA, hier, mit deiner Mom zu Besuch, ein Haus, du willst alles?"

Nun, diese Frage war leicht zu beantworten.

„Ich will alles. Mit dir."

Epilog

„Heb dein Bein höher. Ja, das ist … ja."

Er wand sich unter mir, sein Körper zog sich um mich zusammen, als ich tiefer eindrang.

„Ah, zur Hölle", gurrte Sebastian, seine Finger rissen das Laken von der Matratze, als ich seine Prostata immer und immer wieder anstieß.

Sein Rücken war glitschig von Schweiß, klebte an meinem Brustkorb, sein Gesicht ruhte auf der nackten Matratze. Ich liebte das so sehr. Dieser harte männliche Körper unter mir, das maskuline Grunzen, wie sein Hintern sich anfühlte, die Hitze und der Druck. Das war meine Welt, mein Mann, mein ganzes Sein, alles eingehüllt in diesem riesigen Bett in einem wunderschönen Haus in den Cotswolds.

„Mach das noch einmal … nein, ja." Er wölbte seinen Rücken und das Gefühl blies mir beinahe den Kopf von den Schultern. Die Lust, in ihm zu sein, war unbeschreiblich. Keine Worte konnten sie je angemessen erklären. Sebastian war so ein freigiebiger Lehrer und ich ein eifriger Schüler. Wir hatten uns noch nicht dazu vorgearbeitet, dass ich der Bottom war, aber keiner von uns hatte es eilig. Seb liebte es und ich war nervös, immer noch, nach all dieser Zeit. Manche Gewohnheiten waren schwer zu ändern.

„Schneller, bitte." Seine hitzigen Worte zerrten mich fort von den Gedanken an einen Alejandro, der nicht mehr existierte, das wollte ich zumindest denken. Offensichtlich tat er das noch. Er tauchte hin und wieder auf, schimpfte und verurteilte mich, nannte mich sündig und schmutzig, aber dann war immer Seb da und führte mich aus der dunklen Vergangenheit in diese strahlende Gegenwart. Ich breitete mich über ihm aus, schob seine Beine noch weiter auseinander, meine Hüften pumpten.

Er wölbte sich auf, um meinen Stößen zu begegnen. Ich kam zuerst, er nur eine Sekunde nach mir, seine leisen Rufe der Erlösung schwebten an die Decke, um sich zu meinen eigenen zu gesellen. Ich schauderte und war ganz nassgeschwitzt. Dann gaben meine Ellbogen nach. Ich fiel auf seinen Rücken, genoss das Beben, als er seine Ladung in das Bettzeug und seine Hand pumpte.

„Ah, verdammt", keuchte er, rollte seine Hüften herum und herum, molk seinen Schwanz.

Ich leckte seinen Nacken, stieß ein letztes Mal tief in ihn und zog mich dann zurück, meine Füße landeten auf dem Boden. Sebastian drehte sich auf den Rücken. Ich konnte seinen Blick spüren, als ich ins Bad tappte. Ich verknotete das Kondom und warf es in den Müll, bevor ich unter die Dusche trat. Wir mussten heute ein

Flugzeug erwischen. Unser Sommer in England war vorbei. Ich würde zurück nach Arizona fliegen, zu den Raptors und meiner Familie. Die Kommunikation zwischen mir und neunzig Prozent des Santos-Garcia-Clans war dürftig. Ich redete täglich mit meinen Geschwistern und *Abuela*. Mit meiner Mutter ein Mal pro Woche, mit meinem Vater gar nicht, aber er war kein Fan der Sozialen Medien. Mom bat um Fotos, kommentierte aber nie die, auf denen ich und Seb zusammen zu sehen waren. Was irgendwie wehtat, aber zumindest redete sie mit mir. Meine Cousins? Nicht wirklich. Ein Teil davon war meine Schuld, aber der Großteil dieser Distanz zwischen uns kam von ihnen. Ich hatte mich während unserer freien Zeit hier so gut von Amerika zurückgezogen, wie ich konnte. Ich hatte lernen müssen, ein schwuler Mann in einer festen Beziehung zu sein. Ich hatte mich selbst und meine Spiritualität finden müssen. Ich hatte frei von den rassistischen Spannungen sein müssen. Ich hatte einfach nur *sein* müssen. Ich hatte hier in dieser malerischen Stadt großen Frieden gefunden. Die Leute waren nett, das Essen unglaublich gut und das Fernsehen hervorragend. Und dann war da noch Sebastian.

Der, wie ich bemerkte, nachdem ich die Dusche mit einem Handtuch um meinen Hals verließ, mit einem zufriedenen Lächeln auf den Lippen schlief. Ich deckte seinen bleichen Hintern zu, zog mir bequeme Reisekleidung an und ging in die Küche, um den Kessel aufzusetzen. Tee war jetzt die Norm. Ich vermisste Kaffee, vor allem den süßen mexikanischen Kaffee, den *Mamá* jeden Morgen braute. Das Instant-Zeug, das sie hier verkauften, war widerlich, darum hatte ich zu Tee gewechselt. Während der Kessel brodelte und dampfte, ging ich zu dem großen Fenster in der Ecke und schaute auf den Garten oder die Beete, wie Seb es nannte. Seht ihr, für mich sind Beete kleine Stücke Land, auf denen man Gemüse anbaut. Ich lächelte über das sanfte Sticheln, das ich die letzten paar Wochen hier abbekommen hatte, alles gut gemeintes Aufziehen von Seb, seiner Mom, seiner Tante und den Nachbarn wegen meiner albernen Art zu reden oder die Zeit anzusagen.

„Du siehst aus, als wärest du in einer anderen Welt", bemerkte Seb, als er barfuß hinter mir auftauchte. Ich lehnte mich in seine Arme, drehte meinen Kopf für einen sanften Kuss.

„Ich bin mir nicht sicher, ob ich hier wegmöchte", gestand ich, hob die Hand, um meine Finger in seine feuchten Haare zu schieben. Er roch duschfrisch. Ich ließ meinen Blick von ihm zurück zum Garten wandern, während mein Körper sich in seine Umarmung schmiegte. „Wir müssen in zwei Tagen auf eine Geburtstagsparty."

„Ich weiß." Er redete in die Seite meines Halses. „Ich werde mit dir dort sein."

„Wenn sie sich schlimm aufführen, gehen wir und kehren nie wieder zurück."

„Leg keine Schwüre ab, von denen du dir später wünschst, dass du sie nicht gemacht hättest. Sie werden sich schon daran gewöhnen."

„Hmm." Das war alles, was ich dazu sagen würde. Sich daran gewöhnen, ja, vielleicht. Wir würden es auf der Geburtstagsfeier meiner Mutter sehen. Für den Moment wollte ich einfach in seinen Armen bleiben und die Sonne genießen, die die grünen Rasen der Stadt wärmte, die ich jetzt als mein zweites Zuhause betrachtete. „Können wir jeden Sommer hierherkommen?"

„Wenn du es wünschst, dann soll es so sein", zog er mich auf, knabberte an meinem Ohrläppchen, während er mich ein wenig fester umarmte. Oh ja, ich wünschte es. Ich wünschte mir das und so viele andere Dinge, aber für den Moment waren Sommer in den Cotswolds und Winter in Tucson und in den Armen dieses Mannes zuzusehen, wie der Tag begann, mehr als genug.

***

ARIZONA WAR GENAUSO HEISS, trocken und staubig, wie es immer gewesen war. In dieser Luft zu atmen, gab meiner ruhelosen Seele das Gefühl, ein wenig geerdeter zu sein. Mein Haus war immer noch leer. Ryker weigerte sich schlicht, seinen Mann und diese Farm in Minnesota zu verlassen, bevor der letzte Abpfiff erklang. Er hatte noch ungefähr zehn Tage. Es war Ende August und das Trainingscamp würde am neunten September anfangen. Sebastian und ich hatten den ganzen Sommer überlegt, wie wir wohnen sollten. Nun, ich hatte überlegt. Er war sein übliches, angemessen cooles britisches Selbst gewesen und hatte gesagt, dass was immer ich wünschte, passieren würde. Hurra, die Gams und reich mir bitte den Digestiv, was überhaupt nicht hilfreich war.

Ich war mir immer noch nicht sicher. Mit ihm zusammenzuziehen wäre ein lautes Statement, eines, von dem ich mir nicht sicher war, ob ich bereit war, es abzugeben. Meine Familiensituation war immer noch hässlich, darum war vielleicht einfach nur stillzuhalten und dieses Haus mit Ryker und Henry zu teilen, der in drei Wochen entlassen werden würde, das Praktischste. Oder? Ugh.

Ich warf Seb, der neben mir saß, einen langen Blick zu, nachdem ich auf halbem Weg zu San Luis zum Tanken abgebogen war. „Ich denke, ich sollte mit Ryker und Henry zusammenwohnen."

„Okay." Er löste seinen Gurt, glitt aus dem Jeep, streckte sich und betrat das Gas & Go-Go. Ich tankte, mein Blick war auf den Roadrunner gerichtet, der mich vom Rand des Highways anstarrte.

„Beep-beep", rief ich dem Vogel zu. Er stand einfach nur da und starrte. „Na gut, ist das hier eine Art *Mayans MC*-Ding, wo ein Tier auftaucht und eine signifikante Bedeutung für die Folge hat?" Der Vogel blinzelte mich mit Vogelaugen an. „Wie, werde ich gegen eine Wand laufen, die ein dämlicher Kojote angemalt hat, damit sie wie ein Tunnel aussieht? Wird mir ein Acme-Amboss auf den Kopf fallen?"

„Redest du mit diesem Vogel?", fragte Seb, erschien mit zwei kalten Dosen Limo und einer Tüte Limón-Chips an meiner Seite. Ich hatte ihn darauf angefixt und der Mann war süchtig nach ihnen.

„Das ist ein Roadrunner." Ich hängte die Zapfpistole wieder in die Halterung und drehte mich, um meinen Tank fest zu schließen.

„Ah, beep-beep und all das." Er lächelte mich an, der Wind blies ihm seine Haare aus dem Gesicht.

„Ich liebe dich. Ich denke, ich sollte bei dir einziehen."

„Okay." Er gab mir einen kurzen Kuss auf die Wange, stieg dann ein und schloss seinen Gurt. Ich verdrehte meine Augen so sehr, dass es wehtat.

„Warum gibst du mir keinen Rat, wo ich wohnen soll?", fragte ich, als ich zurück in meinen Jeep stieg. Er hatte die Tüte mit den Chips bereits geöffnet und kaute fröhlich.

„Nun." Er hielt inne, um seine salzigen Finger an einem Bündel Servietten abzuwischen, die er unter sein Bein geschoben hatte. „Ich habe nicht das Recht, große Entscheidungen für dich zu treffen. Chip?" Er hielt mir die Tüte hin. Ich schob meine Hand hinein, grummelte, nahm mir ein paar und stopfte sie in meinen Mund. „Außerdem habe ich eine Textnachricht von Adler Lockhart bekommen, der mich fragt, ob ich irgendwelche zum Verkauf stehenden Häuser weiß, die sich in der Nähe von Henrys Reha-Klinik befinden. Wage ich zu fragen, wer Adler Lockhart ist?"

„Im Ernst? Wow, äh, er ist einer der Railers. Reicher als die Sünde. Warum kauft er Henry ein Haus, wenn er eines hat, das wir uns teilen?"

„Wie es scheint, heilt Henrys Bein nicht so, wie sie es sich gewünscht haben, darum operieren sie noch einmal, mit Nägeln und Transplantationen und so, grauenvoll klingt das. Darum kann er nicht in einem Haus wohnen, in dem es Stufen gibt, so wie bei deinem. Außerdem machen sie sich Sorgen um sein Auge, seine

Sehkraft kehrt nicht so schnell zurück, wie sie das sollte, darum …"

„Verdammt. Ich wünschte, ich hätte zehn Minuten allein mit Aarni. *Ese hijueputa con cara de rata!*"

„Ich habe Ratte und Hurensohn verstanden", erklärte Seb und reichte mir ein kaltes Getränk.

„Ja, das ist alles, was du verstehen musst, um grob zu wissen, was ich meine. Also, wenn Henry nicht bei uns wohnt, wer wird sich dann um ihn kümmern?" Diese Wendung der Dinge war beschissen.

„Nun, bis Lockhart einen Haushälter/Koch/persönlichen Assistenten findet, wird es Henrys Mutter sein", antwortete er, hob sein Kinn dann in Richtung der Straße. „Wir sollten losfahren. Hinter uns wartet ein Auto."

Ich warf dem Mann, der an meiner Stoßstange wartete, einen kurzen Blick zu, formte „Tut mir leid!", mit den Lippen und schaltete den Motor an. Als ich auf den Highway fuhr, war der Roadrunner fort. Ich hoffte, dass er keine verdächtigen Haufen mit Vogelfutter gefunden hatte.

„Das wird nicht gutgehen. Henry hat gesagt, dass er und seine Familie sich nicht immer verstehen." Ich schaltete den Tempomat ein und lehnte mich zurück, der Wind wehte mir ins Gesicht, während Romeo Santos uns ein Ständchen brachte.

„Das Leben ist selten fair", erinnerte er mich sanft. Was stimmte.

Die Fahrt nach Hause verbrachten wir damit, Sebastian beizubringen, wie er meine Mutter und meinen Vater auf Spanisch begrüßen konnte, Chips zu essen und Limo zu trinken, von der wir beide rülpsen mussten. Wir hatten noch nicht fertig vor dem Haus meiner Eltern geparkt, als Elizabeth durch die Seitentür rannte und sich auf mich stürzte. Wild lachend drückte ich sie an mich und schwang sie in einem weiten Kreis, ihr fröhliches Lachen Musik in meinen Ohren. Als ihre winzigen nackten Füße wieder den Boden berührten, rannte sie erneut los, zog an Sebastian und mir, bis wir über unsere eigenen Füße in die Küche stolperten. Dort saßen meine Großmutter, meine Eltern und Dwayne, der junge Mann, mit dem meine Schwester zusammen war, seit er als ihr *Chambelán* fungiert hatte.

Mein Blick huschte von *Abuela*, die uns anlächelte, zu meinen Eltern. Wir blieben in der Tür stehen, meine Hand suchte seine und fand sie. Ich hob mein Kinn an. Mein Vater stand auf. Unsere Blicke trafen sich.

„*Bienvenido a casa, hijo.*" Er hielt mir seine Hand hin. Ich schüttelte sie. Dann reichte er Sebastian seine Hand. „Willkommen zurück. Danke, dass du dich im Ausland um unseren Sohn gekümmert hast."

„*Gracias por invitarme a su fiesta, es un placer verlo de nuevo*", antwortete Sebastian, sein Blick wanderte von meinem Vater zu meiner Mutter, dann zu meiner Großmutter.

Meine Großmutter hob die Hand und zwickte meinen Hintern. Ich kicherte, beugte mich nach unten und drückte einen Kuss auf ihre faltige Wange.

„Ich habe dich vermisst, *Abuela*."

„*El amor te queda mi niño*", flüsterte sie, als Dwayne aufstand und Elizabeth bei der Suche nach weiteren Stühlen half. Ich starrte über den Kopf meiner Mutter, als sie mit Sebastian ein Gespräch über die Royals anfing. Er zwinkerte mir von der Seite zu, als sie fragte, ob er Prinz Harry kannte, den sie sehr mochte, weil er eine farbige amerikanische Frau geheiratet hatte.

Ja, ich nahm an, dass die Liebe mir wohl gut stand, schwer zu sagen, aber ich wusste, dass sie sich großartig anfühlte. Genau wie mit Sebastian an meiner Seite am Tisch zu sitzen. Vielleicht würde ich doch bei ihm einziehen. Das würde die Zeit zeigen. Eines war sicher. Ganz egal, wohin unsere Briefe ausgetragen wurden, unsere Herzen waren für immer verbunden.

Ende

Schatten und Licht (Raptors #3)

Ist es leichter, in die Schatten zu fallen, als sich ans Licht zu klammern?

Bei einem schrecklichen Autounfall von einem Mann verletzt, der ihm das Gefühl gegeben hat, nichts zu sein, hat Henry lebensbedrohliche Verletzungen davongetragen, seine Karriere als Hockeyspieler ist pausiert und er hat Albträume, die ihn in der Nacht verfolgen. Er hat Probleme, zu gehen, und so sehr die Leute ihm auch sagen, dass er Hoffnung haben soll, weil er jung und fit ist, sein Sehvermögen ist beeinträchtigt und er verfällt immer mehr in Verzweiflung. Er darf endlich nach Hause in das Haus, das er mit Ryker und Alex teilt, aber seine Mom kümmert sich um ihn und ihre Entschlossenheit, dass er nie wieder ein Eisstadion sehen wird, macht ihn wahnsinnig. Sie möchte, dass er nach Hause zieht und in der Immobilienfirma der Familie arbeitet, aber der Gedanke daran ist angsteinflößend. Hockey hat ihm seine Freiheit geschenkt und jetzt ist ihm alles genommen worden.

Medikamente machen alles erträglicher, aber nur eine riskante experimentelle Operation kann sein Auge in Ordnung bringen. Einerseits könnte er, wenn die invasive Operation Erfolg hat, eines Tages wieder zurück aufs Eis, aber wenn sie andererseits nicht funktioniert, könnte er dauerhaft erblinden. Seine Mom wegzuschicken gibt Henry die Illusion von Kontrolle zurück, aber die Einsamkeit bringt ihn um, jeden Tag ein Stückchen mehr, bis Apollo vor seiner Haustür steht und ihm erklärt, dass sie umziehen. Mit einem sonnigen Lächeln und ansteckendem Optimismus, zusammen mit seinen festen Regeln, wird Apollo langsam ein integraler Teil von Henrys Leben. Aber eines Tages, wenn es Henry besser geht, wird Apollo gehen und was passiert dann? Hat Henry sich wirklich in den Mann mit den dunklen Augen verliebt oder ist das alles nur Schall und Rauch?

Wenn es eines gibt, worüber Apollo Vasquez alles weiß, dann ist es, anderen zu helfen und mit spleenigen Athleten zusammenzuwohnen. Schließlich hat er den Großteil seines Erwachsenenlebens damit verbracht, sich um einen der reichsten Hockey spielenden Erben in Amerika zu kümmern. Seine Tage waren mit Freundschaft, Lachen und dem Wissen gefüllt, dass er gebraucht wurde. Oder gebraucht worden ist. Im Laufe des letzten Jahres ist Apollos bester Freund, Adler Lockhart, ihm entglitten, hat seine Zeit mit seinem festen Freund verbracht, auf dem Eis oder auf Reisen mit dem Mann, den er liebt. Dadurch fühlt Apollo sich wie ein klobiges fünftes Rad am Wagen oder ganz allein in einem luxuriösen Apartment, wo er niemanden hat, um den er sich kümmern kann.

Da er weiß, dass sein Leben an einem Scheideweg angekommen ist, führt seine liebevolle Natur ihn weit weg von seinem Freund aus Kindertagen in die trockene Wüstenstadt Tucson, wo er anbietet, sich um Henry Greenaway zu kümmern, während der junge Raptor sich sowohl mental als auch physisch von einem beinahe tödlichen Autounfall erholt. Henry sieht sich ebenfalls einem neuen Leben gegenüber, einem, das ihn vielleicht von dem Sport wegführt, den er so lang geliebt hat. Kochen, Putzen und moralische Unterstützung zu bieten ist genau das, was der Arzt für Apollo verschrieben hat, und schon bald stellt er fest, dass er sich nicht nur selbst wiederfindet und ein neues Leben, das er liebt, sondern sich auch in den süßen, verlorenen, verletzten Mann verliebt, der mit einem schüchternen Lächeln nach dem anderen langsam sein Herz einfängt.

Blockwechsel (Harrisburg Railers Buch 1)

Kann Tennant Jared zeigen, dass Alter nur eine Zahl ist und dass nur die Liebe zählt?

Die Rowe Brüder sind berühmte Hockey Teufelskerle, aber als jüngster des Trios musste Tennant immer gegen den Ruf seiner Brüder anspielen. Um aus ihrem Schatten zu treten, und gegen ihren Rat, nimmt er einen Wechsel zu den Harrisburg Railers an, wo er Jared Madsen trifft. Mads ist ein alter Freund der Familie und der ehemalige Teamkollege seines Bruders. Mads ist Tennants neuer Coach. Und Mads ist der attraktivste Mann, den er je gesehen hat.

Jared Madsens Hockey-Karriere wurde von einem Herzfehler

frühzeitig beendet, aber durch die Arbeit als Coach bleibt er nahe am Spiel. Als Ten ins Team wechselt, wird seine akribisch geordnete Welt ins Chaos geworfen. Weil er neun Jahre jünger und der Bruder seines besten Freundes ist, weiß Mads, dass er unbedingt die Finger von Ten lassen muss, aber sobald er Tens Bewegungen sieht, auf dem Eis und im richtigen Leben, weiß er, dass sein Herz ihn wieder in Schwierigkeiten bringen könnte.

Harrisburg Railers Hockey

1. Blockwechsel
2. Erste Saison
3. Am tiefen Ende
4. Poke Check (Deutsche Ausgabe)
5. Letzte Verteidigung
6. Torlinie
7. Neutrale Zone
8. Hat Trick (Deutsche Ausgabe)
9. Save the Date (Deutsche Ausgabe)
10. Mit Baby sind es drei
11. *Rivalen*
12. *Perfekte Geschenke*

Ryker (Deutsche Ausgabe) (Owatonna U. Buch 1)

Lernt in dieser fesselnden Romanze die Männer des Hockeyteams der Owatonna University kennen!

Hockey liegt dem reichen Ryker im Blut – während der Junge vom Land, Jacob, nur versucht, durchs College zu kommen. Dennoch haben diese beiden absoluten Gegensätze bald Schwierigkeiten, an etwas anderes als einander zu denken.

Ryker ist Hockey-Adel, Jacob ist ein armer Junge vom Land. Können zwei vollkommen unterschiedliche Menschen eine gemeinsame Basis finden und zu den Männern werden, die sie sein möchten?

Ryker entstammt einer langen Reihe Championship-gewinnender Hockeyspieler. College-Hockey zu spielen, um sein Spiel zu entwickeln, ist sein einziger Fokus und nichts wird sich ihm in den Weg stellen, daran zu arbeiten, der beste Spieler zu werden, der er sein kann. Er hat keinen Platz für Beziehungen, Menschen, die seine Fehler sehen oder irgendjemanden, der ihn wegen seiner Träume anspricht. Er hat ganz sicher keinen Platz für die Liebe und Jacob kennenzulernen ist nichts als eine nützliche Ablenkung nebenher. Schließlich ist der Versuch, seinen Teamkollegen von den Owatonna Eagles ins Bett zu bekommen weniger Arbeit und mehr Spaß. Als seine Familie von einer Tragödie erschüttert wird, zerbricht sein zauberhaftes Leben und die einzige Person, an die er sich wenden kann, ist der Mann, der behauptet, ihn zu hassen.

Jacob Benson hat sein ganzes Leben lang nur harte Arbeit und erstickende konservative Werte gekannt. Geboren und aufgewachsen in der kleinen ländlichen Gemeinde Eden Crossing, Minnesota, ist er der einzige Sohn einer hart arbeitenden, aber in Geldnöten steckenden Familie, die eine Milchwirtschaft betreibt. Jacob nutzt sein Können im Hockey, um seinen Abschluss in Agrarwissenschaften zu finanzieren. Diese vier Jahre an der Owatonna U. werden wahrscheinlich die einzige Zeit sein, die er haben wird, um das Leben zu genießen, seine sexuelle Orientierung akzeptiert zu sehen und offen zu leben, ehe er unausweichlich auf die Farm zurückkehrt. Einen reichen hübschen Jungen wie Ryker Madsen zu treffen, dämpft seinen Genuss des Lebens weit weg von zu Hause. Rykers leichtfertige, sorgenfreie Einstellung geht Jacob auf die Nerven. Wenn Ryker also alles ist, was er nicht mag, warum will er dann nichts mehr, als die sündigen

Träume zu erkunden, in denen sein nerviger Teamkollege jede Nacht die Hauptrolle spielt?

Owatonna U. Hockey

1. Ryker
2. Scott
3. Benoit
4. *Weihnachtslichter (Weihnachten 2024)*

Abseits des Eises (Chesterford Coyotes Buch 1)

Eine Coming of Age Liebesgeschichte mit High School, Hockey-Rivalitäten, Freundschaft, Familie und Coming out.

Sorens Welt verändert sich auf einen Schlag, als er und sein jüngerer Bruder von Hockey-Adel adoptiert werden. Sein neues Leben zu begreifen, ist schwer genug, doch als er in einer Privatschule angemeldet wird, bedeutet das, dass er sich einer ganzen Reihe neuer Probleme stellen muss. Durch Freundschaften, Familie und Hockey zu navigieren ist eine Sache, aber sich zu dem Jungen hingezogen zu fühlen, der ihm auf die Nerven geht, ist eine ganz andere.

Felix muss einen Ruf schützen. Er ist der Junge, der alles zu haben scheint, aber Äußerlichkeiten können täuschen. Mit seinen Lügen über sein perfektes Leben hat er eine Fantasiewelt geschaffen, an die er mittlerweile sogar selbst glaubt. Nur, dass es nicht lange dauert, bis alles in sich zusammenfällt, all seine hübschen Lügen kommen ans Licht und nur sein größter Rivale sieht durch seinen Schmerz hindurch und steht zu ihm.

Kämpfen ist einfach, Freundschaft ist schwierig, aber Liebe ist alles.

Eine Coming of Age Liebesgeschichte mit High School, Hockey-Rivalitäten, Freundschaft, Familie und Coming out.

Sorens Welt verändert sich auf einen Schlag, als er und sein jüngerer Bruder von Hockey-Adel adoptiert werden. Sein neues Leben zu begreifen, ist schwer genug, doch als er in einer Privatschule angemeldet wird, bedeutet das, dass er sich einer ganzen Reihe neuer Probleme stellen muss. Durch Freundschaften, Familie und Hockey zu navigieren ist eine Sache, aber sich zu dem Jungen hingezogen zu fühlen, der ihm auf die Nerven geht, ist eine ganz andere.

Felix muss einen Ruf schützen. Er ist der Junge, der alles zu haben scheint, aber Äußerlichkeiten können täuschen. Mit seinen Lügen über sein perfektes Leben hat er eine Fantasiewelt geschaffen, an die er mittlerweile sogar selbst glaubt. Nur, dass es nicht lange dauert, bis alles in sich zusammenfällt, all seine hübschen Lügen kommen ans Licht und nur sein größter Rivale sieht durch seinen Schmerz hindurch und steht zu ihm.

Kämpfen ist einfach, Freundschaft ist schwierig, aber Liebe ist alles.

Weitere Bücher von RJ Scott

Für eine vollständige Liste der Ebooks und Links scanne bitte
den Code oben oder besuche rjscott.co.uk/buchliste

Weitere Bücher von V.L. Locey

Für eine vollständige Liste der Ebooks und Links scanne bitte
den Code oben oder besuche vllocey.com/deutsche

Lernt RJ Scott kennen

RJ Scott ist die Bestsellerautorin von über hundert Gay Romance Büchern. Sie schreibt emotionale Geschichten mit komplizierten Charakteren, Cowboys, alleinerziehenden Vätern, Hockeyspielern, Millionären, Prinzen und den Männern, die sie lieben.

Sie lebt etwas außerhalb von London und verbringt jede wache Minute, die sie nicht mit ihrer Familie zusammen ist, damit, zu lesen oder zu schreiben. Das letzte Mal, als sie eine Woche Pause vom Schreiben hatte, hat es ihr gar nicht gefallen. Und sie ist bis heute auf der Suche nach der Tafel Schokolade, der sie nicht gewachsen ist.

www.rjscott.co.uk / rj@rjscott.co.uk

Newsletter - rjscott.co.uk/de

instagram.com/rjscott_author

amazon.com/author/rj-scott

bookbub.com/authors/rj-scott

patreon.com/RJScott

Lernt V.L. Locey kennen

V.L. Locey liebt abgetragene Jeans, Yoga, aus vollem Herzen zu lachen, spazieren zu gehen, lesen und Geschichten voller Lust zu schreiben, griechische Mythologie, die New York Rangers, Comicbücher und Kaffee. (Nicht unbedingt in dieser Reihenfolge.) Sie lebt mit ihrem Ehemann, ihrer Tochter, einem Hund, zwei Katzen, einer Gruppe Hühner und zwei Jersey-Rindern zusammen.

Wenn sie keine peppigen Geschichten schreibt, genießt sie es, den Tag mit ihren Tieren in den sanft abfallenden Hügeln von Pennsylvania zu verbringen, mit einer frischen Tasse Kaffee in der Hand. Sie kann auch online auf Facebook, Twitter, Pinterest und Goodreads gefunden werden.

Webseite: vlloceyauthor.com

facebook.com/124405447678452

x.com/vllocey

instagram.com/vl_locey

bookbub.com/authors/v-l-locey

goodreads.com/vllocey

pinterest.com/vllocey

amazon.com/author/vllocey